열두 개의 의자 1

세계문학의 숲 036

1　　2　　с　　т　　у　　л　　ь　　е　　в

열두 개의 의자1

일리야 일프 · 예브게니 페트로프 지음
이승억 옮김

시공사

일러두기

1. 이 책은 일리야 일프(Илья Ильф), 예브게니 페트로프(Евгений Петров) 두 사람이 '일프 와 페트로프'라는 필명으로 공동 창작한《열두 개의 의자(12 стульев)》(1928)를 우리말 로 옮긴 것이다.
2. 번역은 1994년 러시아 '예술문학(Художественная литература) 출판사'에서 편찬한 '일 프와 페트로프 선집' 1권에 수록된《열두 개의 의자》를 대본으로 삼았다.
3. 본문의 주는 모두 옮긴이 주이다.

발렌틴 카타예프에게 바친다

차례

1부 스타르고로드의 사자　9

1장 베젠추크와 님프 · 2장 페투호바 부인의 죽음 · 3장 〈죄의 거울〉
4장 먼 방랑의 뮤즈 · 5장 위대한 사기꾼 · 6장 다이아몬드 연기
7장 타이타닉의 부작용 · 8장 수줍은 좀도둑
9장 당신들의 수염은 어디 있습니까? · 10장 철공, 앵무새, 점쟁이
11장 알파벳 책 '삶의 거울' · 12장 정열적인 여인, 시인의 꿈
13장 깊게 심호흡을 한 번 해. 자넨 지금 흥분한 상태야!
14장 비밀결사대 '검과 낫 연합'

2부 모스크바에서　229

15장 의자의 바다 한가운데서 · 16장 수도사 베르톨트 시바르츠의 기숙사
17장 시민 여러분, 매트리스를 존경합시다! · 18장 가구 박물관
19장 유럽식 투표 · 20장 세비야에서 그라나다까지
21장 처형 · 22장 식인종 옐로치카

1부
스타르고로드*의 사자

*작가들이 만들어낸 가상의 도시. '스타르(옛날의)'와 '고로드(도시)'를 합성한 말로 '옛 도시'라는 의미다.

1장

베젠추크와 님프

군청 소재지 N군*에는 이발소와 장례업체가 매우 많다. 그래서 마치 이곳 주민들은 면도하고, 이발하고, 얼굴에 화장수를 바르고 산뜻한 기분을 느낀 다음, 곧바로 죽기 위해 태어나는 사람들 같았다. 그러나 실제로 N군에서 사람들이 태어나고, 면도하고, 이발하고, 죽는 일은 매우 드물었다. N군의 주민들은 무척 조용하고 평온한 삶을 살고 있었다. 눈이 녹아 생긴 작은 웅덩이들은 달빛을 받아 번쩍이며 N군의 봄날 저녁을 황홀하게 만들었고, 군의 모든 청년들은 공영사업 지방위원회의 여비서에게 홀딱 반해서 그녀의 업무에 방해가 될 정도였다.

*작가들이 만들어낸 가상의 지역. N군이라는 지명은 19세기 러시아 문학, 특히 고골과 체호프의 작품에서 자주 등장하는데 주로 멀리 떨어져 있는 정체되고 고립된 지방 도시를 상징한다. 제정 러시아 시대에 만들어진 '군'(러시아어로 '우예즈드') 이라는 행정구역명은, 1923년 혁명 이후 소비에트 정부의 행정구역 개편으로 인해 이미 사라진 이름이다.

이폴리트 마트베예비치 보로뱌니노프는 자신의 업무 때문에 점심시간 30분을 제외하곤 매일 아침 9시부터 오후 5시까지 사람들의 사랑과 죽음 문제에 매달리고 있음에도, 정작 자신은 그런 문제들에 별다른 관심이 없었다.

이폴리트 마트베예비치는 아침마다 클라브디야 이바노브나가 준비해주는 차가운 컵에 담긴 뜨거운 유유를 단숨에 마신 다음, 아직 어두운 시간에 집을 나와 봄날 새벽의 기묘한 여명이 가득 차 있는, 구베르니스키 동지*의 이름을 딴 넓은 거리로 나오곤 한다. 이 거리는 N군에서 가장 멋진 거리 중 하나였다. 거리 왼편에는 장례업체 '님프'의 관들이 물결 모양의 푸르스름한 유리창 너머로 햇살을 받아 은빛으로 반짝이고 있었고, 그 옆으로는 장의업자 베젠추크의 참나무로 만든 먼지 쌓이고 따분해 보이는 관들이 작고 낡은 창문 너머로 우울하게 놓여 있었다. 그 옆의 '피예르와 콘스탄틴 이발소'에는 고객들에게 '매니큐어와 파마'를 서비스한다는 글귀가 붙어 있었다. 이발소를 조금 지나면 또다시 이발소가 딸린 여관이 나왔고, 그 여관을 돌아 뒤편의 넓은 공터로 들어가면 베젠추크 가게의 돌출된 정문 문기둥에 외롭게 매달려 있는 녹슨 간판을 담황색 송아지 한 마리가 혀로 부드럽게 핥고 있었다.

*러시아의 거리 이름은 주로 저명인사들의 이름을 따서 짓는 것이 일반적이지만, 구베르니스키 동지는 실존 인물이 아니라 지방 도시의 일반적인 중심 거리의 이름인 '구베르나토르스카야(시청, 현청, 군청)'를 변형한 일종의 언어유희다.

장례와 관련된 사무실은 많았지만 고객들의 주머니 사정은 여의치 않았다. 장례업체 '어서 오세요'는 이폴리트 마트베예비치가 N군에 정착하기 3년 전에 이미 파산해버렸다. 장의사이자 관 짜는 기술자 베젠추크는 늘 고주망태가 될 정도로 술을 마셨고, 심지어 어느 날은 자신의 최상품 전시용 관을 전당포에 저당 잡히려고 한 적도 있었다.

N군에서 사람들이 죽는 일은 드물었다. 이폴리트 마트베예비치는 누구보다도 이 사실을 잘 알고 있었다. 왜냐하면 그는 혼인신고와 사망신고를 담당하는 작스*에서 근무하고 있었기 때문이다.

이폴리트 마트베예비치가 일하는 책상은 낡아빠진 평판 묘석 같았다. 책상의 왼쪽 모서리는 쥐들이 갉아먹었고, 허약한 책상 다리는 황갈색 서류 더미의 무게를 이기지 못해 늘 흔들거렸다. 서류 더미에는 얼마 되지 않는 N군 거주자들의 호적 관계와 이 지방에서 몇 대에 걸쳐 뿌리내린 군민들의 친족 관계에 대한 모든 정보가 들어 있었다.

1927년 4월 15일 금요일에 이폴리트 마트베예비치는 평상

---

*혁명 후부터 정착된 러시아식 호적 등기소. 주로 출생, 결혼, 사망에 관련된 일을 담당하는 공공기관이다.

시와 다름없이 아침 7시 30분에 일어나서, 눈을 뜨자마자 귀에 거는 줄이 달린 도금된 구식 코안경을 콧등에 얹어놓았다. 그는 일반 안경을 쓰지 않았다. 어느 날, 코안경이 비위생적이라고 생각한 이폴리트 마트베예비치는 안경점에 가서 안경다리가 있는 도금된 일반 안경을 샀다. 안경은 첫눈에 그의 마음에 쏙 들었지만, 아내는 그가 이 안경을 쓰고 있으면 밀류코프*를 닮았다고(아내가 죽기 직전에 한 말이다) 하여 건물 앞의 수위에게 안경을 줘버렸다. 수위는 눈이 나쁘지 않았는데도 만족스럽게 쓰고 다녔다.

"봉주르!" 이폴리트 마트베예비치는 침대에서 일어나면서 자신에게 노래하듯 인사했다. '봉주르'라는 프랑스 인사말은 이폴리트 마트베예비치가 매우 기분 좋은 상태로 잠에서 깨어났다는 것을 의미했다. 일어날 때 '구텐 모르겐'이라는 독일어를 하면, 그것은 보통 자신의 간 상태가 좋지 않거나, 쉰둘이라는 나이 때문에 몸이 좋지 않다거나, 궂은 날씨라는 것을 의미했다.

이폴리트 마트베예비치는 자신의 여윈 두 다리를 전쟁 전에 유행했던 모자이크 무늬 바지**에 찔러 넣고 복사뼈 근처에 있는 무명 끈으로 바지를 묶은 다음, 신발 코가 좁고 사각형 모양인 목이 짧은 부드러운 부츠를 신었다. 5분 후 이폴리트 마트베

*1917년 2월 혁명 후 케렌스키 임시정부의 내무대신을 역임한 인물. 길게 말린 콧수염과 둥근 안경을 쓴 밀류코프의 모습은 당대에 자주 풍자의 대상이 됐다.
**1910년대 초에 러시아에서 유행했던 바지. 기장이 복사뼈 근처까지만 내려오고, 바지 끝에 끈이 달려 있는 것으로, 기성품이 아니라 개인의 취향에 따라 상점에서 천을 사서 바지에 덧댄 것을 말한다.

예비치는 은빛의 작은 별들이 수놓인 조끼에 샹들리에처럼 빛나는 양복 상의로 한껏 모양을 냈다. 얼굴을 씻은 이폴리트 마트베예비치는 자신의 백발에 남아 있는 물방울을 털어내고 나서 짐승들처럼 콧수염을 씰룩거려본 다음, 손으로 까칠한 턱을 조심스레 만져보았다. 짧고 단정하게 길을 들여 마치 알루미늄 같아 보이는 머리를 빗으로 손질한 후, 때마침 자신의 방으로 들어오는 장모 클라브디야 이바노브나에게 정중하게 미소를 지으며 다가갔다.

"에폴레에트."* 그녀의 목소리가 울려 퍼졌다. "어젯밤에 나쁜 꿈을 꾸었다네."

그녀는 '꿈'이라는 단어를 마치 프랑스어처럼 발음했다.**

이폴리트 마트베예비치는 장모를 위아래로 훑어보았다. 그는 키가 185센티미터 정도였는데, 큰 키 덕분에 약간의 우월감을 가지고 자신의 장모를 내려다보곤 했다.

클라브디야 이바노브나는 계속 말을 이었다.

"꿈에서 죽은 마리를 보았는데 머리는 온통 산발이고 허리에는 황금빛 띠를 하고 있더구먼."

대포 소리 같은 클라브디야 이바노브나의 목소리 때문에 먼지가 잔뜩 낀 석유램프의 유리 덮개가 흔들렸다.

---

*'이폴리트'를 프랑스식으로 발음한 것으로, 프랑스 문화의 영향을 많이 받은 제정 러시아 시절의 귀족들은 일상생활에서 프랑스어를 섞어 말하는 것을 교양을 척도로 여겼다.
**'꿈'을 뜻하는 러시아어는 '쏜'이라 발음되는데, 이 발음을 프랑스어식으로 '쏭' 정도로 발음한 것이다.

"정말 불안하네. 무슨 일이라도 생길까 봐 두려워."

마지막 단어들은 너무도 강하게 발음되어 이폴리트 마트베예비치의 머리카락 끝이 여러 방향으로 흩날릴 정도였다. 그는 얼굴을 찌푸리며 단언했다.

"아무 일도 일어나지 않을 겁니다. 장모님. 그건 그렇고, 수도세는 납부하셨나요?"

그녀는 수도세를 내지 않은 듯했다. 덧신도 씻겨 있지 않았다.* 이폴리트 마트베예비치는 장모를 좋아하지 않았다. 클라브디야 이바노브나는 원래 우둔한 데다 나이도 많아서 앞으로 좋아지리라는 기대도 할 수 없었다. 게다가 지독한 구두쇠였다. 그러나 이폴리트 마트베예비치의 가난이 그녀의 구두쇠 기질을 충분히 발휘하지 못하게 했다. 그녀의 목소리는 한 마디 외침만으로도 말들을 무릎 꿇게 했다고 알려진 사자왕 리처드**도 부러워할 정도로 강하고 우렁찼다. 그리고 무엇보다도 가장 끔찍한 것은 그녀가 꿈을 자주 꾼다는 것이었다. 그녀는 항상 꿈을 꿨다. 꿈에는 허리띠를 두르고 있는 처녀들, 금빛 장식이 된 용기병(龍騎兵)의 말들, 하프를 연주하는 문지기들, 파수꾼 외투를 입은 채 야경용 딱따기를 손에 들고 밤마다 도시를 순시하는 대천사들, 애처로운 소리를 내면서 혼자 이 방 저 방을 뛰어다니는 뜨개질바늘들이 등장하곤 했다. 한마디로 클라브

---

*겨울에 눈이 많이 오는 러시아에서는 신발이 더러워지는 것을 방지하기 위해 외출 시 덧신을 신고 나가는 경우가 많다.
**잉글랜드의 국왕 리처드 1세. 중세 기사 이야기의 전형이 된 인물로, 생애 대부분을 전쟁터에서 보냈고, 그 용맹함으로 '사자왕'이라는 별명을 얻었다.

디야 이바노브나는 주책 없는 노파였다. 더군다나 코밑에는 콧수염까지 나 있었는데, 콧수염의 가닥가닥이 꼭 면도용 솔 같았다.

이폴리트 마트베예비치는 약간 신경질적인 상태로 집을 나섰다.

장의사 베젠추크는 자신의 장례업체가 있는 낡아빠진 건물 입구에서 팔짱을 낀 채 문기둥에 비스듬히 서 있었다. 끊임없이 반복되는 사업 실패와 그 때문에 오랫동안 마셔댄 독한 술로 인해 고양이의 눈처럼 누렇게 변한 베젠추크의 눈은 꺼지지 않는 불꽃처럼 타오르고 있었다.

"안녕하십니까? 존경하는 고객님!" 그는 이폴리트 마트베예비치를 보자마자 재빠르게 소리쳤다. "좋은 아침입니다!"

이폴리트 마트베예비치는 얼룩진 비버 모피 모자를 살짝 들어 올리며 정중하게 답례를 했다.

"장모님의 건강은 어떠신가요?"

"흠, 흠, 흠." 이폴리트 마트베예비치는 어깨를 움츠리면서 얼버무리고는 가던 길을 재촉했다.

"부디 건강하셔야 할 텐데 말입니다!" 베젠추크는 비통한 목소리로 말했다. "요즘 장사에서 손해가 이만저만이 아닙니다. 이거 참, 원!"

그는 다시 팔짱을 끼고 문기둥에 비스듬히 몸을 기댔다.

장례업체 님프의 사무실 입구에서 이폴리트 마트베예비치는 또다시 가는 길을 저지당하고 말았다.

님프의 경영자는 모두 세 명이었다. 그들 모두가 이폴리트 마트베예비치에게 일제히 인사를 했고, 마치 합창이라도 하듯 장모의 건강에 대해 물었다.

"건강해요, 건강해." 이폴리트 마트베예비치가 대답했다. "장모에게 무슨 일이 일어나겠소! 오늘은 산발한 황금빛의 처녀를 보았다고 하더구먼. 꿈에서 말이오."

님프의 세 주인들은 서로의 얼굴을 쳐다보며 깊은 한숨을 내쉬었다.

이들과의 대화가 이폴리트 마트베예비치의 갈 길을 붙들어 놓은 바람에, 그는 평소보다 직장에 늦게 도착하고 말았다. "자신의 일을 완수하고 퇴근하시오"라는 표어 밑에 걸려 있는 시계가 9시 15분을 가리키고 있었다.

이폴리트 마트베예비치는 큰 키와 특히 콧수염 때문에 사무실에서 '마치스트'*라는 별명으로 불렸다. 진짜 마치스트는 콧수염이 없는데도 그랬다.

이폴리트 마트베예비치는 책상 서랍에서 푸른색 펠트 방석을 꺼내 의자 위에 놓은 다음 콧수염을 일정한 방향으로(책상 모서리와 평행하게) 정리한 뒤 방석에 앉았는데, 마치 주변에 있는 세 명의 동료들보다 높은 자리에 앉아 있는 것처럼 보였다. 이폴리트 마트베예비치가 푸른색 펠트 방석을 깔고 앉는 이유는 치질 때문이 아니라 바지가 구겨질까 봐 두려웠기 때문

---

*포에니 전쟁을 배경으로 한 이탈리아 영화 〈카비리아〉(1914)의 용맹한 무사.

18

이었다.

이 소비에트 관리의 모든 행동을 두 사람의 젊은 남녀가 조심스럽게 지켜보고 있었다. 솜이 들어 있는 나사(螺絲)로 된 신사복 상의를 입고 있는 남자는 알리자린* 잉크 냄새와 종종 무거운 소리를 내는 괘종시계, 특히 "자신의 일을 완수하고 퇴근하시오"라는 엄격한 표어가 있는 사무실 분위기에 완전히 짓눌린 듯했다. 그래서인지 그는 자신의 용무가 아직 끝나지 않았는데도 빨리 이 사무실을 나가고 싶은 마음으로 가득 찼다. 마치 자신의 용무는 사소한 일이라 백발이 희끗한 이폴리트 마트베예비치와 같은 사람을 귀찮게 하는 것은 부끄러운 일이라 여기는 듯했다. 이폴리트 마트베예비치 역시 자신을 찾아온 이 남자의 용무가 서두를 필요 없는 대수롭지 않은 일이라는 듯이 2번 서류철을 펼친 다음, 볼을 씰룩거리며 서류 정리에 몰두했다. 마침내 번쩍거리는 검은색 몰**로 수놓은 긴 재킷을 입은 처녀가 남자와 작은 목소리로 얘기를 나눈 뒤, 수줍게 얼굴을 붉히며 이폴리트 마트베예비치 쪽으로 천천히 다가오기 시작했다.

"동지." 그녀가 말했다. "어디에서……."

신사복 상의를 입은 남자가 숨을 몰아쉬며 느닷없이 큰 소리로 외쳤다.

"등록을 합니까!"

*오래된 식물성 염료 중 하나로, 식초와 유사한 독한 냄새를 풍긴다. 값싼 잉크를 제조할 때 사용된다.
**모사(毛絲), 금사(金絲), 은사(銀絲) 따위를 재료로 하여 무늬를 넣어 짠 직물.

이폴리트 마트베예비치는 자기 앞에 서 있는 한 쌍을 주의 깊게 바라보았다.

"출생이오, 사망이오?"

"결혼입니다!" 신사복 상의를 입은 남자는 다시 한 번 말하고서는 당황한 듯 주변을 둘러보았다.

처녀는 웃음을 터뜨렸다. 일은 순조롭게 진행되었다. 이폴리트 마트베예비치는 마술사처럼 능숙하게 일을 처리하기 시작했다. 우선 신혼부부의 이름을 두꺼운 호적부에 기입한 다음, 처녀가 부리나케 건물 밖으로 뛰어나가서 데리고 온 그들의 결혼 증인들에게 엄격하게 두 사람의 결혼 사실에 대해 질문했다.* 그런 다음 이폴리트 마트베예비치는 네모난 도장에 여러 번 부드럽게 입김을 불어넣은 후, 몸을 일으켜 너덜너덜해진 두 사람의 여권에 증명 도장을 찍어주었다.** 이폴리트 마트베예비치는 신혼부부로부터 2루블을 받고 나서 증명서를 건네며 미소를 머금고 말했다. "결혼 신고에 대한 비용이라오." 그런 다음 평소 습관대로 가슴을 내밀면서 훤칠한 키를 자랑하듯 꼿꼿하게 일어섰다(그는 예전에는 코르셋을 착용하기도 했다). 한 줄기의 굵고 누런 햇살이 그의 어깨에 견장처럼 내려앉았다. 그의 모습은 약간 우스꽝스러워 보이기도 했지만 왠지

*혁명 전 제정 러시아 시내 러시아인들은 주로 교회에서 러시아 정교회식의 예식을 올렸으나, 혁명 후에는 작스에서 특별한 의식 없이 간단히 신고를 하는 것으로 바뀌었다.
**러시아에서는 여권이 주민등록증처럼 사용되어, 시민들은 항시 여권을 휴대하고 다닌다. 가족 관계, 혼인 여부, 주택 소유 여부 등이 표시되어 있다.

모를 근엄함도 느껴졌다. 코안경의 오목한 안경알이 하얀 탐조등 불빛처럼 번쩍거렸다. 젊은 신혼부부는 어린양처럼 순하게 서 있었다.

"젊은이들." 이폴리트 마트베예비치가 엄숙하게 선언했다. "옛날식으로 말하자면, 법적으로 부부가 되었음을 진심으로 축하드립니다. 두 손을 맞잡고 영원한 이상을 성취하기 위해 앞으로 나아가는 당신들과 같은 젊은 사람들을 보게 되어 매우, 매우 기쁘게 생각하는 바입니다. 매우, 매우 기쁘게 생각합니다!"

한껏 장황한 말을 늘어놓은 이폴리트 마트베예비치는 신혼부부와 악수를 한 다음, 흡족한 마음으로 다시 자리에 앉아 2번 서류철을 훑어보았다.

옆 책상에서 사무원들이 펜을 잉크병에 쿡쿡 찔러 넣는 소리가 들렸다.

여느 때와 다름없는 평온한 일과가 시작되었다. 결혼과 사망 신고를 하러 오는 사람은 더 이상 없었다. 창문 너머에는 꽃샘추위로 몸을 웅크리며 각자의 집으로 바삐 돌아가는 시민들의 모습이 보였다. 정확히 정오가 되자 협동조합 '낫과 망치'에서 기르는 수탉의 울음소리가 들렸다. 아무도 이 소리에 놀라지 않았다. 이윽고 금속이 부딪히는 소리와 요란한 모터 소리가 울려 퍼졌다. 구베르니스키 거리에서부터 보라색 연기 뭉치가 퍼져 나오기 시작했다. 모터 소리는 더욱 요란해졌다. 자욱한 연기 뒤로 곧이어 거대한 차체에 비해 아주 작은 라디에이터를 단 군(郡)집행위원회 소속 '국영 1호' 자동차가 모습을 드러냈다. 진흙 속에서 몸부림을 친 자동차는 매연을 마구 뿜어내며 흔들거리면서 스타로판스카야 광장을 가로질러 사라져버렸다. 작스의 직원들은 창가에 오랫동안 머물러 있었다. 그들은 자동차가 갑작스레 나타났다가 사라진 것을 보면서 이것이 정원 감축과 관련 있는 건 아닌가 하고 쑥덕대기 시작했다. 얼마 후 장의사 베젠추크가 광장 맞은편에 있는 자그마한 나무다리를 조심스럽게 지나갔다. 그는 하루 종일 마을을 배회하며 죽은 사람이 없나 돌아다녔다.

작스의 하루 일과도 저물어가고 있었다. 작스 근처의 옅은 누런색을 띤 종각에서 종소리가 힘차게 들려왔다. 창문이 흔들렸다. 종각 위에 있던 까마귀들이 광장으로 내려와서 집회라도 여는 듯 잠시 머물더니 이내 다른 곳으로 날아가버렸다. 황량한 광장에 비치는 저녁 하늘은 차갑게 얼어붙은 듯했다.

이폴리트 마트베예비치도 퇴근할 시간이 되었다. 오늘 태어나야 할 사람은 태어났고, 그들 모두는 두꺼운 호적부에 기록됐다. 결혼을 하고 싶어 하는 사람들은 결혼했고, 그들 역시 모두 두꺼운 호적부에 기록됐다. 다만 장례업체들의 파산을 확정 짓기라도 하듯 사망은 단 한 건도 발생하지 않았다. 이폴리트 마트베예비치는 책상을 정리하고, 푸른색 펠트 방석을 서랍 속에 숨겨둔 다음 콧수염을 정리했다. 이폴리트 마트베예비지가 김이 모락모락 나는 따끈한 수프를 상상하며 자리에서 일어서는 순간 사무실 문이 활짝 열리더니 장의사 베젠추크가 모습을 드러냈다.

"어서 오시오, 존경하는 손님!" 이폴리트 마트베예비치가 가볍게 미소 지으며 말했다. "무슨 일이오?"

베젠추크의 거친 낯짝이 석양을 받아 밝게 빛나고 있었지만, 그는 아무 말도 하지 않았다.

"무슨 일이오?" 이폴리트 마트베예비치는 다소 엄한 목소리로 다시 물어보았다.

"님프 말입니다. 정말 그곳에 제대로 된 물건이 있겠습니까?" 베젠추크는 애매하게 말했다. "정말로 그 가게가 손님들을 만족시킬 수 있다고 생각하십니까? 관 하나 만드는 데 얼마나 많은 목새가 필요한데……."

"무슨 소리를 하는 거요?"

"장의사 님프 말입니다…… 가게 하나로 세 가정이 먹고 살고 있으니……. 관 만드는 목재들은 가짜가 많고, 부속품들은 품질도 좋지 않고, 니스 칠하는 솔은 엉망입니다. 나 원 참! 그에 비해 우리 가게는 전통이 있습니다. 1907년에 문을 열었지요. 제 관들은 엄선된 최상의 물건들입니다."

"도대체 무슨 말을 하는 거요? 정신이 나갔소?" 이폴리트 마트베예비치가 쏘아대며 출입구 쪽으로 향했다. "관 속에 묻혀 살더니 정신이 나간 모양이군."

베젠추크는 이폴리트 마트베예비치를 급히 앞질러 가서 출입문을 열어주고 그를 먼저 나가게 한 다음, 뭔가 참을 수 없다는 듯 몸을 부르르 떨며 그의 뒤를 쫓았다.

"우리 지역에 제 가게 '어서 오세요'만 있었을 때는 모든 것이 믿을 만했습니다! 관을 장식하는 비단 덮개는 어떤 장례업체도, 심지어는 트베리*에서조차도 따라올 곳이 없었습니다. 지금도 제가 만든 물건보다 나은 곳은 없다고 자신 있게 말할 수 있습니다. 그 어떤 곳에서도 찾을 수 없을 겁니다."

순간 화가 난 이폴리트 마트베예비치는 몸을 돌려 베젠추크를 잠시 무섭게 노려보고는 더욱 빠른 걸음으로 걸어갔다. 오늘 하루 일하는 동안 이폴리트 마트베예비치에게는 어떠한 기분 나쁜 일도 일어나지 않았지만, 지금 그는 매우 불쾌해져서 밖으로 나가고 있었다.

장의사 님프의 세 경영자는 아침에 이폴리트 마트베예비치가 보았던 그 자세 그대로 자신들의 가게 앞에 서 있었다. 그들은 아침부터 지금까지 서로에게 한 마디도 하지 않은 것처럼 보였다. 그러나 뭔가 중요한 일이 일어날 것을 감지라도 한 듯 그들의 얼굴에는 놀랄 만한 변화, 즉 그들의 눈 속에 어렴풋이 비쳐지는 묘한 만족감 같은 것이 보였다.

자신의 영업상의 적들을 보자 베젠추크는 절망한 듯 손을 흔들었다. 그리고 그 자리에 멈춰 서서 이폴리트 마트베예비치에게 속삭였다.

"32루블까지 깎아드리겠습니다."

이폴리트 마트베예비치는 얼굴을 찌푸리고 걸음을 재촉했다.

---

*볼가 강 근처의 도시. 혁명 전까지 러시아 수송업의 중심지였다.

"외상도 가능합니다." 베젠추크가 말했다.

님프의 세 주인은 아무 말도 하지 않았다. 그들은 아무 말 없이 이폴리트의 뒤를 계속 쫓아가면서 끊임없이 모자를 벗어대며 공손하게 머리를 조아렸다.

장례업자들이 집요하게 따라붙는 것에 무척이나 화가 난 이폴리트 마트베예비치는 평상시보다 더 빠른 걸음으로 현관 계단 쪽으로 쏜살같이 걸어갔다. 그리고 신발에 묻은 진흙을 층계 모서리에 대고 신경질적으로 털어냈다. 그와 동시에 갑자기 맹렬한 식욕이 엄습하여 자신의 집 안으로 급히 들어갔다. 집으로 들어가자마자 이폴리트는 뜨거운 열기 때문에 얼굴이 벌겋게 달아오른 채로 방에서 나오는 프롤과 라브르* 기념교회의 표도르 사제와 마주쳤다. 사제는 오른손으로 캐속**을 걷어 올리며 이폴리트 마트베예비치를 전혀 개의치 않고 현관문으로 걸어갔다.

이폴리트 마트베예비치는 집이 매우 깨끗하고 정리된 것을 느꼈다. 그러나 몇몇 가구가 아침과 달리 무질서하게 배치된 것이 눈에 거슬렸고, 어디에서 풍겨 나오는지 모를 강한 약품 냄새가 코를 자극했다. 첫 번째 방에서 이웃에 사는 농업기사의 아내인 쿠즈네초바가 나왔다. 그녀는 손을 흔들며 그에게 나지막한 목소리로 말했다.

"상태가 악화되셨어요. 이제 방금 참회를 마치셨어요. 발소

*2세기 무렵 기독교 전파에 힘쓴 성인들.
**정교회 사제들이 입는 검은색 긴 옷.

리 내지 마시고 조심해서 들어가세요."

"알겠습니다." 이폴리트 마트베예비치는 공손하게 대답했다. "그런데 무슨 일입니까?"

쿠즈네초바 부인은 입술을 굳게 다물고 손으로 두 번째 방문을 가리켰다.

"강한 심장 발작입니다."

분명 다른 사람에게서 들은 이 표현의 중대함에 깊은 인상을 받은 그녀는 그 표현을 그대로 따라한 뒤, 계속해서 말했다.

"돌아가실 수도 있다는 가능성을 염두에 두셔야 할 것 같아요. 저는 오늘 하루 종일 정말 분주했답니다. 아침에 고기 자르는 기계를 빌리러 왔었어요. 그런데 문이 열려 있고, 부엌에는 아무도 없고, 이 방에도 사람이 없었어요. 그래서 뭐, 저는 클라브디야 이바노브나가 밀가루를 사러 갔나 생각했지요. 얼마 전에도 그러셨거든요. 아시다시피 요즘은 밀가루를 미리 사두지 않으면……."

쿠즈네초바 부인은 밀가루에 대해, 물가 상승에 대해, 그리고 그녀가 벽돌로 만든 페치카 근처에서 클라브디야 이바노브나가 완전히 죽은 사람처럼 쓰러져 있는 것을 발견한 것에 대해 오랫동안 이야기하고 싶어 했다. 그러나 옆방에서 들려오는 신음 소리가 이폴리트 마트베예비치의 귀를 괴롭혔다. 그는 반쯤 굳어버린 손으로 빠르고 가볍게 성호를 긋고 장모의 방으로 들어갔다.

2장

페투호바 부인의 죽음

클라브디야 이바노브나 부인은 한 손을 머리 밑에 괴고 똑바로 누워 있었다. 머리에는 짙은 살구색 나이트캡을 쓰고 있었는데, 이 캡은 몇 해 전에 유행했던 것으로 부인들이 샹트클레르*를 입고 아르헨티나 춤인 탱고를 추기 시작할 때 썼던 것이다.

클라브디야 이바노브나의 얼굴은 원래 엄숙해 보였지만 지금은 아무 표정도 없었다. 그녀의 두 눈은 천장을 향하고 있었다.

"클라브디야 이바노브나!" 보로뱌니노프가 그녀를 불렀다.

장모는 입술을 재빨리 움직였다. 그러나 이폴리트 마트베예비치의 귀에는 평소 익숙했던 장모의 굵직한 목소리 대신 조용하고 가늘며, 심지어 그의 마음이 얼어붙을 정도로 가련한 신

---

*허리 쪽이 매우 가늘고 밑으로는 무릎까지 내려오면서 통이 넓어지는 형태의 부인용 치마. 이 옷은 러시아 페테르부르크에서 프랑스의 극작가 에드몽 로스탕의 희곡《샹트클레르》가 상연되면서 당대에 크게 유행했다.

음 소리가 들렸다. 전혀 예기치 않게 그의 눈에서 수은처럼 반짝이는 눈물이 흘러나와 얼굴을 적셨다.

"클라브디야 이바노브나!" 보로뱌니노프가 다시 말했다. "이게 무슨 일입니까?"

그러나 그는 다시 대답을 들을 수 없었다. 노파는 눈을 감으며 옆으로 몸을 살짝 돌려버렸다.

농업기사의 아내가 방으로 조용히 들어와서, 마치 어린아이를 씻기러 나가는 엄마처럼 그의 손을 잡고 데리고 나갔다.

"잠이 드셨어요. 의사가 절대 안정을 취하라고 했거든요. 당신은 약국에 좀 다녀오세요. 처방전이 여기 있어요. 그리고 얼음주머니가 얼마나 하는지도 한번 알아보시고요."

이폴리트 마트베예비치는 쿠즈네초바 부인의 말에 전적으로 순종했다. 이와 같은 일에는 두말할 필요도 없이 그녀가 능숙하다는 것을 느꼈기 때문이었다.

뛰어서 가기엔 약국은 먼 거리였다. 그러나 이폴리트 마트베예비치는 김나지야* 학생처럼 처방전을 손에 꽉 쥐고 서둘러 거리로 나왔다.

거리는 이미 어두웠다. 희미해져가는 저녁노을 빛에 전나무로 만든 문기둥에 기대어 양파 빵을 먹고 있는 베젠추크의 바싹 마른 모습이 보였다. 바로 옆에는 장의사 님프의 세 주인들이 쭈그리고 앉아 숟가락을 핥아가며 철 냄비에 들어 있는 메밀 죽

*18세기 초에 설립되어 혁명 전까지 유지된 러시아의 교육기관으로 우리나라의 초, 중, 고등학교를 통합한 교육 형태에 해당한다.

을 먹고 있었다. 이폴리트 마트베예비치의 모습을 보자 장의업자들은 병사들처럼 부동자세를 취했다. 베젠추크는 모욕을 느낀 듯 어깨를 움츠리며 경쟁자들을 향해 중얼거렸다.

"언제나 방해가 되는 놈들이군, 젠장."

스타로판스카야 광장 중심에는 "시(詩)는 지상의 성스러운 염원 속에 있는 신(神)과 같은 존재다"*라는 글귀가 적힌 시인 주콥스키의 흉상이 있었다. 흉상 주변에는 클라브디야 이바노브나 부인이 중태에 빠졌다는 소식이 전해지면서 이야기가 활기차게 진행되고 있었다. 그곳에 모인 모든 사람들의 공통적인 견해는 '모든 사람들은 언젠가는 저세상으로 가게 되어 있다'와 '하느님이 주신 것은 하느님이 거두어 가신다'라는 것이었다.

'안드레이 이바노비치'로 불리길 원하는 이발소 '피예르와 콘스탄틴'의 이발사는 이곳에서 모스크바 잡지 《등불》**의 의학 관련 코너를 통해 얻은 자신의 지식을 자랑할 기회를 놓치지 않았다.

"현대 과학은 말이오." 안드레이 이바노비치가 말했다. "불가능한 영역에까지 도달했소. 예를 들면, 환자의 턱에 발진이 생겼다고 가정합시다. 예전에는 이것이 파상풍으로 번지는 일이 비일비재했지만, 지금 모스크바에서는 정말인지 아닌지는

---

*바실리 주콥스키의 극시 〈카모에스〉(1839)의 마지막 구절.
**1899년부터 페테르부르크에서 발행된 주간지. 반(反)혁명적이라는 이유로 1918년 폐간되었다가 1923년 모스크바에서 다시 발행되었다.

모르겠지만 환자 개인마다 소독된 개인 솔이 준비되어 있다고 들 하더군요."

사람들이 한숨을 길게 내쉬며 말했다.

"이보게, 안드레이, 그건 좀 지나친 말이 아닌가……."

"개인용 소독 솔이 있다니, 그런 게 어디 있나? 꾸며대지 말게나!"

예전에는 정신노동을 하는 프롤레타리아였으나 지금은 간이식당을 하고 있는 프루시스가 짜증을 내며 말했다.

"이보시오, 안드레이 이바노비치. 가장 최근의 통계에 의하면 모스크바의 인구가 200만 명이 넘는다고 하지 않소? 그렇다면 소독 솔이 200만 개 이상이 필요하다는 얘기인데 너무 이상하지 않소?"

대화는 격렬한 양상으로 접어들었다. 만일 오시프나야 거리 끝에서 이폴리트 마트베예비치의 모습이 보이지 않았다면, 언제 끝날지 아무도 모를 지경이었다.

"또 약국으로 뛰어가고 있군. 상황이 안 좋은 모양이야."

"노파가 곧 죽겠군. 베젠추크가 온 마을을 정신없이 돌아다닌 이유가 있었어."

"그런데 의사는 뭐라고 하던가?"

"의사는 무슨 놈의 의사! 사회보험국* 의사 말인가? 건강한

---

*러시아 혁명 후 인민노동위원회 산하에 소속되어 주로 시민들의 의료 서비스를 담당하는 기관. 재정이 늘 부족하여 사회보험국에 소속된 의사들은 거의 월급을 받지 못했고, 따라서 환자들을 무성의하게 진료하는 경우가 많았다.

사람도 제대로 치료하지 못하고 죽이는 판국에!"

이미 한동안 자신의 의학 지식을 자랑할 기회를 잃어버린 '피예르와 콘스탄틴'의 이발사는 조심스레 눈치를 보며 다시 말문을 열었다.

"지금은 헤모글로빈 속에 모든 에너지가 있소."

이 말을 하고 나서 '피예르와 콘스탄틴'은 침묵했다.

사람들도 모두 침묵했다. 모두가 헤모글로빈이 신비한 에너지라고 생각하고 있는 듯했다.

이윽고 달이 떠오르고 부드러운 달빛이 주콥스키의 흉상을 비추자, 청동으로 만든 흉상의 등에 분필로 쓰인 낙서와 욕설이 선명하게 보이기 시작했다.

이런 낙서들이 처음 등장한 것은 동상이 제막된 1897년 6월 15일, 바로 그날 밤부터였다. 경찰 당국이, 나중에는 민경 당국이 아무리 애를 써도 상스러운 낙서들은 매일매일 정확하게 새로이 나타났다.

창문에 덧문들이 달려 있는 목조 가옥들에서는 이미 사모바르*가 끓고 있었다. 저녁 식사 시간이 되었던 것이다. 사람들은 헛되이 시간 낭비하는 일을 그만두고 각자의 집으로 흩어졌다. 바람이 불기 시작했다.

그러는 사이 클라브디야 이바노브나 부인은 서서히 죽어가고 있었다. 그녀는 마실 것을 달라고 부탁하기도 하고, 구둣방

---

*항아리 모양으로 생긴 러시아 전통 주전자로, 안에 뜨거운 숯을 넣어 물을 끓인다.

에 맡겨놓은 이폴리트 마트베예비치의 예식용 부츠를 찾으러 가야 한다며 몸을 일으켜달라고 말하기도 하고, 방에 먼지가 너무 많아 질식해 죽을 것 같다며 불평하기도 하고, 집 안에 있는 모든 램프에 불을 밝혀달라고 하기도 했다.

불안한 마음 때문에 이미 지쳐버린 이폴리트 마트베예비치는 방 안을 서성거렸다. 그의 머릿속에는 즐겁지 못한 집안일들이 스며들기 시작했다. 공제조합에 가서 가불을 해야 하고, 사제를 부르러 가야 하고, 조의를 표하는 친척들의 편지에 답장을 해야 하고 등등의 생각으로 머릿속이 어지러웠다. 머리를 식히기 위해 이폴리트 마트베예비치는 현관으로 나왔다. 장의사가 푸른 달빛을 받고 서 있었다.

"뭐 분부하실 일은 없으십니까, 보로뱌니노프 씨?" 기술자는 테 없는 모자를 벗어 자신의 가슴에 대고 물었다.

"뭐, 그다지 없소이다." 이폴리트 마트베예비치는 우울한 목소리로 대답했다.

"그런데, 님프 말입니다. 빌어먹을 놈들! 제대로 된 물건이 없습니다!" 베젠추크가 흥분하여 말했다.

"제발 좀 가주게! 진절머리가 나!"

"별일 아닙니다. 그저 저는 관을 장식하는 술과 비단 덮개에 대해 말씀드리는 겁니다. 어떻게 하시겠습니까? 최상품의 일등급으로 할까요? 아니면 다른 것으로 할까요?"

"술과 비단 덮개는 빼도록 하게. 그냥 목재로 된 관이면 될걸세. 소나무 말이야. 알겠나?"

베젠추크는 모든 것을 다 이해했다는 표시로 자신의 손가락을 입술에 갖다 댔다. 그러고는 돌아서서 모자로 몸의 균형을 잡으려고 애를 썼으나, 계속 비틀거리면서 자신의 집으로 향했다. 그제야 이폴리트 마트베예비치는 베젠추크가 지독하게 취했다는 것을 알아차렸다.

이폴리트 마트베예비치는 또다시 이상하고 혐오스러운 마음이 들기 시작했다. 그는 황량하고 먼지투성이가 될 아파트로 돌아가고 싶지 않았다. 자신이 만들어놓은 대단히 편안한 생활과 습관들이 혁명으로 인해 강취당한 후, 다시 힘들게 구축한 자신의 소박하면서도 안락한 생활과 습관들이 장모의 죽음에 의해 사라질 것 같은 생각이 들었다. '결혼이라도 할까?' 이폴리트 마트베예비치는 생각했다. '누구랑? 민경 국장의 조카인 바르바라 스테파노브나? 아니면 프루시스의 여동생? 아니면 그냥 가정부라도 고용할까? 말도 안 되는 일이지! 법정에 이리저리 불려 다닐 거야.* 손해도 막심하겠지.'

그 순간 이폴리트 마트베예비치는 삶이 암흑처럼 느껴졌다. 세상 모든 것에 대한 극도의 분노와 혐오를 느끼면서 그는 다시 집으로 들어갔다.

클라브디야 이바노브나는 이제 더 이상 헛소리를 하지 않았

---

*제정 러시아 시대에는 가정부를 고용하는 것이 일상적이었으나, 혁명 후 가정부를 고용할 수 있는 특권은 고위 당 간부들에게만 부분적으로 허용되었으며, 예외적으로 작가나 예술가들에게 허용하여 그들의 작업을 보조할 수 있게 했다. 따라서 일반인이 가정부를 고용하고자 할 때는 엄격한 법정 심사를 거쳐 그 이유와 타당성을 명백히 밝혀야 했다.

다. 베개에 몸을 기댄 채로 그녀는 방 안으로 들어오는 이폴리트 마트베예비치를 의미심장한 눈으로, 이폴리트가 느끼기에는 매우 엄한 눈으로 바라보았다.

"이폴리트." 그녀는 작지만 분명한 목소리로 말했다. "내 옆에 앉게. 자네에게 꼭 해야 할 말이 있네……."

이폴리트 마트베예비치는 한층 더 야윈 장모의 콧수염이 듬성한 얼굴을 바라보면서 불편한 마음으로 자리에 앉았다. 그는 미소를 지으려 애를 썼고, 뭔가 좋은 말을 하려고도 해보았다. 그러나 미소는 어색했고, 좋은 말은 도무지 떠오르지 않았다. 목구멍에서는 단지 부자연스러운 헛기침만 나올 뿐이었다.

"이폴리트." 장모가 다시금 그의 이름을 불렀다. "자네 우리 응접실의 가구 세트를 기억하는가?"

"어떤 가구 세트를 말씀하시는지요?" 이폴리트 마트베예비치는 매우 심각한 병을 앓고 있는 사람들을 대할 때에만 사용하는 친절한 목소리로 물어보았다.

"그…… 영국제 사라사 천으로 두른……."

"아, 제 집에 있던 걸 말씀하시는 겁니까?"

"그렇다네. 스타르고로드 시에 있던……."

"기억합니다, 기억하고말고요……. 지반*, 열두 개의 의자와 다리가 여섯 개 달린 둥근 탁자. 정말 멋진 감브스** 가구였

---

*낮에는 소파로 사용하다가 취침 시 침대로 사용하는 접이식 가구.
**1790년부터 러시아에서 가구를 제작한 독일인 하인리히 감브스. 1810년부터 궁정 가구들을 독점적으로 공급했으며, 1860년대부터는 이 소설에 등장하는 응접실용 가구 세트를 제작하기도 했다.

죠······. 그런데 그 얘기는 갑자기 왜 하시는지?"

그러나 클라브디야 이바노브나는 대답을 할 수 없었다. 그녀의 얼굴은 천천히 잿빛으로 변해가고 있었다. 이폴리트 마트베예비치도 왠지 모르게 숨이 막힐 것 같았다. 그는 균형 있게 잘 정돈된 곡선 모양의 다리에 호두나무로 만들어진 가구들, 윤기 나게 닦인 마룻바닥, 고풍스러운 갈색 그랜드피아노, 고위 관직을 지낸 친척들의 은판 사진 액자가 걸려 있는 자신의 저택 응접실을 분명히 기억하고 있었다.

이윽고 클라브디야 이바노브나가 무뚝뚝하고 냉담한 목소리로 말했다.

"의자의 쿠션에 보석들을 집어넣고 꿰매어놓았네."

이폴리트 마트베예비치는 노파를 흘끗 쳐다보았다.

"무슨 보석을요?" 그는 무의식적으로 되물었지만, 이내 그것이 무엇인지 알아차렸다. "그럼 그것들을 그때, 가택 수색 당시 압수당하지 않으셨단 말입니까?"

"나는 내 보석들을 의자 속에 숨겨두었네." 노파는 고집스럽게 말을 이었다.

이폴리트 마트베예비치는 벌떡 일어나서 석유램프로 클라브디야 이바노브나의 굳은 얼굴을 비추어보고는 그 말이 헛소리가 아님을 알아차렸다.

"장모님의 보석들!" 그는 자기 목소리에 자기가 놀랄 정도로 크게 외쳤다. "의자 속에 있단 말씀입니까? 누가 장모님에게 그런 짓을 가르쳐주었습니까? 대체 왜 제게 그것들을 주지 않으시고?"

"내 딸의 영지를 허랑방탕하게 써버린 자네 같은 사람에게 어떻게 내가 보석을 줄 수 있었겠나?" 노파는 담담하지만 악의에 가득 찬 어조로 말했다.

이폴리트 마트베예비치는 앉았다가 다시 일어났다. 심장이 거세게 고동치면서 온몸에 피를 빠르게 흘려보내고 있었다. 머리가 멍하게 울리기 시작했다.

"그렇지만 이미 꺼내셨겠죠? 지금 여기 가지고 계시죠?"

노파는 고개를 가로저었다.

"그럴 수가 없었네. 우리가 그날 얼마나 당황하고 허둥댄 채로 도망쳤는지 자네도 기억하지 않는가. 보석들은 테라코타 램프와 벽난로 사이에 있던 의자 속에 두고 왔네."

"그런 바보 같은 짓을 하시다니! 어쩌면 그렇게 딸과 똑같단 말입니까!" 이폴리트 마트베예비치는 온 힘을 다해 소리쳤다.

이제 그는 죽어가는 환자가 바로 옆에 있다는 것에 전혀 아랑곳하지 않고 쾅 소리를 내며 의자를 밀쳐버렸고, 잔걸음으로 방 안을 서성거렸다. 노파는 이폴리트 마트베예비치의 모든 행동들을 그저 물끄러미 바라보기만 했다.

"하나 지금 그 의자들이 어디로 사라졌는지는 알고 계시겠죠? 아니면 혹시 장모님은 그것들이 예전 제 집의 응접실에 얌전히 앉아서 주인이 보석을 찾으러 오길 기다리고 있다고 생각하시는 겁니까?"

노파는 아무런 대답도 하지 않았다.

작스 서기관의 콧등에 얹혀 있던 코안경은 주인의 분노로 인해 코에서 미끄러져 내려, 잠시 무릎 근처에서 금줄을 번쩍이더니 마루로 떨어졌다.

"어떻게 이런 일이! 7만 루블어치의 보석을 의자 속에 집어넣다니! 누가 앉아 있는지도 모르는 의자에……!"

그 순간 클라브디야 이바노브나는 흐느껴 울다가 몸을 침대 가장자리로 돌렸다. 그리고 손으로 반원을 그리면서 이폴리트 마트베예비치를 잡으려 했으나, 그대로 보라색 솜이불 위에 쓰러져버렸다.

이폴리트 마트베예비치는 공포에 사로잡혀 비명을 지르고는 이웃집 부인에게 달려갔다.

"돌아가신 것 같습니다!"

농업기사 부인은 익숙한 동작으로 성호를 긋고, 수염이 덥수룩하게 난 자신의 남편과 함께 호기심 어린 마음을 감추지 않고 이폴리트 마트베예비치의 집으로 달려갔다. 보로뱌니노프는 멍한 상태로 도시의 공원 쪽으로 걸어갔다.

농업기사 부부가 자신들의 하녀와 함께 고인의 방을 정리하는 동안 이폴리트 마트베예비치는 공원을 배회했다. 코안경을 쓰고 있지 않아서 벤치에 부딪히기도 했고, 꽃샘추위로 바싹 붙은 채 꼼짝 않는 연인 한 쌍을 관목으로 착각하기도 했다.

이폴리트 마트베예비치의 머릿속에는 뭔가 기묘한 생각들이 창조되었다. 집시들의 합창이 울려 퍼졌고, 가슴을 드러낸 여성 오케스트라가 끊임없이 '아마파 탱고'*를 연주하는 소리가 들렸다. 그의 눈에는 모스크바의 겨울 거리를 조심스레 걸어가는 사람들을 비웃듯이 질주하는 검은 종마가 보였고, 오렌지 빛깔의 근사하고 고급스러운 속옷, 충성스러운 하인들, 칸으로의 여행 등이 환영처럼 스쳐 지나갔다.

이폴리트 마트베예비치는 이리저리 발길을 옮기다가 관을 만드는 기술자 베젠추크의 몸뚱이에 부딪혔다. 베젠추크는 가죽옷을 입은 채로 공원의 작은 길에 누워 잠을 자고 있었다. 이폴리트 마트베예비치 때문에 잠에서 깬 그는 재채기를 하더니 벌떡 일어났다.

"아무 걱정도 하지 마십시오, 보로뱌니노프 씨." 그는 마치 계속 대화를 하고 있었던 것처럼 열띤 어조로 말했다. "관이라는 것은 말이죠, 솜씨가 좋은 사람이 만들어야 하는 겁니다."

"클라브디야 이바노브나가 죽었네." 이폴리트 마트베예비치가 베젠추크에게 통보했다.

"고인의 명복을 빕니다." 베젠추크는 위로의 말을 건넸다. "그러니까, 어르신이 '돌아가셨단' 말이지요……. 노인들은 항상 '돌아가시기' 마련이지요……. 혹은 '신에게 영혼을 의탁하시기도' 합니다. 이것은 어떤 노인이냐에 따라 달라집니다. 예를 들면, 당신의 장모님같이 몸이 작으신 분은 그냥 '돌아가신' 거죠. 한데 또 예를 들면, 당신 장모님보다 봄집이 너 뚱뚱하신

---

*1910년대에 미국과 유럽에서 유행한 브라질풍의 탱고.

분이나 더 야윈 분들은 '신에게 영혼을 의탁하신다'라고 말하기도 합니다……."

"대체 무슨 소리를 하는 건가? 누가 그런 걸 구분한다는 건가?"

"우리들, 우리 같은 관장이들이 정한 겁니다. 뭐, 더 다른 예를 들면, 당신처럼 좀 여위긴 했어도 키 크고 잘생긴 남자가 죽는다면, 그래서는 안 되겠지만, 만일 죽으면 그냥 '죽다'라고 말합니다. 그리고 장사꾼이나, 이전에 상인 길드에 속했던 사람이 죽으면 '이 세상을 떠나다'라고 말합니다. 또 만약 하급관리나 문지기, 혹은 농부들이 죽으면 이렇게 말하죠. '다리를 늘어뜨리다', '뻗었다'라고 말입니다. 하나, 가장 권세가 강한 사람들이 죽으면, 철도 차장이나 고위 관리가 죽으면 '운명하시다'라고 합니다. 그래서 이렇게 말하죠. '우리 나리가 운명하셨다는 소식을 들었어.'"

인간의 죽음에 대한 이러한 이상한 분류 방식에 놀란 이폴리트 마트베예비치가 물었다.

"그럼 자네가 죽으면 관장이들은 어떻게 말하는가?"

"저는 뭐, 하찮은 인간이니까 '베젠추크가 뻗어버렸다'라고 하겠죠. 더 이상 어떤 말도 필요 없지요." 그러고는 단호하게 덧붙였다. "저에게 운명하거나 돌아가셨다고 말하는 것은 불가능합니다. 저는 보다시피 체격이 자그마해서……. 그건 그렇고 관은 어떤 걸로 하시겠습니까? 정말 술과 비단 덮개는 필요 없으십니까?"

그러나 이폴리트 마트베예비치는 다시 황홀한 공상에 빠져 버렸고, 베젠추크의 물음에 아무 대답도 하지 않은 채 앞으로 걸어갔다. 베젠추크는 그의 뒤를 따라가며 평소처럼 중얼대면서 손가락으로 뭔가를 계산했다.

달은 이미 오래전에 사라졌다. 겨울처럼 추운 날씨였다. 웅덩이는 다시 와플 모양의 살얼음으로 뒤덮여 있었다. 두 사람은 구베르니스키 거리까지 걸어갔다. 거리의 간판들이 바람에 흔들거렸다. 스타로판스카야 광장 쪽에서는 철제 셔터를 내리는 소리와 함께 야윈 말을 탄 소방대원들이 지나가고 있었다.

무겁고 질긴 천으로 만든 소방복에 철모를 쓴 소방대원들은 광장에서부터 두 다리를 축 늘어뜨린 채로 머리를 흔들어대면서 일부러 혐오스러운 목소리로 노래를 부르며 지나갔다.

우리의 소방대장에게 영광을,
우리의 고귀한 나소소프 동지에게 영광을……!

"소방대장의 아들인 콜카의 결혼 피로연에 갔다 와서 저렇게 돌아다니고 있습죠." 베젠추크는 자신의 가죽옷 안에 손을 넣고 가슴을 긁어대며 무뚝뚝한 어조로 말했다. "그렇다면 정말로 비단 덮개고 뭐고 다 필요 없다는 말씀이시죠?"

바로 그 순간 이폴리트 마트베예비치는 모든 것을 결정했다. '가야겠어.' 그는 결심했다. '찾을 거야! 어떻게 되든 간에!' 보석에 대한 상상으로 가득 찬 이폴리트 마트베예비치는 갑자기 죽은 장모가 이전보다 훨씬 더 사랑스럽게 여겨졌다. 그는 베젠추크를 향해 말했다.

"좋았어! 그렇게 하게! 비단 덮개를 해! 술 장식도 달아주고!"

3장
〈죄와 거울〉

죽음의 문턱에 선 클라브디야 이바노브나에게 참회 예식을 거행한 프롤과 라브르 기념교회의 사제 표도르 보스트리코프는 매우 흥분한 상태로 보로뱌니노프의 집을 나왔다. 그는 자신의 아파트로 돌아오는 동안 정신없이 이곳저곳을 둘러보기도 하고 이상한 웃음을 짓기도 했다. 집으로 오는 내내 어찌나 경황이 없는지 하마터면 길모퉁이에서 군집행위원회 소속 자동차인 '국영 1호'에 치일 뻔했다. 흉악스러운 자동차에서 뿜어져나오는 유해한 연기를 헤치고 나온 사제 보스트리코프는 자신이 중년의 나이에 고귀한 신분의 사람이라는 것도 망각한 채, 말이 뛰어가듯 천박한 걸음걸이로 정신없이 자신의 집에 도착했다.

사제의 아내인 카테리나 알렉산드로브나는 저녁 준비를 하고 있었다. 표도르 사제는 저녁 예배가 없는 날에는 저녁을 일찍 먹는 것을 좋아했다. 그러나 오늘은 집에 들어오자마자 안감을 넣어 따뜻하게 만든 모자와 캐속을 벗어 던지고, 아내가 놀랄 정도로 재빨리 침실로 뛰어 들어가 문을 걸어 잠그고는 분명치 않은 목소리로 기도문 〈영광 받으소서〉를 읊조리기 시작했다.

사제의 아내는 의자에 앉아 불안한 마음으로 중얼거렸다.

"또 새로운 사업을 시작하시려나…….'"

불붙은 표도르 사제의 마음은 안정되지 못했다. 그의 마음은 쉽사리 가라앉지 않았다. 페쟈라고 불리던 신학교 학생 시절에도, 신학교를 졸업하고 콧수염이 자라 표도르 이바니치*라고 불리던 시절에도 이렇게 마음이 안정되지 않았던 적은 결코 없었다. 신학교를 졸업하고 일반 대학으로 옮겨 법대에서 3년을 공부한 보스트리코프는 군대 징집을 피하기 위해 1915년에 다시금 성직자의 세계로 돌아왔다. 처음에는 집사 일을 맡았다가, 이후 사제로 안수 받아 N군으로 발령을 받게 되었다. N군으로 온 표도르 사제는 성직자의 일을 하든, 속세의 일을 하든 언제나 사리사욕에 밝았다.

표도르 사제는 자신의 양초 공장을 가지는 것을 항상 꿈꿔왔

---

*일반적으로 러시아인의 이름은 '이름+부칭+성'으로 이루어진다. 예를 들어, 소설에 등장하는 사제 '표도르 이바니치 보스트리코프'에서 '표도르'는 이름이며, '이바니치'는 부칭('이반'이라는 아버지의 이름에서 변형), '보스트리코프'는 성이다. 친한 사이인 경우에는 보통 이름만 부르며, 윗사람이나 공식적인 자리에서는 반드시 이름과 부칭을 함께 불러야 예의에 어긋나지 않는다. 또한 친한 사이나 어린 시절에는 이름을 줄여 애칭으로 많이 부르며(예: 표도르→페쟈), 성인이 되었을 때는 그를 존중하는 의미로 이름과 부칭을 함께 부르기도 한다.

다. 그는 굵은 밀랍 밧줄들로 감겨 있는 커다란 공장용 드럼통들에 대한 환상을 언제나 머릿속에 그리고 있었다. 그래서 오래전부터 점지해둔 사마라*에 있는 양초 공장을 인수할 기금과 유동자본을 마련할 여러 가지 계획과 실행 방안들을 고안하기도 했다.

어느 날 불현듯 좋은 계획이 떠오른 표도르 사제는 당장 일에 착수했다. 사제는 대리석처럼 희고 반들거리는 세탁비누를 만들기로 결심하고, 대량으로 비누를 생산했다. 그러나 비누는 유지 성분의 비율을 극대화시켰음에도 불구하고 거품이 잘 일지 않았고, 게다가 가격을 협동조합 '낫과 망치'에서 생산한 비누보다 두 배나 비싸게 책정했다. 비누들은 오랫동안 창고에 방치되어 습기가 찼고, 창고를 지나갈 때마다 사제의 부인인 카테리나 이바노브나는 눈물을 흘리곤 했다. 그 후 비누들은 쓰레기 구덩이에 파묻혔다.

이후 표도르 사제는 어떤 축산 관련 잡지에서 토끼가 번식력이 강하고, 고기는 닭고기처럼 부드러워서 조금만 부지런하게 관리한다면 적지 않은 돈을 벌 수 있다는 기사를 읽었다. 사제는 즉시 여섯 쌍의 토끼를 기를 수 있는 시설을 갖췄고, 두 달이 지나자 귀가 큰 이 동물들은 믿기 어려울 정도로 번식하여 집과 마당을 가득 채운 채 이리저리 난장판으로 뛰어다녔다. 그러나 이 저주받을 N군 사람들은 매우 보수적이었고, 일치단

*러시아 서부 지역에 위치한 공업 도시.

결이라도 한 것처럼 보스트리코프의 토끼를 구입하지 않았다. 그래서 표도르 사제는 아내와 상의한 후, 닭고기보다 맛이 더 좋다고 판단한 토끼 고기로 자신의 식단을 장식하기로 했다. 사제와 그의 아내는 토끼를 재료로 삼아 불고기, 크로켓, 바싹 구운 커틀릿을 만들어보기도 했고, 수프로 끓여보기도 했으며, 차게 해서 저녁 식사로 내놓기도 했고, 파이를 만들기 위해 구워보기도 했다. 그러나 이 모든 것들이 크게 도움이 되진 못했다. 이에 표도르 사제는 만일 각 가정에서 음식을 전부 토끼 고기로 바꾼다면, 한 집당 한 달에 적어도 40마리 정도는 먹을 것이며, 또한 어린 토끼는 한 달에 90마리 정도가 소비될 것이고, 더욱이 이 숫자는 매달 기하급수적으로 늘어날 것이라는 계산을 떠올렸다.

그리하여 보스트리코프 내외는 가정용 음식을 만들기로 결심했다. 표도르 사제는 수학용 모눈종이를 말끔하게 잘라낸 후, 그 위에 잘 지워지지 않는 펜으로 신선한 버터로 특별하게 요리한 맛있는 가정용 토끼 고기를 판매한다는 광고 문구를 저녁 내내 썼다. 문구는 다음과 같이 시작되었다. "싸고 맛있습니다." 사제의 아내는 에나멜 칠이 된 커다란 접시에 밀가루로 쑨 풀을 가득 채웠고, 표도르 사제는 밤늦게까지 군내 모든 전신주와 관청 근처에 광고지를 붙이고 다녔다.

새로운 계획은 큰 성공을 서두었다. 첫날 일곱 명의 사람들이 찾아왔는데, 그중에는 군사인민위원회의 서기 벤딘과 도시 정비과 과장인 코즐로프도 포함되어 있었다. 코즐로프는 군내 유일한 고적물인 옐리자베타 시대*의 승전 기념 아치를, 그의 말에 의하면 도로 교통에 방해가 되기 때문에 최근에 열성적으로 제거해버린 인물이었다. 음식은 이들에게 매우 만족스러웠다. 다음 날에는 열네 명의 사람들이 찾아왔다. 토끼 가죽을 벗길 시간이 없을 정도로 사업은 일주일 동안 빛나는 성공을 이어갔다. 표도르 사제는 이번에도 혹시 예기치 못한 일들이 발생할 것에 대비해, 비록 자동차도 없지만, 자그마한 토끼 모피 제조 공장을 차릴 구상을 이미 하고 있었다.

물품 재고 조사로 3주간 문을 닫았던 협동조합 '낫과 망치'가 다시 문을 열었다. 조합에 소속된 판매원들은 코를 막고 숨을 헐떡이면서 썩은 양배추가 들어 있는 통을 표도르 사제와 공동으로 사용하는 뒷마당으로 끌어낸 뒤에 쓰레기 구덩이에 파묻어버렸다. 자극적인 냄새에 이끌린 토끼들이 이 구덩이로 달려들었고, 다음 날 아침 토끼들 중 연약한 놈들부터 전염병이 시작되었다. 전염병은 3시간 동안 토끼들을 휘몰아쳤고, 순식간에 240마리의 다 큰 토끼와 셀 수 없을 정도로 많은 어린 토끼들이 죽어버렸다.

정신이 나갈 정도로 큰 충격을 받은 표도르 사제는 거의 두 달 동안 침통에 빠져 있었는데, 보로뱌니노프의 집에 다녀온 지금은 아내도 놀랄 만큼 생기를 되찾아서는 침실로 직행하고 문을 닫아버린 것이었다. 이것은 사제 표도르에게 그의 온 마

*표트르 대제의 딸로서 1741년부터 1762년까지 왕위에 올랐던 옐리자베타 페트로브나의 통치기를 말한다.

음을 사로잡은 새로운 사업 계획이 생겨났다는 것을 의미했다.

카테리나 알렉산드로브나는 굽은 손가락 끝으로 조심스레 침실 문을 두드렸다. 대답은 없었지만 기도 소리는 더 크게 들렸다. 잠시 후 문이 살며시 열렸고, 문틈으로 처녀의 홍조같이 상기된 사제의 얼굴이 보였다.

"부인, 가위 좀 얼른 가져다주구려." 표도르 사제가 재빨리 말했다.

"근데 저녁 식사는요?"

"알았소, 나중에 하겠소."

사제는 가위를 받아 들고서 다시 문을 잠근 후, 흠집투성이의 검은색 테두리로 장식된 벽거울 앞에 섰다.

거울 옆에는 동판이 섞인 판화용 판자에 아름답게 채색된 〈죄의 거울〉이라는 오래된 민화가 걸려 있었다. 표도르 사제는 이 그림을 최근에 모스크바의 스몰렌스크 시장에서 샀다. 토끼 고기 사업 실패 이후 〈죄의 거울〉은 표도르 사제에게 특별한 위안을 주었다. 목판화는 모든 지상의 삶의 덧없음을 명확하게 보여주고 있었다. 그림의 위쪽 부분에는 의미심장하면서도 마음을 위로해주는 네 개의 작은 삽화가 그려져 있었고, 각각의 삽화에는 다음과 같은 글귀들이 적혀 있었다. "셈은 기도를 한다", "함은 밀알을 뿌린다", "야벳은 권력을 가진다", "죽음은 이 모든 것을 앗아간다".* 죽음은 손에 낫과 물시계를 들고 날개가 달린

---

*〈창세기〉에 나오는 노아의 세 아들 셈, 함, 야벳에 관한 이야기.

모습으로, 의족 같은 두 다리를 넓게 벌리고 황량한 언덕 위에 서 있었다. 그 모습은 마치 토끼 사업의 실패 따윈 아무것도 아니라고 분명히 얘기하고 있는 듯했다.

지금 이 순간 표도르 사제는 "야벳은 권력을 가진다"라는 경구가 들어 있는 삽화가 더 마음에 들었다. 거대한 몸집에 턱수염이 난 부자가 자그마한 홀의 왕좌에 앉아 있는 그림이었다.

표도르 사제는 미소를 지으면서 거울 속에 비친 자신의 모습을 자세히 들여다보고는 멋들어지게 자란 턱수염을 자르기 시작했다. 가위 소리가 요란하게 들리면서 수염들이 마룻바닥에 떨어졌고, 5분쯤 지나자 사제는 더 이상 턱수염을 자르면 안 되겠다는 생각이 들었다. 턱수염이 한쪽으로 비뚤어져서 보기에 좋지 않았고, 심지어 수상쩍은 사람처럼 보였기 때문이다.

거울을 잠시 더 들여다본 표도르 사제는 분통을 터뜨리며 아내를 불러 가위를 건네주고 신경질적인 목소리로 말했다.

"부인, 나 좀 도와주구려. 아무리 해도 이 수염들이 고르게 잘리질 않소."

사제 부인은 너무나도 놀라 손을 등 뒤로 감춰버렸다.*

"대체 당신 무슨 짓을 한 거예요?" 그녀는 가까스로 말을 꺼냈다.

"아무 짓도 하지 않았소. 수염을 좀 자른 것뿐이오. 좀 도와주구려. 바로 이쪽이, 좀 한쪽으로 기운 것 같단 말이야."

---

*러시아 정교회의 사제들은 전통적으로 머리카락과 수염을 자르지 않는 것을 불문율로 지키고 있다.

"어떻게 이런 일이……." 표도르 사제의 들쭉날쭉한 턱수염을 보며 부인이 말했다. "당신 정말, 혁신파*에 가담할 생각은 아니죠?"

표도르 사제는 대화가 이런 식으로 흘러가는 것이 기뻤다.

"부인, 내가 혁신파에 가담하지 못할 이유가 무엇이오? 혁신파들은 사람도 아니오?"

"사람이긴 물론 사람이죠." 사제의 부인은 가시 돋친 어조로 대답했다. "하지만 그 사람들은 환상을 좇아 다니고, 이혼도 하고 재혼도 하는 사람들이잖아요."

"그렇다면 나도 환상을 좇아 다니겠소."

"좇아가세요."

"좇아 달려갈 것이오."

"끝까지 한번 달려가보세요. 거울에 비친 당신 모습이나 좀 똑똑히 보고요."

실제로 거울 속에서는 조잡한 짧은 턱수염에 볼썽사나운 긴 콧수염을 한, 검은 눈동자의 울퉁불퉁한 얼굴이 표도르 사제를 노려보고 있었다.

다시 콧수염이 적당한 길이로 잘려 나가기 시작했다.

표도르 사제는 계속해서 부인을 놀라게 했다. 사제는 일이

---

*1900년대 초에 형성되어 자유개혁적인 활동을 펼친 러시아 정교회 내의 일련의 성직자들이 중심이 된 분파. 수세기에 걸친 교회의 타락과 무기력을 혁신하는 것을 목표로, 교회 의식을 간소화하고, 성직자들의 세속화를 허용하면서 보다 자유롭고 평등 지향적인 정교회를 구축하려 했으나, 이후 스탈린 시대에 숙청의 대상이 되었다.

있어서 오늘 밤 당장 떠나야 한다고 선언하고는, 부인에게 빵
가게를 하는 매형에게 달려가서 일주일 정도 필요하니 아스트
라한* 외투와 갈색 오리털 모자를 빌려 오라고 요구했다.

"전 아무 데도 가지 않을 거예요!" 부인은 소리치고 나서 울
음을 터뜨렸다.

표도르 사제는 30분가량 방 안을 서성이면서, 얼굴 표정을
바꿔가며 아내를 윽박지르기도 했고 쓸데없는 말을 지껄이기
도 했다. 사제의 부인은 한 가지는 분명하게 이해했다. 남편은
별다른 이유 없이 수염을 잘랐으며 바보 같은 모자를 쓰고 알
수 없는 곳으로 떠나고 싶어 한다는 것, 그리고 그것은 자신을
버린다는 뜻이었다.

"난 부인을 버리지 않소." 표도르 사제는 분명한 어조로 말
했다. "당신을 버리고 떠나는 것이 아니라, 일주일 후면 다시
돌아올 거요. 사람에겐 피치 못할 일이라는 게 있지 않소? 그
렇소, 그렇지 않소?"

"그렇지 않아요." 사제의 부인이 대답했다.

사제는 가까운 사람들에겐 온화한 성격이었지만, 지금은 할
수 없이 주먹으로 탁자를 내리쳐야만 했다. 비록 사제가 어설
프고 조심스럽게 탁자를 내리쳤음에도, 이전엔 한 번도 이런
일이 없었던지라 사제의 부인은 크게 놀라서 스카프를 머리에
두르고 오빠에게 속세의 옷을 빌리러 쏜살같이 뛰어갔다.

*러시아 아스트라한 지방과 중근동 지방에서 나는 새끼 양의 털가죽.

혼자 남은 표도르 사제는 잠시 생각에 잠기더니 혼잣말을 중얼거렸다. "여자들에게는 쉬운 일이 아니겠지." 그런 뒤 침대 밑에서 엷은 금속판이 둘린 작은 트렁크를 꺼냈다. 이런 종류의 트렁크는 주로 적군* 병사들이 사용했는데, 줄무늬 벽지 같은 것으로 둘려, 위쪽에는 부됸니**의 초상화나, 조약돌 가득한 바투미*** 해변에 누워 있는 세 명의 미녀가 그려진 담배 '해변'의 포장지가 붙어 있곤 했다. 보스트리코프 가족의 트렁크 역시, 표도르 사제는 별로 마음에 들어 하지 않았지만, 그림들이 붙어 있었다. 그러나 그것은 부됸니도, 바투미의 미녀들도 아니었다. 가방은 사제의 부인이 잡지 《1914년 전쟁의 기록》****에서 오려낸 사진들로 온통 도배가 되어 있었다. '프셰미슐 탈환', '전선 장병들에게 위문품 배급' 따위의 제목이 붙은 사진들이었다.

표도르 사제는 트렁크 윗부분에 들어 있던, 1903년에 발행된 잡지 《러시아 순례자》 몇 권, 《분리파 교도들의 역사》라는 제목의 두꺼운 책, 연기를 내뿜는 베수비오 화산의 사진이 표지에 인쇄된 〈이탈리아의 러시아인〉 팸플릿을 꺼내 마룻바닥에 펼쳐놓았다. 그런 다음 트렁크 제일 밑바닥에 손을 넣어 낡

---

*1917년 러시아 혁명 후 약 5년 동안 혁명 세력과 이를 반대하는 진영 간의 내전이 발발했는데, 붉은 깃발을 기치로 한 혁명군을 '적군(赤軍)'이라 불렀고, 왕정, 귀족, 장교 등이 중심이 된 반대 세력은 하얀 깃발을 기치로 하여 '백군(白軍)'이라 불렀다.
**내전 당시 적군의 사령관이었던 소비에트의 장군 세묜 미하일로비치 부됸니.
***흑해 연안의 그루지아에 위치한 항구 도시.
****1차 세계대전 당시 제정 러시아 군부에서 발행한 잡지. 전쟁 소식과 병사들의 공훈을 사진과 함께 실었다.

고 오래된 아내의 모자를 끄집어냈다. 트렁크에서 갑작스럽게 퍼져 나온 나프탈렌 냄새 때문에 인상을 찡그린 표도르 사제는 모자에서 레이스와 시접을 떼어내고 아마포에 쌓인 소시지 모양의 묵직한 물건을 꺼냈다. 그 속에는 표도르 사제가 투기사업으로 번 10루블짜리 금화 20개가 들어 있었다.

그는 익숙한 손놀림으로 캐속의 앞자락을 걷어 올리고, 소시지 모양의 묵직한 물건을 줄무늬 바지의 주머니에 쑤셔 넣었다. 그런 다음, 장롱 쪽으로 다가가서 사탕을 담아두는 상자에서 3루블짜리 지폐들과 5루블짜리 지폐들로 50루블 정도를 꺼냈다. 상자에는 아직 20루블 정도가 남아 있었다.

"남은 돈으로 충분히 생활할 수 있겠지." 그는 떠날 결심을 했다.

4장
먼 방랑의 뮤즈

야간열차가 도착하기 1시간 전에 표도르 사제는 무릎에 닿을 락 말락 하는 짧은 외투를 입고 손에는 바구니를 든 채 매표소 앞에 줄을 서서 초조한 마음으로 입구 쪽을 계속 주시했다. 그의 만류에도 불구하고 혹시 아내가 역으로 그를 배웅하러 달려오지나 않을까, 세무감찰국 관리에게 맥주를 대접하고 있는 역내 간이식당 주인 프루시스가 금방이라도 자신을 알아보지나 않을까 두려웠던 것이다. 표도르 사제는 자신이 입고 있는 줄무늬 바지를 바라보면서 자신이 속세의 사람으로 변해 있음을 깨닫고 놀라움과 부끄러움을 느꼈다.

지정 좌석이 없는 열차를 타면 늘 한바탕 큰 소동이 벌어지기 마련이다. 산더미처럼 많은 짐 보따리 때문에 허리를 구부정하게 숙인 승객들은 열차의 첫 번째 칸에서 끝 칸으로, 끝 칸에서 다시 첫 번째 칸으로 뛰어다녔다. 표도르 사제 역시 얼빠진 사람처럼 뛰어다녔다. 그는 혹시나 승무원이 "이건 잘못된 표입니다"라고 말하지는 않을까 걱정스러운 마음에 다른 모든 사람들처럼 승무원에게 아부하는 목소리로 표를 건넸다. 마침내 객실 입장표를 받고 나서야 비로소 평상시의 평온함을 되찾았고, 심지어 즐거운 마음까지 들게 되었다.

표도르 사제를 실은 열차가, 어떤 일이 진행될지는 알 수 없지만 분명 커다란 이익을 가져다줄 미지의 먼 곳으로 힘차게 기적 소리를 울리며 움직이기 시작했다.

철도는 매우 흥미로운 '구역'이다. 지극히 평범한 사람이라고 해도 일단 열차를 타기만 하면 알 수 없는 분주함을 느껴 재빨리 얌전한 승객으로 변하든지, 아니면 그냥 짐꾼이 되기도 하고, 또는 방탕한 무임승차자가 되어 열차의 모든 승무원들을 괴롭히곤 한다.

역이나 정거장이라고 부르는 철도의 '구역'에 들어오는 순간부터 사람들의 삶은 완전히 달라진다. 하얀 앞치마를 두르고 가슴엔 니켈로 도금된 번호표를 달고 있는 예르마크 티모페예비치*처럼 생긴 사람들이 우르르 달려 나와 짐을 운반해주는데, 이 순간부터 사람들은 이제 순수한 자기 자신이 아니라 승객이 되며, 승객의 모든 의무를 이행하기 시작한다. 승객의 의무는 매우 복잡하고 많지만, 즐거운 일이다.

승객들은 엄청나게 많이 먹는다. 보통 사람들은 밤에 음식을

---

*16세기 시베리아를 정복한 카자크 부대의 지도자. 주로 커다란 덩치에 긴 수염을 가진 모습으로 민화에 그려져 있다.

먹지 않지만 승객들은 밤에 먹는다. 승객들은 비싼 닭튀김 요리, 위장에 좋지 않은 삶은 달걀, 그리고 올리브를 먹는다. 열차가 교차로를 지나갈 때면 무수히 많은 찻잔들이 딸그락 소리를 내고, 승객들이 먹다 남아 신문지로 싸놓은 닭다리가 튀어 오른다.

그러나 승객들은 이런 것들에 전혀 개의치 않는다. 그들은 이런저런 우스갯소리를 주고받는다. 모든 객실에서 3분마다 정기적으로 웃음소리가 들리고, 그러다가 잠시 정적이 흐르기도 한다. 부드러운 목소리가 이런 우스갯소리를 들려준다.

"늙은 유대인이 죽어가고 있었다네. 마누라와 자식들이 그 자리를 지키고 있었지. '모냐가 여기 왔니?' 유대인은 겨우 물어보았다네. '네, 여기 있어요.' '그럼 브라나 숙모도 왔니?' '네, 오셨어요.' '그럼 할머니는 어디 계시지? 아직 보지 못했구나.' '여기 서 계시잖아요.' '그럼 이삭은?' '이삭도 여기에 있어요.' '그럼 아이들은?' '아이들도 모두 여기에 있어요.' '그럼 대체 누가 가게를 보고 있는 거야?!'"

그 순간에도 커다란 웃음소리 속에서 찻잔들이 딸그락 소리를 냈고, 닭튀김들은 위쪽 선반으로 튀어 올라갔다. 그러나 승객들은 신경 쓰지 않았다. 모든 승객들은 가슴속에 자신만의 소중한 애깃거리를 품은 채 자기 차례가 오기만을 초조하게 기다리고 있었다. 새로운 이야기꾼이 옆 사람을 밀어제치면서 애원하듯 외쳤다. "누가 나에게 이런 얘기를 해주었소!" 힘들게 자신에게로 관심을 돌린 그는 이야기를 시작했다.

"어떤 유대인이 집에 돌아와 아내와 함께 잠자리에 누웠소. 근데 갑자기 침대 밑에서 뭔가 부스럭거리는 소리가 들리는 게 아니겠소. 유대인은 침대 밑으로 손을 넣고 다음과 같이 물었소. '너냐, 멍멍아?' 그러자 멍멍이가 손을 핥으며 대답했소. '네, 접니다.'"

칠흑 같은 어둠이 들판을 덮었다. 열차는 화통에서 쉴 새 없이 불꽃을 내뿜으며 녹색 신호등이 깜빡이는 가느다란 신호기를 지나치고 있었다.

철도는 정말 흥미로운 '구역'이지 않은가! 길고 육중한 몸매를 자랑하는 열차는 온 나라 구석구석 어디든지 달려간다. 철길이 나 있는 곳이면 어디든지 달려간다. 모든 곳에 녹색 신호가 켜 있으니 쉬지 않고 달린다. 북극행 특급열차는 무르만스크까지 갈 수 있다. 'K-1' 열차는 쿠르스크에서 선로만 살짝 바꾸면 트빌리시까지 갈 수 있다. 극동행 특급열차는 바이칼 호수를 한 바퀴 돌고 난 뒤, 태평양 연안까지도 갈 수 있다.

방랑의 뮤즈는 사람들을 유혹한다. 조용한 시골 마을에 사는 표도르 사제를 유혹하여 이름 모를 어딘가로 향하게 하고, 작스 서기관인 이폴리트 마트베예비치 보로뱌니노프를 역시 흥분된 마음으로 자기 자신도 어떻게 진행될지 모르는 일로 빠져들게 만들고 있다.

사람들은 나라 구석구석을 다닌다. 어떤 사람은 자신의 근무지에서 수만 킬로미터 떨어진 곳까지 신붓감을 찾으러 간다. 어떤 사람은 자신의 직장인 우체국을 그만두고, 어린아이들처럼 알단 강*으로 보물을 찾으러 떠난다. 또 다른 사람은 집에 틀어박힌 채 만성 탈장이 된 자신의 배를 쓰다듬으며 5코페이카로 깎아서 구입한 1루블짜리 살리아스 백작**의 작품들을 읽기도 한다.

장의사 베젠추크가 장례식을 잘 치러준 다음 날, 이폴리트 마트베예비치는 직장으로 출근하여 업무를 담당하는 담당자의 자격으로 스타르고로드 지역 귀족 출신, 거주지는 N군, 비(非)당원, 가정주부, 59세의 클라브디야 이바노브나 페투호바의 사망신고를 직접 기록했다. 그런 다음 이폴리트 마트베예비치는 2주간의 법정 휴가를 신청했고, 휴가비로 41루블을 받은 후 동료들과 인사를 한 다음 집으로 향했다. 집으로 오는 길에 그는 약국에 들렀다.

친구들과 집에서는 '리파'로 불리는 약사 레오폴트 그리고리예비치는 우유 빛깔 약병들로 둘러싸인, 붉은 래커 칠이 된 판매대 앞에서 소방대장의 처제에게 '안고 크림은 자외선 차단과 주근깨 박멸에 효과가 있으며 미백에 특효인 크림'이라고 신경질적으로 설명하고 있었다. 그러나 소방대장의 처제는 '자연적인 일광욕으로는 얻을 수 없는, 피부를 매끈하고 구릿빛으로 만들어주는 라셀 파우더'를 요구했다. 약국에는 자외선을 차단하는 안고 크림밖에 없었기에 두 사람의 싸움은 이후 30분간

---

*러시아 시베리아 지역을 흐르는 강으로, 금광 지대로 알려져 있다.
**모험소설을 주로 쓴 러시아의 작가 예브게니 안드레예비치 살리아스.

더 지속됐다. 결국 승리자는 리파였다. 약사는 소방대장의 처제에게 크림 외에 립스틱, 그리고 사모바르의 원리로 만들어졌지만 겉모양은 물뿌리개와 비슷한 클로포바르*를 팔았다.

"무엇을 찾으십니까?"

"머리에 바르는 약 좀 주시오."

"발모제를 드릴까요, 발모 억제제를 드릴까요?"

"발모제는 무슨!" 이폴리트 마트베예비치가 말했다. "염색약을 주시오."

"'타이타닉'이라는 기가 막힌 염색약이 있습니다. 세관에서 빼돌린 밀수품이죠. 찬물이나 뜨거운 물에도 끄떡없고, 비누나 등유로 감아도 색이 빠지지 않습니다. 완전히 새까만 검은색입니다. 6개월을 쓸 수 있는 이 한 병이 3루블 12코페이카입니다. 잘 아는 사이니까 특별히 추천해드리는 겁니다."

이폴리트 마트베예비치는 사각형 모양으로 된 타이타닉 병을 한 바퀴 돌려보았다. 그는 상표를 확인하고, 한숨을 내쉬면서 판매대 앞에 돈을 놓았다.

언짢은 기분으로 집에 돌아온 이폴리트 마트베예비치는 머리와 수염에 타이타닉을 바르기 시작했다. 집 전체에 악취가 퍼져나갔다.

점심때가 지나서야 악취가 줄어들기 시작했지만 머리카락과 수염은 말라붙어버려서 빗질을 하기도 힘들 지경이었다. 완전

---

*고온의 물을 급속하게 끓이기 위해 주전자 부리가 사모바르보다 더 길고 가늘며, 덮개도 특별한 형태로 고안된 주전자.

히 새까만 검은색이라고 했는데 군데군데 녹색이 보였다. 그러나 다시 한 번 염색을 할 시간적 여유는 없었다.

이폴리트 마트베예비치는 전날 장모의 보석함에서 찾아낸 보석 목록표를 챙긴 다음, 가지고 있는 현금을 모조리 주머니에 넣었다. 아파트 문을 잠그고 열쇠를 뒷주머니에 넣은 그는 급행열차 7호를 타고 스타르고로드로 출발했다.

5장
위대한 사기꾼

북서 지방에 있는 마을 츠마로브카에서 스물여덟 살의 젊은 청년이 스타르고로드 시에 도착한 시각은 11시 30분이었다. 청년의 뒤를 거리의 부랑아가 따라오고 있었다.

"아저씨." 아이는 밝은 목소리로 불렀다. "10코페이카만 주세요!"

젊은이는 주머니에서 탐스럽게 익은 사과를 꺼내 소년에게 주었으나, 소년은 계속해서 따라왔다. 그러자 젊은이는 걸음을 멈추고 아이를 경멸에 찬 눈으로 바라보며 조용히 말했다.

"돈이 가득 쌓여 있는 아파트 열쇠라도 주랴?"

끈질기게 따라붙던 부랑아는 자신의 요구가 더 이상 먹히지 않는다는 것을 깨닫고 젊은이에게서 떨어졌다.

젊은이는 거짓말을 했다. 그에게는 돈도 없었고, 돈이 쌓여 있는 아파트도 없었고, 아파트 문을 여는 열쇠도 없었다. 심지어 외투조차 없었다. 젊은이는 허리에 딱 달라붙는 녹색 양복만 입은 채로 이곳에 왔다. 우락부락해 보이는 목덜미에는 낡은 털목도리를 둘둘 감았고, 발에는 윗부분이 오렌지색 양가죽으로 된 광택 나는 부츠를 신고 있었다. 부츠는 앞부분이 닳아서 금세라도 떨어져 나갈 것 같았다. 손에는 아스트롤라베*가 들려 있었다.

"오, 바야데르여! 티리림, 티리라!"** 젊은이는 노래를 부르며 수입품을 파는 시장으로 향했다.

그는 이곳에서 할 일이 많아 보였다. 젊은이는 노점상들의 틈바구니를 비집고 들어가 자신의 아스트롤라베를 앞에 놓고 진지한 목소리로 외쳐댔다.

"아스트롤라베가 필요하신 분 없습니까? 아주 싼 아스트롤라베가 있습니다! 대표 위원님들이나 여성부 직원들에게는 특별히 할인해드립니다."

전혀 예기치 않았던 물품의 등장이라 오랫동안 수요자가 나타나지 않았다. 가정주부들은 생활용품점이나 포목점 주위에 몰려 있었다. 아스트롤라베를 파는 젊은이 주위에 스타르고로드 시 형사국의 형사가 두 번이나 왔다 갔다. 그러나 아스트롤라베는 아무리 살펴보아도 어젯밤 축산협회 사무실에서 도난당한 타자기처럼 생기지는 않았는지, 형사는 젊은이에 대한 의

*천체의 높이나 각거리를 재는 기구.
**헝가리 작곡가 에머리히 칼만의 오페레타 〈바야데르〉(1921)의 아리아. '바야데르'는 인도의 무희를 뜻한다.

심을 거두고 다른 곳으로 가버렸다.

아스트롤라베는 점심 무렵 철공에게 3루블에 팔렸다.

"측정할 게 있다면 알아서 끝내주게 측정이 됩니다." 아스트롤라베를 구매자에게 건네주며 젊은이는 말했다.

번잡스러운 기계 덩어리에서 해방된 젊은이는 즐거운 마음으로 '맛집'이라는 이름의 식당으로 달려가 점심을 먹고 나서 도시를 둘러보기 시작했다. 젊은이는 가장 먼저 '소비에트 거리'를 둘러본 다음, 예전에는 '푸시킨 대로'라 불렸던 '적군 거리'를 지나쳐 '협동조합 거리'를 가로질러 걸었는데, 그러자 다시금 '소비에트 거리'가 나왔다. 그러나 이 '소비에트 거리'는 젊은이가 처음에 둘러본 그 거리가 아니었다. 도시에는 두 개의 '소비에트 거리'가 있었던 것이다. 이러한 상황에 잠시 어리둥절한 젊은이는 이전에는 '데니소프* 거리'라 불렸던 '레나 강 사건** 거리'로 들어서자마자 다음과 같은 간판이 걸려 있는 아름다운 2층짜리 독채 건물을 보았다.

> 소비에트 사회주의 연방공화국 산하
> 러시아 소비에트 사회주의 연방공화국 소속
> 스타르고로드 시 사회보장국 부속 제2양로원

*1812년 나폴레옹과의 전쟁을 승리로 이끈 러시아의 장군.
**1912년 레나 강 유역의 금광에서 일어난 노동자들의 동맹 파업 사건. 황제 군대의 개입으로 500명 이상의 사상자가 발생했으며, 1917년 러시아 혁명의 전조로 여겨지는 사건이다.

젊은이는 출입구의 석조 의자에 앉아 있는 수위 곁에서 잠시 담배를 피우기 시작했다.

"저기, 영감님." 젊은이는 담배 연기를 길게 내뿜으며 물었다. "이 도시에는 결혼할 만한 미인들이 많습니까?"

젊은이의 뜬금없는 질문에도 수위는 전혀 당황하지 않고 대답해주었다.

"암말도 다 자기 짝은 있는 법이지." 늙은이는 기꺼이 대화에 참여해주었다.

"좋은 정보로군요." 젊은이는 재빨리 말했다.

그리고 즉시 새로운 질문을 던졌다.

"그러면 이 건물에는 결혼할 만한 여자들이 없겠군요?"

수위는 젊은이의 질문에 반박했다. "아닐세. 오래전부터 이미 저세상 사람들이 등불을 들고 이곳의 여자들을 기다리고 있다네. 이곳은 국영 양로원이고, 노파들은 모두 연금으로 살아가고 있지."

"무슨 말인지 알겠습니다. 그럼 이곳에 계신 분들은 사적 유물론이 생기기 이전에 태어나신 분들이군요?"

"두말하면 잔소리지. 다들 오래전에 태어났다네."

"그러면 사적 유물론이 생기기 이전에 이 건물은 무엇이었나요?"

"언제라고?"

"그러니까, 구체제 당시 말입니다."

"구체제 때에는 우리 주인 나리가 이 건물에서 사셨지."

"부르주아였습니까?"

"부르주아라니! 자네한테만 말해주는 건데, 그분은 귀족단장*이셨네."

"그럼 프롤레타리아였습니까?"

"프롤레타리아라니! 자네한테만 말해주는 건데, 그분은 귀족단장이셨네."

젊은이가 재빨리 화제를 전환하지 않았다면, 계급사회 구조 자체에 대한 이해가 부족한 이 현명한 수위와의 대화가 언제 끝날지 모를 일이었다.

"저기, 영감님." 그가 말했다. "술이나 한잔하시는 건 어떠십니까?"

"그거 좋지."

두 사람이 1시간쯤 사라졌다가 다시 나타났을 때, 수위와 젊은이는 이미 둘도 없는 친구 사이가 되어 있었다.

"영감님 집에서 함께 밤을 보내고 싶군요." 새 친구가 말했다.

"난 좋은 사람이니까 원한다면 평생 내 곁에서 지내도 좋네."

순식간에 자신의 목적을 달성한 젊은이는 재빠르게 수위의 거처로 들어가서 오렌지색 부츠를 벗어 던진 후 긴 의자에 몸을 쭉 뻗고 내일의 계획에 대해 궁리했다.

젊은이의 이름은 오스타프 벤데르였다. 사람들이 자신의 이

---

*1785년 예카테리나 여제에 의해 시행되어 1917년 혁명 전까지 유지된 제정 러시아의 지방자치 관료 체제. 보통 주, 시, 군 단위로 해당 의회에서 귀족 신분을 가지고 있는 관리 중 선출했다.

력에 대해 물어보면 그는 보통 "내 아버지의 국적은 터키입니다"라는 한 가지 사실만을 말해주곤 했다. 터키 국적자의 아들은 길지 않은 인생 동안 자주 직업을 바꾸었다. 활동적인 성격 탓에 한 가지 일에 몰두하지 못하고 끊임없이 전국 구석구석을 돌아다녔으며, 지금은 닳아빠진 부츠를 신은 채 아파트 열쇠도 없고, 아파트도 없고, 돈도 없이 이곳 스타르고로드로 온 것이었다.

쾌쾌한 냄새가 날 정도로 후끈거리는 수위의 방에 누워 오스타프 벤데르는 자신이 출세할 수 있는 두 가지 가능한 방안에 대해 골몰했다.

첫 번째 방안은 여기저기서 사기 결혼을 한 뒤, 마누라들에게서 탈취한 값비싼 물건들을 가방에 가득 싣고 이곳저곳을 유유자적 여행하는 일이었다. 두 번째 방안은 내일이라도 당장 스타르고로드 시의 아동위원회*를 찾아가 그들에게 다음과 같은 제안을 하는 것이었다. 〈오스만투르크의 술탄에게 편지 쓰는 자포로제 카자크들〉**이라는 화가 레핀의 유명한 그림을 토대로 하여, '체임벌린***에게 편지 쓰는 볼셰비키'라는 제목의 아

*혁명 후 도시집행위원회의 산하에 소속된 기관으로, 주로 초등교육, 문화 이념 교육, 고아, 부랑아에 대한 보호를 관할했다.
**19세기 러시아 화가인 일리야 레핀의 그림. 그림에는 오스만투르크의 술탄 무하마드 2세가 자포로제에 거주하는 카자크들에게 항복을 요구하는 편지를 보냈는데, 카자크들이 오히려 그를 조롱하듯 답장을 보내는 장면이 담겨 있다.
***1924년부터 1929년까지 영국의 외무장관을 지낸 조지프 체임벌린. 체임벌린은 소련을 영국의 가장 위협적인 군사적 적대국으로 간주했고, 1929년 5월에 양국의 외교 관계를 단절시켜, 당시 소련 사회에서 끊임없는 비난과 풍자의 대상이 되었다.

동용 그림책을 위원회에 넘겨 판매권을 얻는 것이다. 물론 아직 그림은 전혀 그리지 않았지만 자신의 천재적 구상이 성공만 한다면 400루블의 돈을 얻을 수 있을 것 같았다.

이 두 가지 방안은 오스타프가 최근에 모스크바에 머물렀을 때 구상한 것이다. 첫 번째 방안인 결혼 계획은 한 석간신문의 법률 소식란에서 어떤 사람이 여러 명의 여자와 사기 결혼을 했지만, 거우 2년형을 선고받았다는 기사를 읽고 생각해냈다. 두 번째 계획은 '혁명 러시아 미술가 협회'에서 주관한 전시회를 둘러보았을 때 머릿속에 떠올랐다.

하지만 두 계획 모두 완벽하지 못했다. 사기 결혼으로 출세를 하려면 멋진 회색 얼룩무늬 양복 없이는 불가능한 일이었다. 게다가 허세를 부리며 여자를 유혹하려면 적어도 10루블은 가지고 있어야 했다. 물론 낡은 녹색 양복만을 입고서도 벤데르의 남성적인 힘과 매력이면 시골 처녀들과 결혼하는 것은 어렵지 않았지만, 이것은 벤데르가 늘 말하는 것처럼 '저급한 행동이자 순수하지 못한 일'이었다. 그림책과 관련된 일 역시 순조로운 것은 아니었다. 기술적인 난관이 기다리고 있었다. 카자크들이 쓰는 높은 털모자와 소매 없는 흰색 외투를 입은 칼리닌* 동지와 웃통을 벗어 던진 치체린** 동지를 대체 어떻게 그린단 말인가? 물론 그림 속 인물들에게 전부 양복을 입힐 수도

---

*1927년에 소비에트 연방공화국 중앙집행위원회 의장으로 임명된 미하일 이바노비치 칼리닌.
**1918년부터 1928년까지 소련의 외무정책을 담당한 외무 인민위원 게오르기 바실리예비치 치체린.

있겠지만, 그렇게 된다면 그림의 의미가 사라진다.

"그럼 효과가 없어지잖아!" 오스타프가 갑자기 큰 소리로 말했다.

그 순간 오스타프는 수위가 오래전부터 자신에게 뭔가를 열심히 얘기하고 있었다는 사실을 알아차렸다. 수위는 예전 이 저택의 주인에 대해 얘기하고 있는 것 같았다.

"경찰서장도 그분에게 경의를 표했지…… 새해가 되어 축하 인사를 건네면 그분은 내게 3루블을 주셨다네…… 부활절에도 인사를 드리면 3루블을 주셨고. 그리고 그분의 명명일*에도 축하를 드리면…… 아무튼 축하 인사만으로도 난 1년에 15루블을 모았다네. 심지어 내가 메달을 받을 수 있게 추천해주신다고도 약속하셨다네. 그분은 '난 우리 집 수위가 메달을 받았으면 좋겠네'라고 하시면서 '이보게 티혼, 메달은 이미 받은 걸로 여기게'라고 말씀하셨지."

"그래서, 받으셨나요?"

"기다려보게. 그분은 '난 메달이 없는 수위는 필요 없어'라고 말씀하시고는 메달을 받기 위해 상트페테르부르크**로 떠나셨지. 하나 처음에는 일이 잘 풀리지 않았어. 관리 나리들이 원

---

*러시아 정교에서 행하는 의식. 생후 7일 이내에 세례를 받으며, 태어난 날과 연관된 성자의 이름을 따서 이름을 짓는 날을 말한다. 혁명 전까지 러시아에서는 생일보다 더 중요한 축일로 여겼다.
**표트르 대제가 1703년에 건설한 제정 러시아 시대의 수도. 혁명 후 상트페테르부르크는 레닌의 이름을 따서 '레닌그라드'로 불렸다가 1991년 소련이 해체되고 난 뒤 다시 원래의 이름으로 복원되었다.

하지 않으셨던 게지. 그분들이 '황제께서 외국에 가셔서 지금은 불가능하네'라고 하자 주인 나리는 내게 좀 기다리라고 하셨네. '이보게, 티혼, 기다리게, 메달을 반드시 받아주겠네'라고 말이야."

"그런데 주인 나리가 고문이라도 당한 건가요?" 오스타프가 느닷없는 질문을 했다.

"누구도 나리를 고문하진 않았어. 스스로 떠나신 게지. 병사들과 바로 이곳에 앉아 계셨는데……. 그런데 지금도 수위에게 메달을 수여하는가?"

"그럼요. 메달을 받으실 수 있도록 제가 한번 주선해보죠."

수위는 존경의 눈으로 벤데르를 바라보았다.

"내게 메달이 없다는 건 있을 수 없는 일이야. 난 그만큼 충실히 일을 했다고."

"영감님 나리는 어디로 떠나셨나요?"

"그걸 내가 어찌 알겠는가! 사람들이 말하길, 파리로 갔다고 하더군."

"오! 하얀 아카시아, 망명의 꽃…….* 그러니까 그분은 망명을 가신 거군요?"

"자네도 떠돌이 주제에……. 사람들이 말하길, 파리로 갔다고 하더군. 그리고 이 집으로 할망구들이 모여들었지. 매일 축

---

*20세기 초 러시아에서 인기 있던 로망스(19세기 러시아에서 유행한, 주로 시에 곡을 붙여 부른 노래)의 첫 구절 "향기로운 하얀 아카시아 한 아름 가득히"를 패러디한 것이다. 러시아 혁명 후 혁명을 수용하지 못했던 사람들은 외국으로 망명을 했는데, 당시 파리가 주 망명지였다.

하 인사를 건넸지만, 할망구들에게선 10코페이카도 받지 못했어! 아, 나리가 계셨더라면……."

바로 그 순간 문 위의 녹슨 초인종이 울리기 시작했다. 수위는 가는 신음 소리를 내며 힘겹게 걸음을 옮겨 문을 열었다. 문을 열자마자 수위는 깜짝 놀라 뒷걸음질을 쳤다.

현관에는 검은 수염과 검은 머리를 한 이폴리트 마트베예비치 보로뱌니노프가 서 있었다. 코안경 너머로 보이는 그의 두 눈은 전쟁 전의 군인처럼 날카롭게 빛나고 있었다.

"나리!" 감격에 겨운 목소리로 티혼이 소리쳤다. "파리에서 돌아오셨군요!"

수위의 집 의자 모퉁이에 걸쳐 있는 낯선 이의 시커먼 발뒤꿈치를 본 이폴리트 마트베예비치는 순간 당황하여 그대로 가버릴까 하는 마음이 들었다. 그러나 오스타프 벤데르는 벌떡 일어나 이폴리트 마트베예비치에게 최대한 고개를 숙여 공손하게 인사했다.

"비록 이곳이 파리처럼 좋은 곳은 아니지만, 누추한 집이라도 찾아주시니 몸 둘 바를 모르겠습니다."

"잘 지냈는가, 티혼." 이폴리트 마트베예비치는 어쩔 수 없이 인사를 건네야 했다. "근데 나는 파리에서 오는 게 아닐세. 대체 왜 그런 생각을 한 건가?"

눈치 하나는 기가 막히게 빠른 오스타프 벤데르는 수위에게 말할 틈을 주지 않았다.

"그렇고말고요. 당신은 파리에서 오신 게 아닙니다." 오스타프는 곁눈질을 하며 말했다. "돌아가신 할머니의 묘를 참배하러 콜로그리프*에 다녀오신 거죠?"

이렇게 말한 오스타프는 멍하니 서 있는 수위를 가볍게 한 번 안아준 다음 문밖으로 내보내고는 문을 닫아버렸다. 수위가 정신을 차렸을 때 그는 주인이 파리에서 돌아왔다는 것, 자신이 자신의 방에서 쫓겨났다는 것, 그리고 1루블짜리 지폐가 자신의 왼손에 쥐여져 있다는 것을 알게 되었다.

방문이 잠겼는지 확실하게 확인한 다음, 벤데르는 방 한가운데에 계속 서 있는 보로뱌니노프에게로 다가와 말을 건넸다.

"안심하십시오, 이제 괜찮습니다. 제 이름은 벤데르입니다! 혹시, 들어보셨는지요?"

"들어보지 못했소." 이폴리트 마트베예비치는 신경질적으로 대답했다.

"음, 파리에서 오스타프 벤데르라는 이름은 꽤 유명할 텐데요? 지금 파리는 따뜻한가요? 좋은 도시죠. 제 사촌 여동생이 파리로 시집을 가서 살고 있습니다. 얼마 전에 제게 실크 목도리를 보내왔는데……."

"대체 무슨 헛소릴 하는 거요!" 이폴리트 마트베예비치가 소리쳤다. "목도리는 무슨 목도리? 나는 파리에서 오는 길이 아니라……."

"아, 그렇군요. 알겠습니다! 보르샨스크**에서 오신 거군요."

*모스크바 북동쪽에 위치한 농업 중심 도시.
**모스크바 남서쪽에 위치한 도시.

이폴리트 마트베예비치는 벤데르 같은 혈기 왕성한 젊은이는 결코 상대해본 적이 없었기 때문에 불쾌해졌다.

"자, 이만 나는 가야겠소." 이폴리트가 말했다.

"대체 어디로 가신다는 겁니까? 서둘러 가실 만한 곳도 없지 않습니까? 혹시, 게페우*라면 당신을 기다리고 있을 텐데요."

이폴리트 마트베예비치는 딱히 할 말을 찾지 못해 벨벳 옷깃을 단 외투의 단추를 풀고 긴 의자에 앉아 벤데르를 적의 어린 눈으로 쳐다보았다.

"도무지 무슨 말을 하는지 알 수가 없군." 맥이 빠진 목소리로 이폴리트가 말했다.

"이상할 것 없습니다. 곧 알게 되실 겁니다. 잠시만 기다려주십시오."

오스타프는 맨발에 오렌지색 부츠를 신고서 방을 서성거리더니 말을 하기 시작했다.

"어느 국경을 넘어오셨습니까? 폴란드? 핀란드? 루마니아? 어찌 됐든, 정말 다행입니다. 얼마 전에 제가 아는 사람 중에 국경을 넘은 자가 하나 있었죠. 그 친구는 슬라부타**에 사는 러시아 사람이었는데, 아내의 부모님이 폴란드 사람이었죠. 집안일로 다툼이 있자, 화를 잘 내는 그쪽 지방 피를 타고난 마누라는 남편 얼굴에 침을 뱉어버리고 국경을 넘어 친정으로 가

---

*소비에트 시절의 비밀경찰인 국가정치보안부. 1922년 레닌에 의해 창설되어 주로 반혁명적 인사의 적발, 체포, 처형을 담당했으며 1954년 KGB로 개편되었다.
**우크라이나에 있는 도시.

버렸습니다. 이 친구는 사흘 동안 집 안에 처박혀 있으면서 뭔가 일이 잘못되고 있다는 것을 알게 되었죠. 집에 먹을 것은 없고, 집 안은 엉망이 되고. 그래서 화해하기로 결심을 했습니다. 밤에 몰래 나와 국경을 넘어 처가로 갔습니다. 그런데 국경수비대에 붙잡혀서 6개월 동안 감옥살이를 하고 노동조합에서도 제명을 당했죠. 지금 들리는 말로는 바보 같은 아내는 다시 이쪽으로 넘어왔고, 남편은 강제노동소에 있다고 하더군요. 마누라는 남편 옥바라지를 하고 있다던데…… 당신도 폴란드 국경을 넘어 이곳으로 오신 거죠?"

"맹세하건대, 맹세하건대 난 러시아 사회주의 연방공화국의 국민이오. 정 그렇다면 여권을 보여주겠소." 이폴리트 마트베예비치는 다이아몬드를 찾으러 가는 길에 이 수다스러운 젊은이에게 뜻하지 않게 발목을 잡히고 있다는 것을 느꼈다.

"요즘처럼 유럽의 발달된 인쇄 기술이라면 소비에트 여권 하나 정도 위조하는 것은 우스운 일이죠…… 제가 아는 친구 녀석은 심지어 달러도 위조했습니다. 미국 달러를 위조하는 게 얼마나 어려운 일인지는 잘 알고 계시겠죠? 아시겠지만 미국 달러를 만드는 종이는 색상이 좀 화려하지 않습니까? 정말로 정교한 기술이 필요한 작업이죠. 그 친구는 모스크바의 암시장에서 위조지폐를 성공적으로 뿌려댔어요. 그런데 나중에 안 사실이지만, 유명한 화폐 거래상인 그의 할아버지가 그것들을 키예프에서 구입했다가 완전히 망해버렸죠. 왜냐하면 어쨌든 그 달러들은 위조였으니까요. 그러니까 당신도 그런 위조 여권을 가지고 있다간 큰 낭패를 볼 겁니다."

　이폴리트 마트베예비치는 온 힘을 다해 보석 찾는 일에 몰두해도 시간이 모자랄 판국에, 냄새 나는 수위의 방에 앉아 뻔뻔하기 그지없는 젊은 놈이 지껄여대는 시시콜콜한 얘기나 듣고 있는 이 상황에 화가 치밀었다. 그러나 어찌 된 영문인지 이곳을 벗어나야겠다는 결심이 생기질 않았다. 잘 알지도 못하는 이 젊은이가 혹시라도 온 도시를 돌아다니면서 예전의 귀족단장이 이곳으로 돌아왔노라고 떠벌리고 다니지는 않을까 하는 생각이 들자 몹시도 두려워졌던 것이다. 그렇게 된다면 모든 것이 끝장날 것이고, 게페우에 잡혀갈 것이다.

　"날 봤다고 아무에게도 말하지 마시오." 이폴리트 마트베예비치는 애원하듯 말했다. "사람들이 공연히 날 망명자라고 착각할 수도 있으니까."

　"그렇죠! 바로 그겁니다! 모두들 같은 생각을 할 겁니다! 열성분자라면 당신을 보고 고향으로 돌아온 망명자라고 할 거고, 소극분자라면 게페우에 체포되는 것을 두려워하고 있다고 말할 겁니다."

　"그래서 내가 당신에게 수천 번도 넘게 말했지 않소. 난 망명자가 아니라고 말이오."

　"그럼 대체 당신은 누구입니까? 왜 이곳으로 온 겁니까?"

　"음, 볼일이 있어 N군에서 이곳으로 왔소."

　"무슨 볼일이시죠?"

　"개인적인 일이오."

"그래도 망명자가 아니라고 말씀하시는군요? 내가 아는 사람도 그런 식으로 말을 하면서……."

그 순간 이폴리트 마트베예비치는 벤데르 친구들의 절망적인 이야기들을 다 들은 마당에 이 상황에서 벗어날 가능성은 없다는 생각이 들어 모든 것을 포기했다.

"좋소." 그가 말했다. "전부 얘기하겠소."

'어차피 조수 한 명 없이 이 일을 하긴 힘들 테니까.' 이폴리트 마트베예비치는 생각했다. '보아하니 이자는 대단한 사기꾼 같은데, 이런 자가 오히려 더 유익할 수도 있겠지.'

6장
다이아몬드 연기

이폴리트 마트베예비치는 얼룩덜룩 보풀이 인 모직 모자를 벗고 빗으로 콧수염을 다듬기 시작했다. 빗이 콧수염에 닿을 때마다 정전기가 일었다. 단단히 결심을 한 듯 헛기침을 크게 한 번 한 뒤, 이폴리트는 어디서 굴러왔는지도 모르는 처음 만난 오스타프 벤데르에게 장모가 죽어가면서 자신에게 말해준 보석에 관한 이야기를 전부 들려주기 시작했다.

이야기가 진행되는 동안 오스타프는 몇 번이나 자리에서 벌떡 일어나 난로 근처로 가서 흥분에 가득 찬 어조로 소리쳤다.

"얼음이 녹고 있군요! 드디어 내게도 봄날이 찾아왔어요. 내게도 봄날이!"

1시간 후 두 사람은 삐거덕거리는 작은 탁자에 서로 머리를 맞대고 앉아 보석들이 적힌 긴 목록을 읽고 있었다. 그 보석들은 언젠가 장모의 손가락, 목, 귀, 가슴, 머리를 장식했던 것들이었다. 이폴리트 마트베예비치는 콧잔등에서 흘러내리는 코안경을 끊임없이 밀어 올리며 또박또박한 발음으로 읽어 내려갔다.

"진주 목걸이가 세 개…… 아주 잘 기억하고 있지. 그중 두 개는 진주알이 40개고, 나머지 하나는 엄청나군, 알이 110개라니. 가슴에 다는 다이아몬드 브로치는…… 장모 말에 의하면 고풍스럽게 세공되어 4천 루블이나 나간다고 하는군……."

그들은 계속해서 보석 목록을 읽어 내려갔다. 두껍고 조잡한 싸구려 결혼반지가 아닌 깨끗하게 정제된 진짜 다이아몬드를 박아 넣은 반지들, 화려한 색상을 뽐내며 여자들의 작은 귀를 장식하는 묵직하면서도 눈부시게 아름다운 귀걸이들, 뱀의 비늘 모양으로 에메랄드를 박아 넣은 팔찌들, 500데샤티나*의 땅에서 수확물을 걷어야만 살 수 있다는 값비싼 목걸이, 유명한 오페라의 프리마돈나들만 목에 걸 수 있다는 진주 목걸이, 그리고 이 보석 목록 중에서 최고의 가치를 자랑하는 4만 루블짜리 왕관.

이폴리트 마트베예비치는 주변을 둘러보았다. 음침하고 더러운 냄새로 가득한 수위의 방 구석구석이 에메랄드 빛으로 타오르고, 다이아몬드 연기가 온 방에 자욱이 퍼져 있는 것 같았다. 진주 구슬들이 탁자와 마룻바닥에 굴러다니고 수많은 보석들의 환영이 방 전체에 가득 차 있는 것만 같았다.

온갖 환상에 빠져버린 이폴리트 마트베예비치는 오스타프의

---

*혁명 이전에 러시아에서 쓰인 면적 단위. 1데샤티나는 약 3000평 정도다.

목소리를 듣고서야 정신을 차릴 수 있었다.

"나쁘지 않군요. 보석들의 품질도 꽤 괜찮아 보이고요. 모두 합쳐서 가격이 얼마 정도 나갔을까요?"

"7만 루블에서 7만 5천 루블 정도 되었을 걸세."

"음…… 그렇다면 지금 시세로 본다면 15만 루블 정도는 될 것 같군요."

"아니, 그렇게나 많이?" 보로뱌니노프는 기쁨에 가득 찬 목소리로 물었다.

"그것보다 적지는 않을 겁니다. 그런데 파리에서 오신 고귀한 동지 나리, 그냥 침 한번 퉤 뱉어버리십시오."

"침을 뱉으라니?"

"침 한번 뱉고 포기하란 말씀입니다." 오스타프가 대답했다. "사적 유물론 이전 시대에도 침을 뱉어버리는 것은 다 포기한다는 뜻이었죠."

"대체 무슨 말을 하는 건가?"

"설명해드리겠습니다. 의자가 몇 개라고 하셨죠?"

"열두 개. 응접실 가구 세트라네."

"분명히 오래전에 당신의 응접실 가구 세트는 난로 속으로 들어가 재가 되어버렸을 겁니다."

보로뱌니노프는 깜짝 놀라 자리에서 벌떡 일어났다.

"자, 자, 침착하세요. 침착해요. 아직 끝난 게 아닙니다. 우리의 회의는 이제부터 시작입니다. 그런데 회의를 계속하기에 앞서 저와 당신은 작은 계약을 체결해야 될 것 같군요."

거친 숨을 몰아쉬던 이폴리트 마트베예비치는 고개를 끄덕이며 오스타프의 제안을 받아들였다. 오스타프는 즉시 계약 조건을 작성하기 시작했다.

"이권의 직접적인 참여자이자 기술적인 문제의 담당자인 본인은 보석들을 현금화할 경우 전체 금액의 60퍼센트를 받는다. 사회보장 보험료는 지불하지 않아도 무방하다."

이폴리트 마트베예비치의 얼굴이 잿빛으로 변했다.

"이건 백주 대낮의 강도 같은 짓이 아닌가?"

"그렇다면 제게 얼마를 제안하실 생각이셨습니까?"

"음, 음…… 5퍼센트, 아니 10퍼센트. 이게 최종안이네. 자네도 알겠지만, 그것만 해도 1만 5천 루블은 되는 돈일세."

"더 이상 지불할 용의가 없으신 거죠?"

"그, 그렇네."

"그러니까 당신은 내가 당신을 위해 공짜로 일을 해주고, 게다가 돈이 쌓여 있는 우리 집 열쇠까지도 당신에게 그냥 주길 원하는군요?"

"그렇게까지 생각한다면야 미안하네만." 보로뱌니노프는 콧소리를 내면서 말했다. "난 이미 모든 계획을 세워놓았네. 이 일은 나 혼자 힘으로도 충분히 할 수 있어."

"아하! 그렇게까지 생각하신다면야 미안합니다만." 오스타프는 멋지게 반박했다. "앤디 터커*의 말을 빌리자면, 저 역시

---

*오 헨리의 단편소설 〈점잖은 사기꾼〉(1908)에 나오는 주인공.

적지 않은 계획을 세워놓았습니다. 당신의 일은 나 혼자 힘으로도 충분히 가능합니다."

"이 사기꾼!" 이폴리트 마트베예비치는 몸서리를 치며 소리쳤다.

오스타프는 냉정하게 말했다.

"이것 보세요, 파리에서 온 고귀한 동지 나리, 당신의 다이아몬드는 이미 내 주머니 속으로 들어온 거나 다름없다고요! 내가 이 일에 흥미를 가지는 이유는 그저 당신의 노후를 편안하게 해주고 싶은 나의 작은 배려 때문입니다."

이폴리트 마트베예비치는 쇠막대기가 목구멍에 걸려 있는 것 같은 기분이 되었다.

"그럼 20퍼센트를 주겠네." 우울한 목소리로 그가 말했다.

"내 밥값입니까?" 오스타프가 비웃듯이 말했다.

"25퍼센트."

"우리 집 열쇠 값입니까?"

"그것만 해도 3만 7500루블이나 되는 돈이네!"

"정말 자세하게도 계산하셨군요? 음, 좋습니다. 그럼 50퍼센트로 하지요. 당신이 반을 하고, 나머지 반은 제가 하는 걸로 합시다."

흥정은 계속됐다. 오스타프는 조금 더 양보했다. 그는 보로뱌니노프에 대한 존경심의 표시로 40퍼센트를 받고 일하기로 했다.

"6만 루블이라니!" 보로뱌니노프가 소리쳤다.

"당신은 정말 속물이군요." 오스타프가 반박했다. "당신이 마땅히 해야 할 의무보다 돈을 더 사랑하는 사람이군요."

"그러는 자네 역시 돈을 사랑하지 않나?" 이폴리트 마트베예비치가 흥분하여 소리쳤다.

"저는 돈을 사랑하지 않습니다."

"그런데 왜 6만 루블이나 원하는 건가?"

"원칙 때문입니다!"

이폴리트 마트베예비치는 한숨을 내쉬었다.

"그럼 이제 시작해도 되는 겁니까?" 오스타프가 말했다.

보로뱌니노프는 숨을 몰아쉬며 체념하듯 말했다.

"그렇게 하게."

"자, 그럼 이제 됐습니다, 코만치* 부족장 나리! 봄날이 왔습니다! 드디어 내게도 봄날이 왔습니다!"

이폴리트 마트베예비치는 오스타프가 자신을 '코만치 부족장 나리'라고 부른 것에 모욕을 느끼고 사과를 요구했다. 오스타프는 즉시 그에게 사과했고, 그를 '군사령관 나리'라고 부른 다음, 작전 계획을 짜기 시작했다.

자기 손에 쥐어진 1루블짜리 지폐를 들고 선술집으로 간 수위 티혼은 한밤중이 되어서야 자신의 집 앞 울타리를 넘고 전신주와 한참을 씨름한 뒤, 자신의 방으로 기어 들어왔다. 불행하게도 그날은 초승달이 뜬 밤이었다.

"아! 정신노동을 하는 프롤레타리아여! 청소 노동자여!" 오

---

*18~19세기 그레이트플레인스 지역에 살던 북아메리카 인디언 부족.

스타프는 고개를 숙이고 있는 수위를 보고 외쳤다.

수위는 괴이한 저음의 목소리로 무언가를 웅얼대기 시작했다. 그것은 마치 한밤중의 적막함을 깨뜨리는, 변기에서 나는 물소리 같았다.

"정말 놀라운 일입니다." 오스타프가 이폴리트 마트베예비치에게 말했다. "당신의 수위는 정말 대단한 사람입니다. 어떻게 1루블로 저렇게 취할 수 있죠?"

"가, 가능한 일이야." 예상을 깨고 수위가 말했다.

"여보게, 티혼." 이폴리트 마트베예비치가 말했다. "내 오랜 친구여, 자네 혹시 내 가구들이 어디 있는지 알고 있는가?"

오스타프는 티혼의 벌어진 입에서 자유롭게 말이 새어 나오도록 조심스럽게 그를 부축했다. 이폴리트 마트베예비치는 초조하게 티혼의 말을 기다렸다. 그러나 이가 거의 다 빠진 수위의 입에서 나온 말은 귀가 째질 듯한 외침이었다.

"즈, 즈, 즐거운 예, 옛날이었지……."*

수위의 방은 천둥소리로 가득 찬 것 같았다. 수위는 가사 하나도 빼먹지 않고 끝까지 노래를 부르려고 부단한 노력을 기울였다. 그는 온 방을 돌아다니며 무의식적으로 탁자 밑으로 들어가기도 하고, 벽시계의 시계추를 모자로 때리기도 하고, 한쪽 무릎으로 서 있기도 하면서 울부짖듯 노래했다. 술에 취해 기분이 한껏 좋아진 듯 보였다.

*20세기 초 러시아에서 유행했던 로망스의 한 구절.

이폴리트 마트베예비치는 크게 당황했다.

"증인 심문은 아침으로 연기할 수밖에 없겠군요." 오스타프가 말했다. "잠이나 자도록 합시다."

두 사람은 깊은 잠에 빠져버린 수위를 장롱을 옮기듯 들어긴 의자에 눕혔다.

보로뱌니노프와 오스타프는 수위의 침대에서 함께 자기로 합의했다. 오스타프는 양복 상의 안에 검은색과 붉은색 격자무늬로 된 '카우보이' 루바시카*를 입고 있었으며, 루바시카 안에는 아무런 속옷도 입지 않았다. 반면 이폴리트 마트베예비치는 독자들이 이미 잘 알고 있듯이, 은빛의 작은 별들이 수놓인 조끼를 입고 있었으며 그 안에 털실로 짠 선명한 하늘색 조끼를 하나 더 입고 있었다.

"조끼가 아주 좋아 보입니다." 벤데르가 부러운 듯 말했다. "저한테 아주 잘 어울릴 것 같군요. 제게 파세요."

이폴리트 마트베예비치는 자기 사업의 새로운 공동 경영자이자 직접적인 참여자의 부탁을 거절하기가 부담스러웠다.

그는 인상을 찌푸리며 자신의 조끼를 8루블에 팔기로 했다.

"돈은 우리의 보물을 찾고 난 뒤 현금으로 바꿀 때 드리겠습니다." 벤데르는 아직도 체온이 따뜻하게 남아 있는 보로뱌니노프의 조끼를 재빨리 낚아채며 통보하듯 말했다.

"무슨 소리를 하는 건가? 안 되네, 그럴 수는 없어." 이폴리트

*블라우스와 비슷한 남성용 상의인 일반 루바시카보다 통이 넓고 옷깃과 주머니가 달려 있기도 하다.

마트베예비치는 얼굴을 붉히며 말했다. "조끼를 다시 돌려주게."

오스타프의 신경질적인 성격이 폭발했다.

"이건 정말 노점상의 장사치 같군요!" 오스타프가 소리쳤다. "15만 루블짜리 사업을 하는데, 그깟 8루블 때문에 다투다니! 좀 더 넓은 마음으로 인생을 살도록 하세요!"

이폴리트 마트베예비치는 좀 전보다 얼굴이 더 붉어졌고, 주머니 속에서 작은 수첩을 꺼내 유려한 글씨체로 다음과 같이 적었다.

1927년 4월 25일
벤데르 동지에게 8루블을 지불함.

오스타프는 수첩을 들여다보고 말했다.

"허! 벌써 저를 위해 회계장부를 만드셨단 말이죠. 그렇다면 좀 더 정확하게 할 필요가 있겠군요. 부채와 외상을 분명히 구분해야 합니다. 우선, 당신은 제게 지불해야 할 6만 루블의 부채가 있다는 것을 잊지 말고 기록해두어야 합니다. 그리고 제가 진 외상은 바로 이 조끼입니다. 그러니까 제 잔고는 5만 9992루블이 되는 겁니다. 아직 충분히 먹고살 만한 돈이군요."

이렇게 말하고 난 뒤, 오스타프는 어린아이처럼 소리 없이 잠들었다. 그리고 이폴리트 마트베예비치는 털 토시와 부츠를 벗고 난 뒤, 따뜻한 모직 속옷 한 장만 입고 이불 속으로 들어가 코를 골며 잠을 자기 시작했다. 그러나 그에게 잠자리는 매우 불편했다. 한편으로는 이불이 충분치 않아 추위에 떨어야 했고, 다른 한편으로는 뻔뻔한 생각으로 가득한 이 대단한 젊은 사기꾼의 거대한 몸뚱이가 그를 괴롭혔다.

세 사람 모두 잠이 들었다.

보로바니노프는 악몽을 꿨다. 그는 꿈에서 미생물들, 형사들, 벨벳 옷을 입은 여성 톨스토이주의자들*, 그리고 면도도 하지 않은 채 연미복을 입고 있는 징의사 베젠추크를 보았다.

오스타프는 꿈에서 후지 산, 식용유 트러스트** 대표와 드네프르 수력 발전소의 그림이 그려져 있는 엽서를 파는 타라스 불바***를 보았다.

수위는 말이 마구간에서 도망치는 꿈을 꾸었다. 꿈에서 그는 밤새도록 말을 찾아 돌아다녔지만 찾지 못했고, 우울하고 절망적인 기분으로 잠에서 깨어났다. 그는 자신의 침대에서 사람들이 자는 모습을 보고 한참 동안 놀랐다. 아무것도 이해하지 못한 수위는 빗자루를 들고 밖으로 나가 자신의 의무를 이행하기 시작했다. 수위는 여물을 준비하고 난 뒤 소리를 질러 양로원의 노파들을 깨웠다.

---

*만년에 근면, 성실, 금욕을 바탕으로 농민적인 삶을 산 톨스토이의 생활 방식을 추종하는 사람들. 만년의 톨스토이는 러시아 전통 셔츠 루바하와 유사한 허리가 넓은 긴 상의를 입고 지냈는데 당시 많은 사람들이 이러한 모양의 옷을 따라 입으며 자신들도 톨스토이처럼 검소한 삶을 살고 있음을 드러냈다.
**러시아인들의 주 식재료인 식용유의 생산과 판매를 독점했던 소련 시절의 합동기업. 당시 이 기업의 대표는 비밀경찰 출신의 폴랴코프였다.
***니콜라이 고골의 소설 《타라스 불바》(1835)에 등장하는 카자크 부대의 지휘관. 소설의 주 배경이 되는 곳은 드네프르 강 유역이며, 작품에 등장하는 불바의 장남 이름이 오스타프다.

7장
타이타닉의 부작용

이폴리트 마트베예비치는 평소 습관대로 아침 7시 30분에 잠에서 깨어나 "구텐 모르겐"이라고 중얼거리며 세면대로 향했다. 그러나 그는 흥겨운 마음으로 세수를 했다. 가래를 뱉기도 했고, 구석구석 깨끗이 얼굴을 씻고 난 뒤 귓속으로 들어간 물을 털어내기 위해 머리를 흔들었다. 기분 좋게 수건으로 얼굴을 닦고 나서 얼굴에서 수건을 떼는 순간, 이폴리트 마트베예비치는 수건이 온통 시커먼 색깔로 물들어 있는 것을 보았다. 그것이 엊그제 자신의 콧수염을 염색하기 위해 사용한 염색약 때문이라는 걸 안 그는 온몸에 맥이 풀리고 말았다. 그는 손거울이 있는 곳으로 달려갔다. 거울 속에는 커다란 코와 어린 새싹 같은 녹색을 띠는 왼쪽 콧수염이 비쳤다. 이폴리트 마트베예비치는 재빨리 거울로 오른쪽을 비췄다. 오른쪽 수염 역시 보기 싫은 색깔로 얼룩져 있었다. 불행한 이 사나이는 마치 거울을 들이받아 깨뜨리기라도 할 듯이 머리를 최대한 거울에 가깝게 숙여 자신의 머리카락을 살펴보았다. 전체적으로는 여전히 검은색이 우세했지만, 군데군데 초록색 풀들이 심겨 있는 듯했다.

이폴리트 마트베예비치의 온몸에서 나오는 커다란 탄식 소리 때문에 오스타프 벤데르가 눈을 떴다.

"정신이 나간 겁니까!" 벤데르는 소리를 지르고 나서 다시금 졸린 눈을 감아버렸다.

"벤데르 동지." 타이타닉의 희생자는 애원하는 목소리로 속삭였다.

수없이 흔들어대고 애원한 후에야 오스타프는 잠에서 깨어났다. 그는 이폴리트 마트베예비치를 유심히 살펴보고서는 한바탕 크게 웃어댔다. 실무 담당자이자 기술부장은 이권개발 대표를 쳐다보지 않으려고 몸을 돌린 다음 침대 등받이를 붙잡고 몸을 떨며 말했다. "그만, 그만하세요! 웃겨 죽을 것 같아요!" 그리고 다시 미친 듯이 웃어댔다.

"이건 자네에게도 좋지 않은 일이야, 벤데르 동지." 초록색 콧수염을 씰룩거리면서 이폴리트 마트베예비치가 말했다.

이폴리트 마트베예비치의 이 행동은 웃느라 기진맥진해버린 오스타프에게 새로운 힘을 주었다. 그의 웃음은 또다시 10분 정도 계속되었다. 오스타프는 한 차례 길게 심호흡을 한 후 곧바로 매우 진지한 모습으로 돌아왔다.

"왜 그렇게 악의에 찬 눈으로 저를 보시는 겁니까? 꼭 군인이 벌레를 보는 것 같군요.* 당신의 모습을 한번 보십시오!"

"약사가 완전히 검은색으로 염색될 거라고 했단 말일세. 찬
물이나 더운물에도, 비누나 등유로 감아도 색이 빠지지 않는다
고…… 밀수품이라고 했는데!"

"밀수품이라고요? 모든 밀수품은 오데사나 말라야 아르나
웃스카야 거리에서 거래되고 있습니다. 병을 보여주십시오,
어디 한번 봐야겠습니다. 이건 읽어보셨습니까?"

"읽어보았네."

"그런데 여기 작은 글씨로 쓰여 있는 것은 뭔가요? 여기 이
렇게 자세히 나와 있군요. 뜨거운 물이나 찬물, 비누나 등유로
머리를 감고 난 후에는 절대로 수건으로 닦으면 안 되고, 햇빛
이나 열기구 등으로 말려야 한다……. 왜 그냥 말리지 않으신
겁니까? 이제 이 초록색 머리로 어딜 갈 수 있겠습니까?"

이폴리트 마트베예비치는 절망했다. 티혼이 들어왔다. 그는
초록색 콧수염을 한 주인을 보더니 성호를 긋고 난 후 해장술
을 마실 돈을 달라고 부탁했다.

"노동 영웅에게 1루블을 주시지요." 오스타프가 제안했다.
"그러나 제 회계장부에는 기입하지 말아주십시오. 이건 당신과
당신의 예전 하인과의 개인적인 일이니까요. 영감님, 가지 마
시고 잠깐만 기다려주세요. 영감님께 볼일이 좀 있습니다."

오스타프는 수위와 가구에 대해 얘기를 나누었고, 5분이 채

*당시 러시아 군대의 위생 상황은 상당히 열악해서 숙소에 늘 벌레들이 끓었다.

지나기도 전에 모든 것을 알아냈다. 이 집의 가구들은 전부 1919년에 주택국에 압수당했지만, 응접실 의자 하나는 예외적으로 처음에는 티혼의 소유가 되었다가, 나중에는 이곳 제2양로원의 경리부장에게 다시 압수당했다는 것이다.

"그러니까 그 의자가 이 건물에 있단 말이죠?"

"그렇다네, 여기에 있을 걸세."

"이보게, 내 오랜 친구, 티혼." 보로뱌니노프는 콩닥거리는 가슴을 진정시키며 물었다. "자네가 의자를 가지고 있을 때 말일세. 혹시…… 의자를 수리한 적이 있나?"

"의자는 수리할 필요가 없었습니다. 예전에는 가구들을 정말 잘 만들었죠. 그 의자는 30년이 지나도 끄떡없이 견딜 것입니다."

"음, 그렇군. 이리 오게, 내 오랜 친구여. 여기 1루블을 받게나. 그리고 내가 여기 왔다는 사실은 아무에게도 말하지 말게."

"무덤에 갈 때까지 입 밖에 내지 않겠습니다, 보로뱌니노프 나리."

수위가 나가자마자 오스타프 벤데르는 "드디어 봄날이 찾아왔어요!"라고 외친 뒤 다시 이폴리트 마트베예비치의 콧수염에 대해 말했다.

"염색을 다시 해야겠습니다. 약국에 다녀올 테니 돈을 좀 주십시오. 당신의 염색약 타이타닉은 정말 아무짝에도 쓸모가 없군요. 혹시 개를 염색하면 몰라도……. 예전에 정말 좋은 염색약이 있었죠! 일전에 경마에 아주 도통한 제 친구가 기막힌 애기를 들려주었습니다. 혹시 경마에 관심이 있으십니까? 없다고요? 애석한 일이군요. 경마는 정말 흥분되는 게임인데 말입니다. 그러니까…… 드루츠키 백작이라는 정말 유명한 사기꾼이 있었습니다. 그자가 경마로 50만 루블을 잃어버렸죠. 정말로 쫄딱 망해버린 겁니다. 엄청난 빚 외에는 아무것도 남지 않은 그 백작은 자살을 하려고 마음먹고 있었는데, 어떤 교활한 녀석이 백작에게 50루블을 받고 기가 막힌 조언을 해주었습니다. 백작은 자취를 감추었다가 1년이 지나서 세 살 난 오를로프* 말을 데리고 돌아왔습니다. 그 뒤 백작은 빚을 모두 청산하고도 30만 루블이나 더 벌어들였지요. 백작의 말 이름은 '마크레르'였는데 훌륭한 혈통 증명서도 있었습니다. 경마에서는 언제나 일등을 차지했고요. 심지어 더비 경마에서는 맥마혼 말을 완전히 따돌렸죠. 엄청났는데! 아, 그때 쿠로츠킨이라는 사람이 있었는데, 혹시 들어보셨나요? 그자가, 오를로프 혈통의 말은 털갈이를 해서 털 색깔이 변하는데 마크레르는 시간이 지나도 털 색깔이 변하지 않는다는 걸 알아차렸던 겁니다. 전대미문의 사건이었죠! 백작은 3년형을 선고받았습니다. 그러니까 마크레르는 오를로프 혈통이 아니라 잡종이었던 거죠. 그런데 이 잡종 놈이 진짜 오를로프보다 털 색깔이 더 좋아서 진짜를 근처에 얼씬도 못 하게 했다는 거 아닙니까. 어떻게 된 일일까요? 바로 염색을 한 겁니다! 당신이 콧수염을 염색한 것처럼

*러시아에서 국보로까지 여기는 세계적으로 유명한 순종 말.

말이죠!"

"그럼 혈통 증명서는? 정말 훌륭한 혈통 증명서를 갖고 있다고 하지 않았는가?"

"바로 당신이 산 타이타닉처럼 가짜였던 겁니다. 위조를 한 거죠. 염색약 사 오게 돈이나 주십시오."

오스타프는 잠시 후 새로운 물약을 가지고 돌아왔다.

"'나야다'라는 염색약입니다. 당신의 타이타닉보다 훨씬 좋은 거예요. 양복을 벗으세요."

염색 작업이 다시 시작되었다. 그러나 '머리카락을 부드럽고 유연해 보이게 해주는 염색약'의 멋진 갈색은 타이타닉의 초록색과 섞여 이폴리트 마트베예비치의 머리카락과 콧수염을 전혀 예기치 않게 무지갯빛으로 만들어버렸다.

아침부터 아무것도 먹지 못한 보로뱌니노프는 모든 화장품 공장들을, 국영 공장이나 아니면 저 멀리 오데사에 있는 말라야 아르나웃스카야 거리에 있는 불법 공장이나 할 것 없이 전부 악의에 찬 목소리로 비판하기 시작했다.

"아리스티드 브리앙*에게도 그런 콧수염은 없습니다." 오스타프는 신이 난 듯 계속 말했다. "이런 무지개 색깔 머리카락으로 소비에트 러시아에서 산다는 것은 추천할 만한 일이 아닙니다. 아예 밀어버리는 게 나을 것 같습니다."

"그럴 순 없네." 이폴리트 마트베예비치가 소심하게 말했다.

*프랑스의 정치가. 당시 소비에트의 신문과 잡지 등에는 '국제 제국주의의 지도자'라는 타이틀로 긴 콧수염이 있는 브리앙의 캐리커처가 자주 등장했다.

"그건 안 될 말이야."

"음, 콧수염에 얽힌 무슨 소중한 추억이라도 있습니까?"

"그럴 순 없어." 보로뱌니노프는 고개를 떨구며 같은 말을 반복했다.

"그렇다면 평생 이 수위의 방에서 지내시죠. 저는 의자들을 찾으러 가겠습니다. 마침 첫 번째 의자가 바로 우리 코앞에 있으니……."

"자르겠네!"

벤데르는 가위를 찾아서 순식간에 이폴리트 마트베예비치의 콧수염을 잘라버렸다. 잘린 콧수염은 소리 없이 바닥에 떨어졌다. 가위로 콧수염을 잘라낸 다음, 오스타프는 주머니에서 누렇게 녹이 슨 질레트 면도날을 꺼내 금세라도 눈물을 흘릴 것 같은 이폴리트 마트베예비치의 콧수염을 면도해주기 시작했다.

"제 마지막 면도날을 당신을 위해 쓰는 겁니다. 면도와 이발의 대가로 제게 2루블의 부채가 생겼다는 걸 잊지 마십시오."

슬픔으로 몸이 떨리는 와중에도 이폴리트 마트베예비치는 다음과 같이 물었다.

"대체 왜 그리 비싼 건가? 어딜 가도 40코페이카면 충분한데!"

"비밀을 지켜드리는 대가입니다, 군사령관 동지." 벤데르가 재빨리 대답했다.

품질 좋은 면도기로 면도를 해도 따끔거린다는 것을 잘 아는 이폴리트 마트베예비치는 면도가 시작될 때부터 각오를 단단히 하고 있었다.

마침내 면도가 끝났다.

"이제 다 됐습니다. 회의를 계속하시죠! 이제 신경 쓸 일은 없을 겁니다! 그러고 보니 당신은 유명한 쿠플레* 작가인 보보리킨**과 닮았군요."

이폴리트 마트베예비치는 조금 전만 해도 붉고 희끗희끗해서 보기 흉했던 콧수염 뭉치를 털어내면서 얼굴을 씻었다. 면도의 부작용으로 얼굴이 따끔거리자 그는 오늘 하루 백 번은 넘게 본 거울을 다시 들여다보았다. 거울을 들여다본 순간, 이폴리트 마트베예비치는 전혀 뜻밖에도 거울에 비친 자신의 모습이 마음에 들었다. 통증 때문에 인상을 찌푸리긴 했지만, 거울 속에는 젊고 앳된 파릇파릇한 신인배우 같은 얼굴이 있었던 것이다.

"자, 이제 행진 앞으로! 나팔을 울려라!" 오스타프가 소리쳤다. "저는 주택국으로 가서 의자의 흔적을 찾아보겠습니다. 당신은 이곳 노파들이 있는 곳으로 가보세요!"

"난 갈 수 없네." 이폴리트 마트베예비치가 말했다. "내 집이었던 곳에 다시 들어가기가 무척 곤란할 것 같네."

"아! 그렇군요……. 가슴 아픈 이야기입니다! 쫓겨난 남작이여! 좋습니다. 그럼 당신이 주택국으로 가고, 제가 이곳에서

---

*중세 프랑스 시에서 유래한 시적 형식의 하나로, 두 개의 시 구절이 한 쌍을 이루어 같은 운율로 서로 대구를 맞추는 기법.
**러시아의 산문 작가. 실제로 보보리킨은 쿠플레 작가가 아니다.

일을 진행하도록 하겠습니다. 접선 장소는 수위의 방입니다.
그럼, 진격 앞으로!"

8장

수줍은 좀도둑

스타르고로드 시 사회보장국 소속 제2양로원의 경리부장은 수줍음이 많은 좀도둑이었다. 절도를 방지해야 하는 그의 직책에도 불구하고, 그는 도둑질을 하지 않고서는 견딜 수 없었다. 그는 도둑질하는 자신을 부끄럽게 여겼다. 끊임없이 도둑질을 하고 나서는, 끊임없이 자신을 부끄럽게 여겼다. 그리하여 깨끗하게 면도된 그의 두 뺨은 부끄러움, 당혹감, 수치심 등으로 언제나 벌겋게 상기되어 있었다. 경리부장의 이름은 알렉산드르 야코블레비치였고, 그의 아내의 이름은 알렉산드라 야코블레브나였다. 그는 아내를 사시헨이라고 불렀고, 아내는 그를 알리헨이라고 불렀다. 세상천지에 알렉산드르 야코블레비치처럼 수줍음을 많이 타는 도둑은 없을 것이다.

그는 단순한 경리부장이 아니라 제2양로원 전체를 관리하는 원장의 직무도 수행하고 있었다. 그의 전임자는 양로원 노인들을 거칠게 다루었다는 이유로 해고되어 악단의 악장으로 자리를 옮기게 되었다. 알리헨은 무식한 전임 원장과는 전혀 달랐다. 근무시간이 연장됨에도 그는 양로원 전체 관리를 떠맡았고, 매우 깍듯하게 노인들을 대했으며, 양로원의 개선점들과 새로운 요구 사항들을 수행했다.

오스타프 벤데르는 양로원 입구의 육중한 참나무 문을 열고 현관에 들어섰다. 현관에는 노인들을 위해 카샤*를 끓이는 냄새가 진동했다. 2층에서 군인들이 함성을 지르며 돌진하는 듯한 왁자지껄한 소리가 들려왔다. 1층 현관에는 아무도 없었고, 아무도 나타나지 않았다. 예전에는 번쩍번쩍 광택이 났을 법한 빛바랜 참나무 계단은 양쪽으로 갈라져 2층으로 연결되어 있었다. 계단에는 언젠가 양탄자가 있었다는 것을 암시하듯, 양탄자를 고정시키던 나사못 몇 개만 튀어나와 있을 뿐 아무것도 없었다.

'그 코만치 부족장 나리가 과거에는 화려하게 살았던 모양이군.' 위층으로 올라가며 오스타프는 생각했다.

밝고 넓은 2층 첫 번째 방에는 쥐색 싸구려 면직물 옷을 입은 노파 열댓 명이 의자에 빙 둘러앉아 있었다. 노파들은 한가운데 서 있는 혈색 좋은 남자를 바라보며 긴장하여 목을 움츠린 채 노래를 부르고 있었다.

저 멀리서 방울 소리가 들려오네.

*메밀, 호밀 등의 곡물을 물이나 우유에 넣고 끓이는 러시아 음식. 우리나라 죽과 비슷하나 버터, 비계 등의 지방이 많이 들어간다.

그것은 기다리던 마차가 달려오는 소리.
번쩍거리는 하얀 눈들은 새하얀 천처럼
저 먼 곳을 드넓게 수놓고 있네!*

톨스토이가 입었던 통이 넓고 긴 띠가 달린 회색 상의와 면바지를 입은 지휘자는 양팔을 휘저어 박자를 맞추며 고함을 지르고 있었다.

"고음부 파트는 약하게! 코쿠시키나 할머니! 더 약하게 부르세요!"

그는 오스타프를 봤으나, 지휘하고 있는 팔을 멈추지 않고 방문자를 마땅치 않은 눈길로 흘긋 쳐다보고는 계속 지휘에 몰두했다. 합창단의 소리는 점점 더 우렁차게 울려 퍼져 지붕이라도 뚫고 나갈 기세였다.

타타타, 타타타, 타타타,
토로롬, 투루룸, 투루룸······.

"어디 가면 경리부장을 만날 수 있을지 알려주시겠습니까?"
노래 한 소절이 끝나자마자 오스타프가 재빨리 끼어들었다.

"무슨 일이시오, 동무?"

오스타프는 지휘자에게 다정스럽게 악수를 청하며 물었다.

*소비에트 시절 시인이자 평론가였던 쿠시코프의 시에 곡을 붙여 만든, 당대 인기 있던 로망스 〈방울 소리〉의 한 구절.

"민요인가요? 흥미로운 노래군요. 저는 소방 감독관입니다."

경리부장의 얼굴이 붉어졌다.

"아, 네." 그는 당황한 어투로 말했다. "그렇지 않아도 마침 잘 오셨습니다. 이제 막 보고서를 작성하려던 참이었습니다."

"번거롭게 수고하지 않으셔도 됩니다." 오스타프는 아량을 베풀듯 말했다. "제가 직접 작성하면 됩니다. 음, 건물을 한번 둘러볼까요?"

알리헨은 손짓으로 합창단을 해산시켰고, 노파들은 기쁜 듯 종종걸음으로 사라졌다.

"저를 따라오십시오." 경리부장이 안내를 시작했다.

방을 나가기 전 오스타프는 무엇보다도 첫 번째 방의 가구들에 시선을 고정시켰다. 방에는 탁자 하나, 철제 다리로 된 공원용 벤치 두 개와(벤치 하나는 등받이 뒤에 '콜랴'라는 이름이 선명하게 새겨져 있었다) 불그스레한 빛을 띠고 있는 피스하르모니카* 한 대가 있었다.

"이 방은 석유난로를 사용하지 않습니까? 이동식 난로 같은 거 말입니다."

"아닙니다, 그렇지 않습니다. 이곳은 취미 활동을 하는 방입니다. 합창단이나 연극 활동, 그림을 그리거나 악기를 연주하는……."

'악기'라는 말을 내뱉자마자 알렉산드르 야코블레비치의 얼

---

*소형 리드오르간의 일종.

굴이 붉어졌다. 처음에는 턱이 벌겋게 되더니, 나중에는 이마와 두 뺨까지 번져나갔다. 알리헨은 몹시 부끄러움을 느꼈다. 그는 오래전에 이미 관악 합창단의 악기들을 팔아버렸던 것이다. 힘없는 노인네들이 악기를 다루어봐야 강아지 낑낑대는 소리 정도만 날 테니 그들에게는 무용지물이란 생각이 들었기 때문이다. 게다가 그 거대한 쇳덩이들을 그냥 방치해두는 것도 우스운 일이 아니겠는가! 그래서 알리헨은 관악 합창단의 악기를 팔아서 자기 주머니 속으로 챙겨 넣었다. 그리고 지금 그는 매우 부끄러운 마음이 들었다.

창문과 창문 사이를 이어주는 벽에는 쥐색 천 조각 위에 흰색 글씨로 쓰인 표어가 걸려 있었다.

관악 합창단은 집단적 창조성에 이르는 길

"훌륭한 말이군요." 오스타프가 말했다. "취미 활동을 위한 이 방에는 어떠한 화재의 위험성도 발견되지 않는군요. 다음 방으로 가봅시다."

오스타프는 예전에 보로뱌니노프의 저택이었던 양로원의 방들을 재빨리 훑어보았지만 어느 곳에서도 밝은 빛의 영국제 사라사 천으로 둘린, 곡선 모양의 다리에 호두나무로 만들어진 의자를 찾지 못했다. 깨끗하게 정돈된 대리석 벽들에는 스타르고로드 제2양로원의 규율들이 붙어 있었다. 오스타프는 의자를 찾으면서 때때로 굴뚝은 정기적으로 청소하고 있는지, 난로는 정상적으로 작동하고 있는지 등을 매우 관심 있는 듯한 어조로 물어보았고, 완벽한 대답을 듣고서는 계속해서 다른 장소로 이동했다.

소방 감독관은 이 집에서 화재의 위험성이 있는 곳을 찾으려고 열심히 애를 썼지만, 이 집의 소방 안전 상태는 매우 양호했다. 그리고 그의 본질적인 수색의 목적 또한 실패로 돌아갔다. 오스타프는 침실로 들어갔다. 그가 침실로 들어서자 노파들이 일어나서 고개를 깊이 숙이며 인사를 했다. 이곳에는 병원이나 군대에서 쓸 법한 침대들이 있었고, 침대 위에는 위아래를 구분할 수 있도록 한쪽 끝에 '발'이라는 단어가 새겨진 개털처럼 지저분한 담요들이 깔려 있었다. 침대 밑에는 침대 밖으로 3분의 1 정도 나와 있는 상자들이 있었는데, 군대식 물건 정렬을 좋아하는 알렉산드르 야코블레비치의 발상으로 시행된 것이었다.

제2양로원의 모든 것은 한눈에 보기에도 매우 잘 정돈되어 있었다. 가구라고 할 만한 것은 예전에는 '알렉산드롭스키 거리'였다가 지금은 '프롤레타리아 집단 노동 거리'로 이름이 바뀐 산책로에서 가져온 공원용 벤치, 노점에서 구입한 싸구려 석유난로, '발'이라는 놀랄 만한 단어가 박혀 있는 담요들뿐이었다. 단 하나, 이 집에서 단단하면서도 눈에 뜨일 만한 것은 문에 달린 용수철*이었다.

---

*러시아 주택의 현관문은 두꺼운 여닫이문으로 되어 있는 것이 일반적이다. 보통 이 여닫이문의 위쪽에는 소설에 언급된 크고 단단한 용수철이 부착되어 있으며, 겨울철 실내 온도 유지를 위해 자동으로 닫힌다.

문에 달린 개폐용 용수철 장치는 순전히 알렉산드르 야코블레비치의 노력의 산물이었다. 그는 온갖 노력을 다해 다양한 종류와 형태의 용수철들을 사용하여 이 집의 모든 문에 용수철 장치를 설치했다. 철 막대 모양의 가장 단순한 용수철, 실린더 피스톤 형태의 공기 압축식 용수철, 엽총 총실 내부의 도르래를 지탱하는 용수철, 그리고 심지어 사회보험국의 기술자조차 고개를 절레절레 흔들 정도로 엄청나게 복잡한 구조의 용수철 장치들도 있었다. 이 모든 용수철들, 실린더들, 평형추들은 매우 단단히 고정되어 있어서 문을 열고 닫을 때마다 마치 쥐덫의 용수철 장치를 해제할 때처럼 엄청난 힘이 필요했다. 이러한 장치 덕분에 문을 열고 닫을 때마다 온 집 안이 흔들렸다. 노파들은 애처롭게 낑낑대며 문이 닫히기 전에 빠져나가려고 했지만 언제나 성공하지 못했다. 문들은 재빨리 빠져나가려는 노파들의 등짝을 때렸고, 동시에 포탄 같은 평형추의 둔탁한 소리가 노파들의 귓전을 울렸다.

　벤데르가 경리부장과 함께 문을 여닫고 집 안을 돌아다닐 때마다 문들은 기괴한 축포 소리로 그들을 맞이했다.

　요새 같은 이 집의 웅장한 분위기 뒤로 숨겨져 있는 것은 아무것도 없었다. 의자는 어디에서도 찾아볼 수 없었다. 소방 감독관의 수색은 부엌으로 이어졌다. 조금 전에 현관에서 벤데르의 코를 자극했던 카샤가 커다란 빨래 삶는 통 속에서 끓고 있었다. 코를 만지작거리며 오스타프가 말했다.

　"이건 뭐죠? 자동차 기름인가요?"

"무슨 말씀을! 순수한 버터기름입니다!" 눈물을 흘릴 만큼 얼굴이 붉어지면서 알리헨이 말했다. "우리는 농장에서 직접 구입합니다."

순간 그는 매우 부끄러운 마음이 들었다.

"아무튼, 이곳은 화재의 위험이 별로 발견되지 않는군요." 오스타프가 말했다.

부엌에도 역시 의자는 없었다. 등받이 의자가 하나 있을 뿐이었는데, 싸구려 면으로 만든 모자와 앞치마를 두른 요리사가 의자에 앉아 있었다.

"이곳에 있는 사람들은 왜 하나같이 싸구려 면으로 된 쥐색 옷을 입고 있는 거죠? 저런 천은 유리창 닦는 걸레로나 사용하는 거 아닙니까?"

또다시 부끄러움을 느낀 알리헨은 더욱 당황했다.

"재정 지원이 불충분해서 그런 겁니다."

그는 말을 하면서도 자신에게 더욱 부끄러워졌다.

오스타프는 의심스러운 눈빛으로 그를 보며 말했다.

"하긴, 이 일은 제가 지금 하고 있는 소방 안전 관리와는 별 상관없는 일이지요."

알리헨은 깜짝 놀라며 말했다.

"화재를 예방하기 위해서 우리는 모든 방편을 갖추어놓았습니다. 심지어 성능 좋은 '에클레르' 소화기까지 설치해두었습니다."

소방 감독관은 창고 쪽으로 가려다가 무심코 소화기를 바라보았다. 이 집에서 화재를 진압할 수 있는 유일한 물건임에도 소화기 클러치가 녹슨 것을 보고 오스타프는 분노를 느꼈다.

"고물 시장에서 사 온 거요?"

벼락을 맞은 듯한 알렉산드르 야코블레비치의 대답을 기다리지도 않고, 소방 감독관은 녹슨 못에 매달려 있는 소화기 '에클레르'를 떼어내어 아무런 경고도 없이 안전핀을 제거하고 재빨리 클러치를 위로 쳐들었다. 그러나 기대했던 거품은 나오지 않았고, 오래된 찬송가 〈시온의 영광이 우리 주에게 있으라〉의 멜로디를 연상케 하는 쉭쉭거리는 소리만이 가냘프게 흘러나왔다.

"역시 그렇군. 고물 시장에서 사 온 거군." 오스타프는 자신의 생각을 확인한 뒤 계속해서 쉭쉭 소리를 내는 소화기를 제자리에 걸어두었다.

쉭쉭거리는 소리의 배웅을 받으며 그들은 계속해서 이곳저곳을 둘러보았다.

'대체 어디에 있는 걸까?' 오스타프는 생각했다. '시작부터 영 마음에 들지 않는군.' 그러나 오스타프는 모든 것을 알기 전까지는 싸구려 쥐색 면직물로 둘러싸인 이 집을 떠나지 않기로 결심했다.

소방 감독관과 경리부장이 화재 안전시설들을 점검하기 위해 집 안 구석구석을 돌아다니는 동안 제2양로원은 평소와 다름없는 일상을 보내고 있었다.

점심시간이 됐다. 너무 끓여 타버린 카샤 냄새가 집 안 곳곳에 퍼져 다른 모든 냄새들을 압도해버렸다. 복도에서 작은 발소리들이 들려왔다. 노파들은 카샤를 담은 접시를 양팔로 들고 부엌에서 조심스레 나와, 식사를 하기 위해 공동 식당으로 들어가서 앉았다. 노파들은 알렉산드르 야코블레비치가 직접 고안하고 그의 아내 알렉산드라 야코블레브나가 정성스레 만든 표어에 눈길조차 주지 않고 식사를 하기 시작했다. 표어는 다음과 같은 것들이었다.

    음식은 건강의 원천이다
    달걀 하나에는 고기 2분의 1파운드의 지방이 함유되어 있다
    음식물을 천천히 씹어 먹는 것이 애국하는 길이다
    고기는 건강에 해롭다

이 모든 거룩한 말들은 노파들과는 아무런 상관도 없었다. 치아는 이미 혁명 전부터 다 빠졌고, 그 무렵 달걀은 시장에서 사라졌으며, 고기의 상태는 부실하여 달걀보다 지방 함유량이 부족했고, 음식물을 천천히 씹어서 나라에 도움이 되고 싶었지만 그들의 나라는 이미 사라져버렸기 때문이었다.

식탁에는 노파들 외에도 이시도르 야코블레비치, 아파나시 야코블레비치, 키릴 야코블레비치, 올레그 야코블레비치, 파샤 에밀리예비치가 앉아 있었다. 연령으로 보나 성(性)으로 보나 이 젊은이들은 이 양로원에 있을 인물들이 아니었지만, 앞선 네 명의 야코블레비치는 알리헨의 어린 동생들이었고, 파샤

에밀리예비치는 알렉산드라 야코블레브나의 사촌 동생이었다. 이들 중에 서른두 살로 가장 나이가 많은 파샤 에밀리예비치는 자신이 양로원에서 산다는 것이 비정상적인 삶이라는 생각을 한 번도 해본 적이 없었다. 그들은 노파들과 똑같은 권리를 가지고 이 집에서 살고 있으며, 그들에게도 역시 '발'이라고 새겨진 담요와 침대, 방이 제공되었고, 그들 역시 노파들처럼 싸구려 쥐색 옷을 입고 있었다. 그러나 그들은 젊고 건강하다는 이유로 노파들보다 훨씬 더 나은 음식을 섭취했다. 그들은 이 양로원에서 알리헨이 훔치지 않은 나머지 것들을 슬쩍하고 있었다. 파샤 에밀리예비치는 한 번에 정어리 2킬로그램을 먹을 수 있는 자로, 한번은 그의 식욕 때문에 온 집 안의 점심 식사가 동난 적도 있었다.

네 명의 야코블레비치들과 에밀리예비치는 노파들이 죽을 다 먹기도 전에 자신들의 식사를 게걸스럽게 해치운 다음, 트림을 해대면서 식탁에서 일어나 뭔가 더 먹을 것이 없나 하며 부엌으로 향했다.

노파들은 식사를 계속하며 투덜대기 시작했다.

"배가 불렀으니 이제 한바탕 노래를 불러대겠지!"

"파샤 에밀리예비치가 오늘 아침 취미 활동 방에 있는 의자 하나를 팔았어. 뒷문을 통해 중개인에게 갖다주었을 거야."

"두고 보라고, 오늘 밤에 술이 잔뜩 취해 돌아올 테니……."

바로 그 순간, 쉭쉭거리는 소화기 소리보다 더 시끄러운 확성기 소리 때문에 노파들의 대화가 중단됐다. 확성기에서는 다음과 같은 말이 들리기 시작했다.

"뉴스를 전합니다……."

노파들은 구석에서 소리를 지르고 있는 확성기 쪽으로는 몸을 돌리지 않은 채 고개를 숙여 계속 음식을 먹었다. 확성기는 활기차게 소리를 냈다.

"놀랄 만한 발명 소식입니다. 무르만스크 철도국의 철도 기술자 소쿠츠키 동무가……."

확성기의 관은 쉰 목소리로 공기를 빨아들이고 나서 다시 코감기 걸린 소리로 방송을 이어갔다.

"소쿠츠키 동무가 제설기에 장착할 수 있는 자동신호 장치를 발명했습니다. 이 기계는 도로교통국 발명위원회에 의해 승인되었으며……."

노파들은 늙은 오리들처럼 뒤뚱거리며 각자의 방으로 들어갔다. 확성기 소리는 커졌다 작아졌다 하면서 아무도 없는 빈 방에서 홀로 떠들고 있었다.

"이제 노브고로드 지방의 민요를 들어보시겠습니다……."

저 먼 내륙 지방의 노래는 발랄라이카* 반주에 맞춘 바티스티니**의 노래였다.

벽에 붙어 있는 빈대들은

---

*삼각형 모양의 세 줄짜리 현악기로, 주로 민요 등을 연주할 때 사용되는 러시아의 전통 악기.
**이탈리아의 전설적인 바리톤 가수. 1920년대 러시아에 여러 번 순회공연을 왔다.

햇빛이 너무나 눈부셔

세무관이 오는 것을 보지 못하고

모두 한 번에 다 죽어버렸네…….

이 노래는 내륙 지방에서 대단한 인기를 얻고 있었다. 확성기에서는 기괴한 소음들이 퍼져 나왔다. 그것은 우레 같은 박수 소리 같기도 했고, 화산이 폭발하기 직전의 소리 같기도 했다.

그러는 동안 우울한 얼굴을 한 소방 감독관이 지붕 밑 다락방에서 내려와 다시 부엌에 모습을 드러냈다. 부엌에서 그는 소금에 절인 양배추를 통째로 집어 삼키고 있는 다섯 명의 시민을 보았다. 그들은 아무 말 없이 먹고 있었다. 단지 파샤 에밀리예비치만이 미식가처럼 고개를 갸웃거리면서 턱수염에 묻은 양배추 조각을 떼어내며 말을 하곤 했다.

"보드카 없이 이런 양배추를 먹는 건 죄악이야."

"새로 온 노파들입니까?" 오스타프가 물었다.

"고아들입니다." 알리헨은 소방 감독관을 어깨로 밀어 부엌에서 내보내려고 애쓰면서 말했다. 동시에 그는 감독관 몰래 그 고아들을 주먹으로 위협했다.

"볼가 강 근처*의 아이들인가요?"

알리헨은 우물쭈물했다.

"아니면 차르 정권의 고통스러운 유산인기요?"

*1920년대 초 러시아 볼가 강 유역에는 대기근으로 인해 굶어 죽는 사람들이 속출하여 인구의 대부분이 타 지역으로 이주했다.

알리헨은 그런 유산들이 대체 당신의 일과 무슨 연관이 있느냐는 듯, 아무 말 없이 두 손을 벌려 보였다.

"이곳은 남녀가 공동으로 거주하는 방식을 채택하고 있습니까?"

수줍음 많은 알렉산드르 야코블레비치는 이 상황을 벗어나기 위해 재빨리 소방 감독관에게 정중하게 식사를 권했다.

알렉산드르 야코블레비치가 소방 감독관을 위해 차린 점심은 고급 보드카 한 병, 집에서 절인 버섯 요리, 잘게 저민 청어, 일등급 고기로 만든 우크라이나 수프, 밥을 곁들인 닭고기 요리, 그리고 콤포트*였다.

"사시헨, 시 소방국에서 나온 동무에게 인사하시오." 알렉산드르 야코블레비치는 자신의 아내에게 소방 감독관을 소개했다.

오스타프는 귀족들의 방식으로 여주인에게 인사를 건넨 다음, 밑도 끝도 없이 칭찬 세례를 퍼붓기 시작했다. 사시헨은 큰 키에 자태가 아름다운 부인이었지만 구레나룻이 있어 약간은 보기 흉한 외모였다. 그녀는 말없이 웃으며 남편과 소방 감독관과 함께 술을 마셨다.

"당신들의 공공사업을 위해!" 오스타프가 건배를 제안했다.

점심 식사는 즐거운 분위기 속에서 이어졌다. 후식용 콤포트를 먹고 나서야 오스타프는 자신이 이곳을 방문한 목적이 다시 생각났다.

*설탕이나 시럽으로 버무린 후식용 과일.

"그런데 말이죠." 오스타프가 불쑥 물었다. "당신들의 이 냄새 나는 건물에는 왜 가구들이 부족한 거죠?"

"무슨 말씀을!" 알리헨이 흥분하여 말했다. "오르간도 있지 않습니까?"

"봤습니다, 봤어요. 복스 후마나.* 그런데 이곳에는 앉을 만한 의자라곤 눈을 씻고 찾아봐도 없더군요. 전부 공원용 벤치뿐이던데."

"클럽**에 의자가 있습니다." 알리헨이 당황하여 말했다. "영국제 의자가 있습니다. 예전 이 저택의 주인이 남긴 것이라고 합니다."

"아, 그렇군요. 그러고 보니 클럽을 둘러보지 않았군요. 그곳의 소방 시설은 잘되어 있습니까? 규칙을 지키고 있겠지요? 한번 둘러봅시다."

"그렇게 하시죠."

오스타프는 여주인에게 식사 대접에 대한 감사를 표한 후 클럽으로 향했다.

클럽에는 석유난로도 임시 난로도 없었기에 연기 통로가 깨끗이 정돈되어 있었고, 심지어 정기적으로 청소도 하고 있었

*파이프오르간 위쪽으로 높게 달려 있는, 각종 음관으로 들어가는 바람의 입구를 여닫는 장치. '인간의 소리'라는 뜻의 라틴어다.
**1917년 혁명 이후 혁명 정부는 공장, 공공단체, 건물마다 '클럽'이라는 공간을 마련하여 인민들에게 사회주의의 이념과 정책 방향 등을 계몽하고 선전하는 장소로 사용했다. 이후 소비에트 사회에서는 초기의 정치 계몽적인 성격에서 점차 벗어나 문화적 활동을 향유하는 여가 공간으로 사용되기도 했다.

다. 그러나 의자가 보이지 않아 알리헨은 무척 당황했다. 그들은 의자를 찾기 위해 부산스럽게 움직였다. 침대 밑도 살펴보고, 공원용 긴 벤치 밑도 살펴보고, 오르간 뒤편도 뒤져보았다. 파샤 에밀리예비치를 어리둥절하게 쳐다보고 있는 클럽의 노파들에게도 물어보았지만 의자는 없었다. 파샤 에밀리예비치는 더욱 열을 내며 의자를 찾았다. 모두가 잠자코 있는데 여전히 파샤 에밀리예비치만이 온 방을 돌아다니면서 의자를 찾기 위해 노력했다. 꽃병 밑을 살펴보기도 하고 찻숟가락을 뒤적거리면서 중얼거렸다.

"대체 어디에 있는 거야? 오늘 아침에도 내 두 눈으로 분명히 봤는데! 기가 찰 노릇이군."

"지금 장난치는 겁니까?" 냉랭한 목소리로 오스타프가 말했다.

"정말 기가 찰 노릇입니다!" 파샤 에밀리예비치는 같은 말을 반복했다.

바로 그 순간 줄기차게 쉭쉭거리는 소리를 내고 있던 소화기 에클레르가 갑자기 인민가수 네즈다노바*만이 낼 수 있다는 가장 높은 '파' 음을 내고 나서 잠시 멈칫하더니, 굉음과 함께 거품이 천장까지 분사되면서 요리사의 기다란 모자를 날려버렸다. 소화기에서 거품이 크게 분사된 후 작은 쥐색 거품이 흘러나오자 젊은 이시도르 야코블레비치는 겁에 질려버렸다. 그런 다음 소화기는 잠시 잠잠해졌다.

*1925년 인민가수의 칭호를 받은 유명한 성악가 안토니나 네즈다노바.

파샤 에밀리예비치, 알리헨, 그리고 모든 야코블레비치 형제들이 사건 발생 장소로 달려갔다.

"질하는 짓이군!" 오스타프가 말했다. "바보 같은 놈들!"

간부들이 모두 가버리고 오스타프만이 남게 되자 노파들은 오스타프에게 불평을 늘어놓기 시작했다.

"이곳에 형제들을 모두 데리고 왔우. 다 먹어 치워버린다오."

"돼지 같은 놈들에게는 우유를 주고, 우리는 죽이나 주지."

"집에 있는 것들을 죄다 내다 팔았다우."

"그만들 하세요." 오스타프가 물러서면서 말했다. "이 문제는 노동 감독국에서 나올 때 말하세요. 제가 관여할 수 있는 문제가 아닙니다."

노파들은 그의 말이 들리지 않는 듯 계속 불평을 늘어놓았다.

"파샤인지, 에밀리예비치인지 하는 놈이 여기 있는 의자를 오늘 내다 팔았다우. 내가 직접 봤다니까."

"누구한테요?" 오스타프가 소리쳤다.

"팔았어요. 그게 다야. 내 담요도 팔려고 했는데."

복도에서는 소화기와 형제들 간의 지독한 싸움이 계속되고 있었다. 결국에는 인간이 승리를 거두었다. 파샤 에밀리예비치의 강철 같은 발이 소화기를 짓눌렀고, 발로 최후의 일격을 가하고 나니 기계 덩어리는 영원히 잠잠해졌다.

노파들은 복도를 청소하러 나갔다. 소방 감독관은 노파들에게 머리를 숙여 인사한 후, 엉덩이를 살짝 실룩거리면서 파샤 에밀리예비치에게 다가갔다.

"내가 아는 사람이 한 명 있는데." 오스타프는 파샤에게 단호한 목소리로 말했다. "그 사람 역시 국가 소유의 가구들을 팔았죠. 처음엔 수도원으로 도망가더니 지금은 붙잡혀서 강제수용소에 있습니다."

"확실한 근거 없이 저를 모함하시는군요." 코를 찌를 듯한 소화기 냄새를 풍기며 파샤가 말했다.

"누구에게 의자를 팔아넘겼나?" 오스타프가 속삭이듯 파샤에게 물었다.

타의 추종을 불허하는 본능적인 육감을 지닌 파샤 에밀리예비치는 오스타프의 말을 듣는 순간 잘못하면 맞아 죽을지도 모른다는 생각이 들었다.

"중개업자에게 팔아넘겼습니다." 그가 대답했다.

"어디에 사는 자인가?"

"처음 본 사람이었습니다."

"처음 본 사람이었다고?"

"네, 맹세합니다."

"네놈의 낯짝을 후려갈기고 싶지만." 오스타프는 생각에 잠겨 말했다. "차라투스트라가 허용하지 않겠지. 꺼져버려!"

파샤 에밀리예비치는 비굴한 웃음을 지으며 뒤로 물러나기 시작했다.

"바보 같은 놈!" 오스타프가 다시 거만하게 말했다. "다 털어놔, 속일 생각 말고! 중개업자는 어떤 놈이야! 금발이야, 갈색머리야?"

파샤 에밀리예비치는 상세히 설명했다. 오스타프는 그의 말을 주의 깊게 듣고 난 뒤 다음과 같이 말하면서 심문을 마쳤다.

"물론, 이건 소방 안전과는 무관한 일이야."

복도를 따라 밖으로 나가려는 오스타프에게 알리헨이 조심스럽게 다가와 10루블짜리 지폐를 건넸다.

"공무 수행 중인 공무원에게 뇌물을 건네는 건 형법 114조 위반이오." 오스타프가 말했다.

그러나 돈은 그대로 받고 알렉산드르 야코블레비치에게 작별 인사도 건네지 않은 채 출입구로 향했다. 강력한 용수철 장치가 장착된 현관문은 쉽사리 열리지 않았다. 오스타프는 자신의 엉덩이로 문을 밀어냈다.

"1차 공격이 완수되었군." 엉덩이를 문지르며 오스타프가 말했다. "회의를 계속해야겠어!"

9장
당신들의 수염은 어디 있습니까?

오스타프가 제2양로원을 둘러보고 있을 때, 이폴리트 마트베예비치는 수위의 방에서 나와 면도한 얼굴에 한기를 느끼며 고향 거리를 돌아다녔다.

봄이 되어 녹은 눈이 햇살을 받아 반짝이며 포장도로 위로 흐르고 있었다. 처마 밑에서는 얼음이 녹아 떨어지는 다이아몬드 같은 물방울 소리가 끊임없이 들려왔다. 참새들은 거름 짚단 주위에서 먹이를 찾아다녔고, 태양은 모든 지붕 위에 내려앉아 있었다. 수레를 끄는 황금빛깔 찬란한 말들은 자신의 말발굽 소리가 무척이나 마음에 드는 듯 눈 녹은 포장도로를 요란하게 달렸다. 눈이 녹아 물기로 가득한 전신주에는 "체계적으로 기타를 교습합니다", "인민음악원 입학을 위한 일반 사회학 과목을 강의합니다"라는 광고지의 글자들이 물에 번져 희미하게 보였다. 겨울용 철모를 쓴 적군 병사 1개 소대가 퇴역군인 협동조합에서 운영하는 상점에서 출발하여, 호랑이, 승리의 여신, 코브라 등이 건물 벽면에 새겨진 도시계획국까지 이어져 있는 물웅덩이를 지나갔다.

이폴리트 마트베예비치는 스쳐 지나가는 사람들을 흥미로운 눈길로 바라보면서 거리를 걷고 있었다. 한평생을 러시아에서 살았던 그는 혁명을 겪으면서 낡은 것이 어떻게 변화되며 새로운 것이 어떻게 자리 잡는지를 보았다. 그는 이러한 변화에 익숙하다고 생각했지만, 그것은 단지 지구의 한 점에 지나지 않는 자신이 사는 N군의 변화와 교체에 익숙한 것이었음을 알게 되었다. 고향으로 돌아온 그는 아무것도 이해할 수 없다는 사실을 깨달았다. 그에게 이곳은 마치 방금 이민을 온 사람이나, 지금 막 파리에서 도착한 사람처럼 모든 것이 불편하고 이상하게 느껴졌다. 예전에는 마차를 타고 거리를 지날 때면 지인이나 친척들을 반드시 몇 명 이상은 만나곤 했다. 그러나 지금은 '레나 강 사건 거리'를 따라 네 블록이나 걸어 다녔는데도 아는 사람을 한 명도 만나지 못했다. 그들 모두가 다 사라졌든지, 아니면 너무 늙어서 알아보지 못했을 수도 있었을 것이다. 어쩌면 자신의 복장과 모자도 변했고, 심지어 걸음걸이마저 변했으니 사람들이 쉽게 알아보지 못했을지도 모를 일이다. 어쨌든, 그들은 없었다.

이폴리트 마트베예비치는 창백했고, 추웠고, 지쳐 있었다. 그는 지금 자신이 주택국을 방문하기 위해 나왔다는 사실조차도 까맣게 잊고 있었다. 그는 인도를 여러 번 옮겨 다니며 수레를 끄는 말들이 요란하게 말발굽 소리를 내면서 달리던 골목길로 접어들었다. 골목에는 군데군데 아직 녹지 않은 얼음들이 겨울의 흔적을 느끼게 했다. 도시 전체가 색이 변하고 있었다. 파란색 집들은 녹색으로, 노란색 집들은 회색으로 바뀌고 있었다. 소방서 망루의 종도 없어졌고, 망루에 있던 소방대원들의 모습도 보이지 않았다. 도시는 이폴리트 마트베예비치가 기억하고 있는 것보다 훨씬 더 조용해졌다.

푸시킨 대로에 접어들자 이폴리트 마트베예비치는 예전 스타르고로드에서는 본 적 없었던 전차의 레일과 전신주를 보고 깜짝 놀랐다. 이폴리트 마트베예비치는 신문을 잘 읽지 않아서 5월 1일을 기해 스타르고로드 시에 중앙선과 교외선 두 개의 전차 노선이 개통된다는 사실을 알지 못했던 것이다. 이폴리트 마트베예비치는 한 번도 이곳 스타르고로드를 떠난 적이 없었던 듯한 생각이 들었고, 이곳이 완전히 새로운 낯선 장소라는 생각이 들기도 했다.

이런저런 생각을 하면서 이폴리트 마트베예비치는 '마르크스 엥겔스 거리'까지 오게 되었다. 이 거리는 그에게 어린 시절의 기억을 되살려주었다. 특히 긴 발코니가 있는 모퉁이 2층집에서는 금방이라도 아는 사람이 나올 것 같았다. 그러나 아는 사람은 나오지 않았다. 모퉁이 쪽에서 처음으로 나타난 사람은 고급 진열장에 쓰는 보헤미아 유리와 구릿빛 페인트 통을 들고 있는 유리 시공업자였다. 노란 가죽 챙이 달린 모자를 쓴 멋쟁이도 나타났다. 그리고 가죽 끈으로 묶은 책을 들고 있는 어린

학생들도 달려 나왔다.

순간 이폴리트 마트베예비치는 손바닥이 뜨거워지고 배 속이 차가워지는 것을 느꼈다. 선한 인상의 낯선 남자가 한 손에 첼로를 들 듯이 의자를 들고 그를 향해 똑바로 걸어오고 있었던 것이다. 갑자기 딸꾹질이 난 이폴리트 마트베예비치는 그것이 자신의 의자라는 것을 즉시 알아차렸다.

그렇다! 바로 그 감브스 의자였다! 혁명의 폭풍우 속에서도 살아남은, 영국제 꽃무늬 사라사 천으로 둘리고 호두나무로 만든 곡선 다리가 달린 바로 그 의자였다. 이폴리트 마트베예비치는 두 귀가 활활 타오르는 듯한 흥분에 사로잡혔다.

"칼이나 가위 갑니다. 면도기 갑니다!" 바로 옆에서 굵은 목소리가 들렸다.

그러자 가느다란 목소리가 메아리처럼 들려왔다.

"납땜합니다. 용접도 합니다!"

"모스크바 신문인 〈이즈베스티야〉 있습니다! 잡지 《스메하치》, 《크라스나야 니바》도 있습니다!"

위쪽 어디선가 유리 깨지는 소리가 들렸다. 멜리스트로이* 소속의 화물차가 지나가자 건물 전체가 흔들렸고, 경찰의 호각 소리도 들렸다. 도시의 삶은 분주하게 흘러가고 있었고, 그 속에서는 잠시도 지체할 시간이 없었다.

이폴리트 마트베예비치는 표범처럼 잽싸게 낯선 사람에게

---

*소비에트 시절 제분이나 농업용 기계를 제작한 협동기업.

달려들어 아무 말 없이 의자를 낚아챘다. 낯선 남자는 그에게서 다시 의자를 빼앗았다. 그러자 이폴리트 마트베예비치는 왼손으로 의자 다리를 잡고, 오른손으로는 의자를 잡고 있는 낯선 사람의 굵은 손가락을 온 힘을 다해 떼어내기 시작했다.

"이 도둑놈아!" 낯선 남자는 의자를 더욱 힘주어 잡으면서 작은 목소리로 말했다.

"한번 해보자고! 한번 해봐!" 이폴리트 마트베예비치는 계속 낯선 남자의 손가락을 떼어내려고 애쓰며 웅얼거렸다.

사람들이 모여들기 시작했다. 세 명은 이미 가까이 다가와 이들의 상황을 매우 흥미롭게 바라보고 있었다.

순간 두 사람은 조심스럽게 주위를 살펴보더니 의자를 잡고 있던 손을 놓지도, 서로를 쳐다보지도 않고 마치 아무 일도 없었다는 듯이 앞으로 나란히 걸어갔다.

'이건 또 뭐야?' 이폴리트 마트베예비치는 생각했다.

낯선 남자가 무슨 생각을 하고 있는지는 알 수 없었지만 그는 전혀 주저하지 않고 빠르게 앞으로 계속 걸어갔다.

그들은 더욱 속도를 내어 걷다가 인적 드문 외진 골목길을 보자 그쪽으로 들어섰고, 자갈이나 건축 자재를 쌓아놓은 공터를 발견하자마자 마치 한 팀처럼 발을 맞추어 그곳으로 몸을 돌렸다.

"한번 해보자고!" 이폴리트 마트베예비치는 거침없이 소리쳤다.

"경찰!" 낯선 남자는 겨우 들릴 정도로 가늘게 소리쳤다.

그리고 두 사내는 손으로는 의자를 잡고 발로는 서로를 차기 시작했다. 낯선 남자의 장화에 징이 박혀 있어서 처음에는 이폴리트 마트베예비치에게 매우 불리했다. 그러나 그는 이 상황에 금세 적응했고, 적의 공격을 피해 크라코뱌크*를 추듯 왼쪽, 오른쪽으로 피하면서 복부에 타격을 입힐 기회를 엿보고 있었다. 복부에 타격을 입힐 계획은 의자가 방해물이 되어 시도하지 못했지만, 대신 그는 적의 무릎 뼈를 가격해서 오른쪽 다리를 쓰지 못하게 만들었다.

"어이쿠!" 낯선 남자가 신음했다.

바로 그 순간 이폴리트 마트베예비치는 자신의 의자를 훔친 이 괘씸한 사내가 다름 아닌 프롤과 라브르 기념교회의 사제 표도르 보스트리코프임을 알아차렸다.

이폴리트 마트베예비치는 어리둥절했다.

"사제님!" 그는 놀라서 손에서 의자를 놓고 소리쳤다.

보스트리코프 사제도 얼굴이 창백해져서, 드디어 의자에서 손가락을 떼어냈다. 아무도 잡고 있지 않게 된 의자는 벽돌 조각이 있는 곳으로 굴러떨어졌다.

"그런데 당신의 수염은 어디 있습니까, 이폴리트 마트베예비치 씨?" 사제는 악의에 가득 찬 어조로 물었다.

"당신이야말로 수염이 어떻게 된 겁니까? 당신도 콧수염이 있지 않았습니까?"

---

*폴란드의 민속무용 및 그에 사용되는 템포가 빠른 무곡.

이폴리트 마트베예비치의 목소리에도 경멸이 가득 차 있었다. 그는 표도르 사제를 매우 거만한 눈초리로 흘겨보고서는 의자를 옆구리에 끼고 떠나려고 했다. 그러나 표도르 사제 역시 바로 정신을 차리고 보로뱌니노프에게 쉽게 승리를 안겨주려고 하지 않았다. "놓으시오, 내 의자요!" 사제는 소리치면서 다시 의자를 잡았다. 두 사람은 처음 자세로 되돌아갔다. 두 사람은 의자를 붙잡고 고양이나 권투 선수들이 싸우듯이, 서로 눈치를 보면서 이리저리 방향을 틀었다.

숨이 멎을 듯한 침묵이 1분 동안 흘렀다.

"바로 당신이었군요, 성스러운 사제님." 이폴리트 마트베예비치가 이를 갈며 말했다. "내 재산을 훔치려는 자가 바로……."

이 말을 하면서 이폴리트는 사제의 허리를 발로 걸어찼다.

사제는 몸을 피하면서 이폴리트의 복부를 힘껏 공격했고, 이폴리트는 고꾸라졌다.

"이것은 당신의 재산이 아닙니다."

"그럼 누구 것이오?"

"당신 것이 아닙니다."

"그럼 누구 것이오?"

"당신 것이 아닙니다. 당신 것이 아니란 말입니다."

"그럼, 그럼 대체 누구 것이란 말이오!"

"당신 것이 아닙니다."

말을 주고받으면서도 그들은 끊임없이 서로를 향해 발길질을 해댔다.

"그럼 대체 이것이 누구의 재산이란 말이오!" 이폴리트는 사제의 복부를 걷어차며 절규하듯 소리쳤다.

사제는 극심한 고통을 참으면서 단호하게 말했다.

"이것은 국유화된 재산입니다."

"국유화된?"

"그럼요, 그렇고말고요. 국유화된 재산이죠."

그들은 너무나 빨리 말을 주고받아 마치 한 목소리처럼 들렸다.

"누가 국유화를 시킨 거요?"

"소비에트 정부요. 소비에트 정부!"

"무슨 정부라고?"

"노동자들의 정부!"

"아, 아, 아!" 이폴리트 마트베예비치는 소름이 돋았다. "노동자와 농민의 정부 말이오?"

"그렇죠, 바로 그렇습니다!"

"음…… 그렇다면, 사제님, 당신도 아마 당원이겠군요?"

"그, 그렇습니다!"

"그렇습니다"라는 외침을 들은 이폴리트 마트베예비치는 더이상 참지 못하고 표도르 사제의 선량한 얼굴에 침을 뱉었다. 표도르 사제도 이내 이폴리트 마트베예비치의 얼굴에 침을 뱉었다. 두 손으로 의자를 잡고 있어서 얼굴에 흐르는 침을 닦을 수도 없었다. 이폴리트 마트베예비치는 녹슨 문이 열릴 때나 나는 기괴한 소리를 지르면서 의자에 온 힘을 주고 적을 밀쳐버렸다. 적은 숨을 헐떡이는 상대방을 붙잡고 같이 쓰러졌다. 땅바닥에서 전투가 계속됐다.

갑자기 뿌지직 하는 소리가 들리더니 의자 앞 다리 두 개가 떨어져 나갔다. 두 사람은 서로에 대해서는 잊어버린 채 호두나무 목재 속으로 돌진했다. 갈매기의 슬픈 울음 같은 소리가 들리면서 밝은 빛깔의 영국제 사라사 천이 찢어졌다. 천이 찢어지면서 의자 등받이가 날아가버렸다. 보물 추적자들은 구리 단추가 박혀 있는 의자 방석을 뜯어냈고, 의자 안에 있는 쿠션용 용수철 때문에 상처가 생기는 것에도 아랑곳하지 않고 양털이 가득 차 있는 의자 속으로 손을 깊숙이 집어넣었다. 의자 안의 용수철이 침입자들의 손에 울부짖었다. 5분이 지나자 의자는 형태를 알아볼 수 없게 되었다. 남은 것은 등받이와 의자 다리뿐이었다. 용수철은 사방으로 튀어버렸고, 썩은 양털은 바람에 날려 공터에 흩뿌려졌다. 의자 다리는 구덩이에 처박혔다. 다이아몬드는 없었다.

"찾았나?" 숨을 헐떡이면서 이폴리트 마트베예비치가 말했다.

온몸이 썩은 양털로 덮인 사제는 말없이 양털을 털어내고 있었다.

"당신은 사기꾼이야!" 이폴리트 마트베예비치가 소리쳤다. "네놈의 낯짝을 갈겨버리겠어!"

"한번 해보시지." 사제가 대답했다.

"그렇게 털을 뒤집어쓰고 어딜 갈 수 있겠어?"

"당신이 상관할 바 아니야!"

"정말 부끄럽지도 않아? 사제라는 자가! 당신은 그냥 도둑이야!"

"난 당신에게서 아무것도 훔치지 않았어."

"대체 이 의자에 대해 어떻게 알게 된 거야? 고인의 참회를 이렇게 사리사욕에 이용하다니! 정말 멋지군! 정말로 대단하십니다!"

이폴리트 마트베예비치는 한동안 욕설을 내뱉고 난 뒤, 공터를 나와 외투 소매에 묻은 먼지를 털어내고는 집으로 향했다. 레나 강 사건 거리와 예로페옙스키 골목의 교차로에서 보로뱌니노프는 자신의 동업자를 만났다. 기술부장이자 실무 담당자인 동업자는 왼발을 들고 옆으로 비스듬히 서 있었다. 구두닦이가 그의 양가죽 부츠를 노란 크림으로 닦고 있었다. 이폴리트 마트베예비치는 그에게 달려갔다. 실무 담당자는 기분 좋게 시미*를 추며 흥얼댔다.

예전에는 낙타들이 춤을 추었고,
예전에는 바투카다**를 추었는데,
지금은 전 세계가 시미를 추네.

"주택국에서의 일은 어땠습니까?" 그는 사무적으로 질문하

---

*폭스트롯의 변형된 형태로 어깨와 엉덩이를 번갈아 앞뒤로 재빠르게 움직이는 춤.
**브라질 흑인들의 집단 군무이자 삼바의 일종으로 드럼, 타악기, 손뼉 등으로 리듬을 치면서 추는 원무.

며 즉시 다음 말을 이어갔다. "잠시만요. 아직 얘기하지 마세요. 매우 흥분하신 것 같군요. 좀 진정한 다음 얘기하시죠."

구두닦이에게 7코페이카를 주고 난 뒤, 오스타프는 보로뱌니노프의 손을 잡고서 그를 거리로 데리고 나왔다. 오스타프는 이폴리트 마트베예비치가 흥분해서 하는 얘기들을 전부 주의 깊게 들었다.

"아하! 혹시 작고 검은 콧수염을 단 자 아닙니까? 그렇군요! 양털 깃이 달린 외투를 입었죠? 맞아요, 바로 양로원에서 사 간 의자입니다. 오늘 아침에 3루블에 사 갔다더군요."

"그렇다네, 더 들어보게."

이폴리트 마트베예비치는 실무 담당자에게 표도르 사제의 추악한 짓을 낱낱이 알렸다.

오스타프는 우울해졌다.

"일이 고약하게 되었군요." 그가 말했다. "《라히트바이스의 동굴》*처럼 비밀스러운 적수가 등장했어요. 그를 이기기 위해서는 우리가 한발 앞서 나가야겠습니다."

두 친구는 '스텐카 라진'이라는 맥줏집에서 간단히 요기를 했다. 오스타프가 예전의 주택국이 어디에 있고, 지금 그곳에는 어떤 기관이 들어서 있는지 알아보는 사이 날이 저물었다.

황금빛 말이 다시 갈색으로 변했다. 다이아몬드처럼 처마 밑으로 떨어지던 물방울은 다시 얼어붙었다. 맥줏집들과 레스토

---

*독일 작가 뢰더의 모험소설. 러시아에서는 1910년에 출판되어 큰 인기를 얻었다.

랑 '피닉스'는 저녁이 되자 맥주 값이 오르기 시작했다. 푸시킨 대로의 가로등에 불빛이 들어왔고, 봄 소풍을 다녀온 피오네르* 단원들이 북소리에 대오를 맞추어 귀가하고 있었다.

도시계획국 건물에 새겨진 호랑이, 승리의 여신, 코브라 상들은 도시 위로 떠오른 달빛을 받아 신비로운 빛을 내뿜고 있었다.

갑작스럽게 입을 다물어버린 오스타프와 함께 집으로 돌아오면서 이폴리트 마트베예비치는 호랑이와 코브라 상들을 바라보았다. 예전에 그가 살았을 때 이 건물은 시의회 청사로 사용되었고, 사람들은 코브라 상을 스타르고로드의 상징물로 매우 자랑스럽게 생각했다.

'찾을 거야!' 이폴리트 마트베예비치는 승리의 여신상을 바라보며 생각했다.

호랑이는 아양을 떨듯 꼬리를 흔들었고, 코브라는 기분 좋게 똬리를 틀고 있었다. 그리고 이폴리트 마트베예비치의 마음은 확신으로 가득 찼다.

*9~15세의 학생들로 이루어진 공산 소년단원 모임.

10장
철공, 앵무새, 점쟁이

페렐레신스키 골목의 7번 건물은 스타르고로드에서는 그다지 좋은 건물에 속하는 편은 아니었다. 제2제정시대*의 건축 양식으로 지어진 이 2층짜리 건물에는 사자 얼굴 조각상이 훼손된 상태로 붙어 있었는데, 사자의 얼굴은 당시 유명한 작가인 아르치바셰프**와 닮아 있었다. 아르치바셰프와 닮은 사자 얼굴은 골목 쪽으로 나 있는 창문의 수와 똑같이 여덟 개였다. 여덟 개의 사자 얼굴은 창문 문지방에 자리 잡고 있었다.

　이 건물에는 다른 장식이 두 개 더 있었다. 둘 다 순전히 상업적인 성격의 간판이었다. 한쪽에는 다음과 같이 적힌 간판이 걸려 있었다.

*프랑스의 나폴레옹 3세가 통치한 1852~1870년을 말한다.
**당대에 인기 있었던 단편소설 작가. 포르노그래피적인 소설을 주로 썼으며 짧은 턱수염을 지닌 외모로 유명했다.

오데사 부블리크 협동조합
'모스크바식 바란카'

　간판에는 넥타이를 매고, 프랑스식 짧은 바지를 입은 젊은이
가 그려져 있었다. 그는 한 손에 옛날이야기에 나오는 마법의
뿔같이 생긴 것을 들고 있었는데, 그 뿔에서 모스크바식 바란
카 빵이 쏟아져 나오고, 바란카는 필요에 따라 크기가 늘어나
오데사식 부블리크 빵도 된다는 식으로 그려져 있었다. 게다가
이 젊은이는 매우 상냥한 미소를 짓고 있었다. 또 다른 쪽에는
포장회사 '신속포장'*이라는 간판이 걸려 있었는데, 검은색 판
에 둥그런 금박 글씨로 자신의 회사를 소개하고 있었다.

　간판이나 운영자금의 규모에서 현격한 차이가 있음에도 불
구하고, 전혀 다른 형태의 이 두 회사는 하나의 기업처럼 운영
되고 있었다. 이 기업은 모직, 마직, 면직, 그리고 고운 빛깔의
견직물 등 모든 종류의 직물들을 대상으로 투기사업을 벌였다.

　터널처럼 생긴 어두운 아치형 입구를 통과하자 시멘트로 발
라놓은 우물이 있는 넓은 마당이 보였고, 왼쪽에는 계단 없이
직접 들어가게 되어 있는 두 개의 문이 보였다. 오른쪽 문에는
흐릿한 동판에 이름과 성이 새겨진 다음과 같은 간판이 걸려
있었다.

---

*실제로 1920년대 모스크바에 존재했던 협동조합의 이름.

B. M. 폴레소프

왼쪽 문에는 흰색으로 칠해진 함석판에 이런 간판이 있었다.

의상과 모자 상점

그러나 이것들은 모두 겉치레에 불과했다.

의상과 모자 상점 내부에는 작업대도, 장식품도, 군대 장교처럼 곧게 서 있는 목 없는 마네킹도, 우아한 부인용 모자를 만드는 틀도 없었다. 방이 세 개인 이 집에는 이런 것들 대신 빨간 반바지를 입혀놓은 하얀 앵무새 한 마리가 살고 있었다. 앵무새는 벼룩들에게 시달리고 있었으나 누구에게 하소연을 할 수도 없었다. 인간의 목소리를 낼 수 없었기 때문이다. 앵무새는 매일 해바라기 씨를 쪼아대면서 탑처럼 생긴 새장 밖 양탄자 바닥으로 껍질을 내뱉곤 했다. 만일 앵무새가 손에는 손풍금을 들고, 발에는 새 덧신을 신고 있었다면 술 취한 가내수공업자처럼 보였을 것이다. 창문에는 어두운 갈색 커튼이 흔들거리고 있었고, 집은 온통 어두운 갈색 빛으로 가득했다. 피아노 위에는 잘 다듬어진 짙은 녹색 참나무로 만든 둥근 액자 속에 왠지 모르게 기이한 느낌이 드는 뵈클린의 그림 〈죽은 자들의 섬〉* 복사화가

---

*스위스의 화가 뵈클린의 그림들은 러시아에서 매우 인기가 있었지만, 1920년대는 복사화가 난무하여 가치가 떨어졌다.

걸려 있었다. 액자 유리 한 귀퉁이는 오래전에 떨어져 나갔고 그렇게 노출된 부위는 파리 떼들에게 점령당해 애초에 무슨 그림이 그려 있었는지 알 수 없게 되었다.

이 집의 여주인은 침실의 침대 위에 걸터앉아 더러운 천이 덮인 팔각 형태의 탁자에 팔꿈치를 대고 카드를 펼쳐놓고 있었다. 그녀 앞에는 미망인 그리차추예바가 모피 숄을 쓰고 앉아 있었다.

"미리 확실하게 말해두겠는데, 나는 한 번에 50코페이카 이하로는 받지 않습니다." 여주인이 말했다.

새로운 남편을 찾으려는 강렬한 욕망을 가진 미망인은 정해진 요금을 지불하는 것에 동의했다.

"당신만이 제 미래를 점칠 수 있으니 부탁드립니다." 그녀는 애원하듯 말했다.

"당신은 클로버 여왕 카드로 점을 쳐야 합니다."

그러나 미망인은 반박했다.

"전 항상 하트 여왕으로 점을 봤어요."

여주인은 냉담한 표정으로 그녀의 의견에 따랐고, 카드를 펼치기 시작했다. 몇 분이 지나자 미망인의 운명이 나타났다. 크고 작은 불행들이 닥칠 것이나, 그녀의 삶에 멋진 다이아몬드 여왕과 사랑하는 클로버 왕이 생긴다는 점괘가 나왔다.

이번에는 손금으로 점을 쳤다. 미망인 그리차추예바의 손금은 깨끗하고, 힘 있고, 나무랄 데 없이 좋았다. 생명선은 맥박이 뛰는 곳까지 길게 뻗어 있었다. 만일 인간이 생명선의 길이

만큼 산다고 한다면 그녀는 최후의 심판 날까지도 살 수 있을 정도였다. 지능선과 감정선은 그녀가 지금 하고 있는 잡화점을 그만두더라도 예술, 과학, 사회학의 어떤 분야에서도 인류에게 놀랄 만한 업적을 선물할 수 있을 만큼 좋게 새겨져 있었다. 엄지손가락의 '비너스의 언덕'*은 만주 벌판의 구릉처럼 두툼하게 올라와 있어 그녀의 애정운이 매우 강하다는 것을 보여주었다.

점쟁이는 이 모든 것들을 관상학, 수상학, 그리고 말[馬]을 매매하는 장사꾼들이 쓰는 단어와 용어들을 사용하며 미망인에게 설명해주었다.

"부인, 정말로 감사드립니다." 미망인이 말했다. "덕분에 클로버 왕이 나타난다는 것을 알게 되었어요. 그리고 다이아몬드 여왕 역시…… 왕과 여왕이 결혼하게 되나요?"

"결혼하게 될 겁니다, 아가씨."

희망을 얻은 미망인은 기쁜 마음으로 집으로 돌아갔고, 점쟁이는 카드를 상자 속으로 던져 넣었다. 쉰 살은 되어 보이는 여주인은 이를 드러내면서 크게 하품을 하고 부엌으로 갔다. 그녀는 '그레츠'라는 이름의 석유난로 위에 점심 식사거리를 데워놓고, 요리사들이 하는 것처럼 앞치마에 손을 닦고 나서 군데군데 에나멜 칠이 벗겨진 물통을 들고 마당에 물을 길으러 갔다.

그녀는 평평한 마당을 뒤뚱거리며 힘겹게 걸었다. 축 늘어진 가슴이 다시 물을 들인 블라우스 안에서 흔들거렸다. 머리에는

*엄지손가락 밑의 두툼한 부분. 서양의 점술에서는 애정운과 관련 있는 것으로 알려져 있다.

백발이 산개해 있었다. 그녀는 여느 노파들처럼 좀 더러워 보였고, 모든 것을 의심하는 눈초리를 하고 있었으며, 단것을 좋아했다. 만일 이폴리트 마트베에비치가 지금 낭장 그녀를 본다면, 그녀가 예전에 자신이 사모했으며, 법원의 서기가 언젠가 그녀에게 〈입 맞추고 싶은 내 천상의 그대여〉라는 시로 칭송했던 옐레나 보우르라고는 꿈에도 생각하지 못할 것이다. 우물가에서 보우르 부인은 벤젠 깡통에 물을 길으러 온 인텔리 출신 철공 빅토르 미하일로비치 폴레소프의 인사를 받았다. 기름 그을음으로 잘 분장된 폴레소프의 얼굴은 오페라 무대에 오르기 직전의 악마의 얼굴과 비슷했다.

인사를 주고받은 두 이웃은 스타르고로드 시민들의 관심사에 대해 얘기했다.

"대체 세상이 어떻게 되려는지……." 폴레소프가 냉소하듯 말했다. "어제 시내를 온통 돌아다녔지만 8분의 3인치 나사 하나 살 수가 없었어요. 아무 데도 없더라고요. 아무 데도! 그런데 전차는 개통된다고 하니……."

옐레나 스타니슬라보브나가 가지고 있는 8분의 3인치 나사에 관한 지식은 트보로크는 바레니크에서 만들어진다*는 '레오나르도 다 빈치 무용학교' 학생들의 낙농업 지식 정도밖에 되지 않았지만, 그녀는 그의 말에 공감을 해주었다.

"맞아요. 지금 상점이 어디 있기나 해요? 사람들은 줄지어

---

*트보로크는 유제품이고, 바레니크는 응유(凝乳)나 과일을 넣은 물만두 같은 것으로, 보통은 트보로크 안에 바레니크를 넣어서 먹는다.

서 있는데 상점은 없잖아요! 상점이라는 이름만 들어도 지긋지
긋해요! 특히 퇴역군인 협동조합 상점 말이에요!"

"엘레나 스타니슬라보브나 부인, 아니 그 정도는 또 참을 만
합니다. 그런데 그 상점에는 '보통전기회사' 제품의 모터가 네
대가 남아 있더군요. 생긴 건 꼭 고물처럼 생겼는데 어찌 됐든
작동은 하더라고요! 유리가 고무에 끼어 있지 않았는데도 말이
죠. 제가 직접 봤습니다. 소리가 좀 나기는 하지만……. 나머
지 것들은 엉망입니다. 모두 다 하리코프 공장에서 만든 것들
입니다. 비철금속 국유 산업국 소속이죠. 꿈쩍도 하지 않더군
요. 제가 직접 봤습니다."

철공은 신경질적으로 입술을 깨물었다. 그의 검은 얼굴은 햇
볕을 받아 눈 흰자위가 누렇게 보였다. 빅토르 미하일로비치
폴레소프는 스타르고로드의 모터 수리공들 중에서 제일 재주
도 없고 실수도 잦은 철공이었다. 원인은 너무나도 쉽게 흥분
하는 성격과 게으름 때문이었다. 쉽게 흥분하는 성격 탓에 그
는 늘 입에 거품을 물고 있었다. 페렐레신스키 골목 7번 건물의
안마당에 위치한 그의 작업장에서 그를 만나기란 무척 어려운
일이었다. 그의 작업실인 석조 창고 가운데는 아주 오래전에
식어버린 이동식 화로가 외로이 서 있었고, 창고 구석에는 구
멍 뚫린 상자들, '트레우골니크'* 공장에서 만든 찢어진 타이어
조각들, 도시 전체를 잠글 수 있을 만큼 거대한 녹슨 자물쇠들,

*러시아에서 가장 큰 고무 공장.

'인디언'과 '반더러'*라고 쓰인 연료용 탱크들, 용수철 장치가 있는 유모차, 완전히 맛이 간 발전기, 썩은 가죽 벨트, 기름때 가득한 마포, 닳아빠진 사포, 오스트리아제 총검, 그 밖에 찢어지고 휘어지고 짓눌린 잡동사니들이 처박혀 있었다. 그러나 고객들은 창고 어디에서도 빅토르 미하일로비치를 찾을 수 없었다. 그는 늘 어디선가 남의 일에 참견할 뿐, 정작 자신의 일은 하지 않는 사람이었다. 그는 자신의 마당이나, 아니면 남의 마당이라도 마당에 짐을 싣고 들어오는 마차를 보면 절대 참지 못했다. 그럴 때면 폴레소프는 즉시 마당으로 달려 나가서, 뒷짐을 지고 경멸하는 눈초리로 마부를 바라보다가 결국 참지 못하고 폭발했다.

"어떤 놈이 이렇게 굴러 들어온 거야!" 그는 위협하듯 외쳤다. "당장 나가!"

놀란 마부는 마차를 돌렸다.

"대체 마차를 어디로 돌리는 거야! 바보 같은 놈!" 빅토르 미하일로비치는 마부를 향해 쏜살같이 달려들었다. "예전 같았으면 따귀를 한 대 갈겼을 거야! 그래야 정신을 차리고 똑바로 말을 몰지."

이런 식으로 폴레소프는 대개 30분 정도 훈계를 늘어놓고서야 고장 난 자전거가 손길을 기다리고 있는 자신의 작업장으로 돌아가려고 마음을 먹게 되지만, 도시 생활의 평화로움을 깨뜨

---

*'인디언'은 미국의 모터사이클 회사. '반더러'는 독일의 모터사이클 회사.

리는 또 다른 일들로 인해 그의 발걸음은 다시금 멈추기 일쑤였다. 이를테면 거리에서 짐마차의 바퀴가 빠지는 일이 생기면 폴레소프는 그것을 가장 빠르고 정확하게 고치는 방법을 가르쳐준다. 전신 기둥을 교체하는 일이 생기면 폴레소프는 자신의 작업장에서 추를 가지고 나와 기둥이 지면에서부터 올바로 박혀 있는지 검사한다. 그러다가 행여나 소방차가 지나가면 소방차 경적 소리에 가슴이 울렁거려 불안한 마음으로 뒤따라가기도 한다.

그러나 가끔씩 빅토르 미하일로비치도 현실 생활에 깊게 몰두할 때가 있었다. 그는 며칠 동안 자신의 작업장에 파묻혀 묵묵히 일만 했다. 아이들이 자유분방하게 마당을 뛰어다니면서 시끄럽게 떠들어도, 짐마차가 자신의 마당에 이상한 궤도를 그리면서 들어와도, 거리에서 짐마차의 바퀴가 빠져도, 소방차가 화재 현장으로 달려가도, 빅토르 미하일로비치는 일만 했다. 이러한 일중독을 끝낸 어느 날, 그는 자동차, 소화기, 자전거, 타자기 부품 등을 모아서 만든 오토바이를 마치 뿔을 잡고 양을 끌어내듯이 마당으로 끌고 나왔다. 1.5마력짜리 모터는 반더러, 바퀴는 데이븐슨 제품이었고, 그 밖의 주요 부품들은 이미 망해버린 회사의 제품들이었다. 좌석 안장에는 "시제품"이라고 쓰인 두꺼운 종이가 붙어 있었다. 사람들이 모여들었다. 빅토로 미하일로비치는 사람들을 거들떠보지도 않고 손으로 페달을 돌렸다. 10분이 지났지만 시동이 걸릴 기미가 보이지 않았다. 잠시 후 철판들이 부딪히는 소리가 들리더니 계기판

바늘이 움직이면서 연기가 나기 시작했다. 빅토르 미하일로비치는 안장에 뛰어올랐고 오토바이는 미친 듯한 속력으로 터널을 통과해 도로 중앙까지 돌진하더니 총이라도 맞은 것처럼 갑자기 멈춰버렸다. 빅토르 마히일로비치가 오토바이에서 내려 이 수수께끼 같은 기계를 어떻게 해야 할지 생각하려는 찰나, 기계가 갑자기 다시 움직이기 시작하더니 자신을 만든 창조자를 태우고 처음 출발한 장소인 마당으로 돌아와서는 피식거리는 소리를 낸 후 폭발해버렸다. 기적적으로 상처 하나 입지 않은 빅토르 미하일로비치는 오토바이의 잔해들을 모아 모형 엔진을 만들었다. 엔진은 진짜와 똑같이 생겼지만 작동은 하지 않았다.

인텔리 출신 철공이 한 학구적인 활동의 정점은 이웃한 5번 건물 입구의 거대한 철문을 수리하는 일이었다. 이 건물의 주택임대 공동조합*과의 계약에 의하면, 빅토르 미하일로비치는 건물의 철문을 완전하게 수리하고 철문을 값싼 페인트로 재량껏 칠해야 했다. 그리고 주택임대 공동조합은 이 일에 대해 빅토르 미하일로비치에게 21루블 75코페이카를 지불하도록 되어 있었고, 철문의 문장 제작비는 수리 담당자가 책임지는 것으로 했다.

빅토르 미하일루비치는 삼손 같은 힘으로 거대한 철문을 자신의 작업장으로 끌고 왔다. 그는 온 힘을 다해 철문 수리에 몰

---

*사유재산이 인정되지 않았던 1920년대 소련에서는 주택 임대, 관리 등을 주택임대 공동조합의 형식으로 운영했다.

두했다. 철문을 분해하는 작업만 이틀이 소요되었다. 주철로 만들어진 장식들은 유모차 속에 넣어두었고, 철 막대와 쇠창살들은 작업대 밑에 놓았다. 파손된 곳을 점검하는 작업에 또다시 며칠이 소요되었다. 그러는 사이 도시에서는 매우 골치 아픈 일이 발생했다. 드로바나 거리의 수도관 전체가 파손된 것이었다. 빅토르 미하일로비치는 사고 현장에서 며칠을 지내면서 지하 구덩이를 들여다보며 작업자들에게 호통을 치기도 했고, 만족스러운 웃음을 짓기도 했다.

그렇게 시간을 보내면서 사고 현장에 대한 관심이 사그라지기 시작하자 그는 다시 철문 수리 작업에 몰두하기로 마음먹었다. 그러나 시기가 너무 늦어버렸다. 아이들이 마당에서 철문의 철 막대와 쇠창살을 장난감처럼 가지고 놀고 있었던 것이다. 화가 난 철공을 보고 놀란 아이들은 철물들을 내던지고 도망쳐버렸다. 막대와 창살 절반이 모자랐는데, 아무리 찾아보아도 찾을 수 없었다. 이 일이 있고 난 뒤로 빅토르 미하일로비치는 철문 수리에 대한 열정을 완전히 잃어버렸다.

그런데 철문 없이 열린 채로 방치된 5번 건물에서 무서운 사건들이 일어났다. 지붕에 널려 있던 세탁물들을 도둑맞았고, 심지어 어느 날 저녁에는 마당에서 끓고 있던 사모바르까지 없어졌다. 그는 손수 도둑을 쫓기로 했다. 도둑은 펄펄 끓는 사모바르를 두 손으로 잡은 채 뒤에서 자신을 쫓아오고 있는 빅토르 미하일로비치에게 욕을 퍼부으며 재빠르게 줄행랑을 쳤다. 그러나 철문이 없어지자 가장 괴로워한 사람은 5번 건물의 수위였다. 그는 매일 밤마다 벌어들이던 부수입을 잃어버렸다. 철문이 없어지자 밤늦게까지 놀다가 돌아오는 건물의 거주자들이 문을 열어주는 수위에게 수고비로 10코페이카를 지불할 필요가 없어지게 된 것이다. 처음에 수위는 빅토르 미하일로비치에게 철문이 언제 수리되겠느냐고 물으러 오더니, 나중에는 신에게 기도를 하기도 했다. 결국 그는 철공에게 으름장을 놓기 시작했다. 주택임대 공동조합은 빅토르 미하일로비치에게 서면으로 경고장을 발송했다. 일은 재판에 회부될 태세였고, 상황은 계속 악화되어갔다.

점쟁이와 성질이 불같은 철공은 우물가에서 대화를 계속했다.

"제대로 방부 처리된 침목도 없다고 하더군요." 온 마당이 쩌렁쩌렁하게 울리도록 빅토르 미하일로비치가 소리쳤다. "그렇게 된다면 전차가 다니는 곳은 길이 아니라 큰 재앙이 될 겁니다!"

"이 모든 일이 대체 언제쯤 끝날까요!" 옐레나 스타니슬라보브나가 말했다. "모두들 야만인처럼 살고 있으니."

"끝이 없을 겁니다…… 그럼요! 그런데 제가 오늘 누굴 만났는지 아십니까? 보로뱌니노프를 만났습니다."

옐레나 스타니슬라보브나는 너무나 놀란 나머지 물이 가득 든 물통을 그대로 든 채 우물가에 기대어버렸다.

"작업장의 임대 계약을 연장하기 위해 공공사업부에 들러 복도를 따라 걷고 있을 때였습니다. 갑자기 어떤 두 사람이 제게 다가오더군요. 그들을 쳐다보았는데 왠지 낯익은 느낌이 들었어요. 꼭 보로뱌니노프처럼 생겼더군요. 그들이 제게 물어왔습니다. '이 건물이 예전에는 무슨 기관으로 사용되었습니까?' 그래서 저는 예전에 이곳은 여학교로 사용되었고, 그 후에는 주택국으로 사용되고 있다고 대답해주고는 무슨 일로 그러느냐고 물어보았지만, 그들은 그저 고맙다는 말만 하고 가버리더군요. 순간 저는 그들 중 한 명이 콧수염이 없긴 했지만 보로뱌니노프라는 것을 분명히 알아차렸죠. 대체 그는 어디에 있다가 이곳을 방문했을까 하는 생각이 들었어요. 그리고 그와 함께 있던 사람은 아주 잘생긴 젊은이였는데 아마 분명 예전에 장교였을 겁니다⋯⋯."

바로 그 순간 빅토르 미하일로비치는 뭔가 안 좋은 일이 일어나고 있음을 직감했다. 그는 이야기를 갑자기 멈추고 자신의 휘발유 통을 들고 재빨리 쓰레기통 뒤로 숨었다.

5번 건물의 수위가 마당으로 천천히 들어오더니 우물가 근처에 멈춰 서서 주변을 살피기 시작했다. 빅토르 미하일로비치의 모습은 어디에도 보이지 않았다. 그는 슬퍼졌다.

"철공은 또 없습니까?" 수위는 엘레나 스타니슬라보브나에게 물었다.

"어휴, 난 아무것도 몰라요." 점쟁이가 말했다. "난 아무것도 몰라."

그녀는 흥분이 채 가시지 않은 상태로 물통의 물을 흘리면서 서둘러 자신의 집으로 들어갔다.

수위는 시멘트로 칠한 우물 담벼락을 잠시 만져보고는 작업장 쪽으로 향했다. 작업장 앞에는 이런 간판이 붙어 있었다.

철공 작업장 입구

이 간판에서 두 걸음 정도 떨어진 곳에는 다음과 같은 간판
이 걸려 있었다.

철공 작업 및 석유난로 수리

간판 밑에는 묵직한 자물쇠가 걸려 있었다. 수위는 자물쇠를
발로 걸어차면서 욕설을 내뱉었다.

"젠장, 도둑놈의 자식!"

수위는 화가 머리끝까지 치민 듯 작업장 근처에서 3분 정도
서 있었다. 그는 요란한 소리를 내면서 간판을 떼어버렸다. 그
리고 그것을 마당 한가운데 우물가로 가지고 와서 바닥에 팽개
쳐버리고는 두 발로 마구 짓밟으며 떠들기 시작했다.

"당신들이 사는 이 7번 건물에 도둑놈이 살고 있소!" 수위가
외쳤다. "파렴치한 놈이오! 못된 도둑놈이오! 고등교육까지 받
은 놈이……! 많이 배우면 뭐 하나! 천벌을 받을 놈!"

그동안 고등교육까지 받은 저주받을 도둑놈은 쓰레기통 뒤편
에서 자신의 처량한 신세를 느끼며 휘발유 통 위에 앉아 있다.

삐거덕 소리를 내며 여닫이 창문틀이 열리더니 7번 건물의
입주자들이 신 나는 구경거리라도 난 듯 창문을 통해 마당을

내려다보았다. 거리를 지나가던 사람들도 호기심이 생겨 마당으로 모여들었다. 관중이 생겨나자 수위는 더욱 신이 나서 소리쳤다.

"철공 기사 놈아!" 수위가 소리쳤다. "개 같은 귀족 놈아!"

수위는 검열에 통과될 수 없는 저속한 말들을 마치 정치인들이 연설하듯 쏟아냈다. 창가에 모여든 마음 약한 부인들은 수위의 저속한 말에 매우 불쾌해졌으나 아무도 창가에서 멀어지지는 않았다.

"낯짝을 뒤틀어버릴 거야!" 수위는 멈추지 않았다. "배웠다는 놈이 그따위 짓을 하다니!"

수위의 외침이 절정으로 향하고 있을 때 경찰이 나타났다. 경찰은 말없이 수위를 경찰서로 끌고 갔다. '신속포장'의 젊은이들이 경찰서에 신고를 한 것이었다.

수위는 경찰의 목을 끌어안고 울기 시작했다.

그렇게 위험한 순간이 지나갔다.

그제야 쓰레기통에서 고통당하고 있던 빅토르 미하일로비치가 모습을 드러냈다. 사람들이 웅성거렸다.

"쓰레기 같은 놈!" 빅토르 미하일로비치는 끌려가는 수위의 뒤에 대고 소리쳤다. "쓰레기 같은 놈! 두고 보자! 비열한 놈!"

괴롭게 울부짖고 있던 수위는 이 소리를 듣지 못했다. 그의 손에는 물적 증거로 사용하기 위해 떼어낸 '철공 작업 및 석유 난로 수리'라는 간판이 들려 있었다.

빅토르 미하일로비치는 더욱 의기양양해졌다.

"개자식!" 그는 사람들을 향해 말했다. "쓰레기 같은 놈!"

"이제 그만해요, 빅토르 미하일로비치!" 옐레나 스타니슬라보브나가 창문에서 소리쳤다. "잠시 이리로 좀 들러주세요."

그녀는 빅토르 미하일로비치에게 콤포트를 대접했고, 방 안을 서성이면서 질문을 하기 시작했다.

"그렇습니다. 분명 제가 그렇게 말했지요. 콧수염만 없다 뿐이지 분명 그 사람이었어요. 분명 그 사람이었다니까요!" 빅토르 미하일로비치는 평소처럼 큰 소리로 말했다. "저는 그 사람을 단번에 알아보았지요. 보로뱌니노프, 분명 그 사람이었어요!"

"제발, 조용히 좀 말해요! 그가 이곳에 왜 왔을까요? 당신은 어떻게 생각해요?"

빅토르 미하일로비치의 검은 얼굴에 조롱하는 듯한 미소가 번졌다.

"음, 당신이야말로 어떻게 생각하십니까?"

그는 계속 조소를 띠며 말했다.

"어쨌든 볼셰비키들과 협상하러 온 것은 아니겠지요."

"그가 지금 위험한 상황에 처해 있다고 생각하나요?"

혁명 이후 10년간 빅토르 미하일로비치는 언제나 입가에 조소를 머금고 살았다. 그래서 그의 얼굴에는 다양한 형태의 조소들이 풍부하게 담겨 있었다.

"소비에트 러시아에서 위험한 상황에 처하지 않은 사람이 누가 있겠습니까? 하물며 보로뱌니노프 같은 지위에 있던 사람이라면 더하겠지요. 엘레나 스타니슬라보브나, 그가 아무 이유 없이 콧수염을 자르진 않았겠지요?"

"망명했다가 다시 돌아온 걸까요?" 엘레나 스타니슬라보브나가 숨이 넘어갈 듯 물었다.

"바로 그겁니다." 천재적인 철공이 대답했다.

"무슨 이유로 이곳에 다시 온 걸까요?"

"모른 척하지 마십시오."

"어쨌든 그를 만나야겠어요."

"위험한 일이라는 것은 알고 계시겠죠?"

"아, 상관없어요! 10년간 이폴리트 마트베예비치를 만나지 못했어요."

그 순간 그녀는 서로 사랑했던 그들이 운명의 장난으로 만날 수 없었던 듯한 기분이 들었다.

"제발 부탁이에요. 그를 좀 찾아주세요! 그가 어디 있는지 알아봐줘요! 당신은 이곳저곳 잘 다니잖아요. 당신이라면 어렵지 않게 찾을 수 있잖아요! 내가 만나고 싶어 한다고 전해줘요. 아시겠죠?"

나뭇가지에 앉아 졸고 있던 빨간 반바지를 입은 앵무새는 시끄러운 대화 소리에 놀라 잠이 깨었다가, 다시 머리를 밑으로 처박고 졸기 시작했다.

"엘레나 스타니슬라보브나!" 자리에서 일어난 철공은 두 손을 가슴에 대고 말했다. "반드시 그를 찾아드리겠습니다."

"콤포트 더 드릴까요?" 점쟁이는 감격스러운 어조로 말했다.

빅토르 미하일로비치는 콤포트를 다 먹고 나서 앵무새가 들어 있는 새장이 잘못 만들어졌다고 일장 연설을 했다. 그리고 그녀에게 모든 일을 반드시 비밀로 하라고 당부한 후 그녀의 집에서 나왔다.

11장

알파벳 책 '삶의 거울'

이튿날이 되자 동업자들은 수위의 방에서 지내는 것이 매우 불편하다는 사실을 확실히 깨닫게 되었다. 수위 티혼은 주인 나리의 콧수염이 처음에는 검은색이었다가 나중에는 초록색, 그리고 결국에는 수염이 완전히 없어진 것을 보고 어쩔 줄을 몰라 중얼거리기만 했다. 잠을 청하기도 힘들었다. 티혼의 새로 산 펠트 장화에서 풍겨 나오는 썩은 퇴비 같은 냄새가 온 방에 가득했다. 구석에 놓아둔 옛날 장화 역시 방 안 공기를 오염시키고 있었다.

"제 생각에는 옛날을 회상하는 추억의 밤은 이제 지나간 것 같군요." 오스타프가 말했다. "호텔로 거처를 옮겨야겠습니다."

이폴리트 마트베예비치는 당황했다.

"그건 곤란하네."

"왜 그러시는 겁니까?"

"호텔에 가면 숙박 명부를 작성해야 하지 않는가?"

"여권에 무슨 문제라도 있습니까?"

"아니, 여권에는 아무 문제가 없지만, 이 도시 사람들은 내 이름을 잘 알고 있네. 내가 왔다는 소문이 금세 퍼질 거야."

오스타프는 말없이 잠시 생각에 잠겼다.

"미헬손이라는 성이 혹시 마음에 드십니까?" 천재적인 오스타프가 갑작스럽게 물었다.

"무슨 미헬손 말인가? 상원의원을 말하는 건가?"

"아닙니다. 소비에트 상공업 협동조합 회원입니다."

"무슨 말을 하는지 알 수가 없군."

"이런 쪽에 경험이 없어서 그러시겠죠. 가끔은 속이고 살아야 합니다."

오스타프 벤데르는 녹색 양복 주머니에서 조합원증을 꺼내 이폴리트 마트베예비치에게 건넸다.

"콘라트 카를로비치 미헬손, 나이는 마흔여덟이고 당원은 아닙니다. 독신이고, 1921년에 조합에 가입했고, 도덕적으로도 성품이 뛰어나고, 제가 잘 아는 사람입니다. 그리고 아이들을 좋아하는데…… 뭐, 굳이 당신은 아이들을 좋아하지 않아도 될 겁니다. 경찰이 그것까지 확인하진 않을 테니까요."

이폴리트 마트베예비치는 얼굴이 화끈거렸다.

"이렇게까지 해야 되는 건가?"

"법을 어기는 일이긴 하지만, 우리가 완수해야 할 사업을 생각한다면 이 정도는 애들 장난이지요."

보로뱌니노프는 여전히 망설였다.

"콘라트 카를로비치 씨, 당신은 정말 이상주의자군요. 그래도 운이 좋은 줄 아세요. 흐리스토조풀로 사제나, 즐로부노프 사제 같은 걸로 변장하지 않았으니까요."

곧바로 의견 일치를 본 동업자들은 티혼에게 작별 인사도 하지 않고 거리로 나왔다.

그들은 '소르본' 호텔에서 가구가 구비되어 있는 방을 빌렸다. 오스타프는 몇 명 안 되는 호텔 직원들을 바쁘게 만들었다. 처음에 그는 7루블짜리 방을 보았으나, 가구 설비가 마음에 들지 않았다. 5루블짜리 방은 앞서 본 방보다는 마음에 들었지만 바닥에 깔린 카펫이 왠지 낡고 냄새가 나는 것 같아서 또다시 꺼려졌다. 3루블짜리 방은 모든 것이 좋았으나 벽에 그림이 걸려 있는 게 문제가 되었다.

"나는 풍경화와 한 방에서 지낼 순 없습니다." 오스타프가 말했다.

결국 그들은 1루블 80코페이카짜리 방을 쓰기로 했다. 이 방은 풍경화도, 카펫도 없었고, 가구도 변변치 않았다. 침대 두 개와 작은 탁자 하나가 전부였다.

"구석기 시대의 양식이군요." 오스타프가 흡족한 듯 말했다. "그렇다고 해서 매트리스에 이상한 벌레들이 살고 있지는 않겠지요?"

"때에 따라 좀 다르긴 합니다." 직원이 영악하게 말했다.

"예를 들면, 시에 전당대회 같은 행사들이 열리면 벌레가 없습니다. 왜냐하면 손님들이 많아지니까 그전에 대청소를 하거든요. 하지만 다른 때는 실제로 벌레들이 좀 있긴 합니다. 옆 호텔 '리바디야'에서 주로 넘어오는 것들이죠."

호텔로 거처를 옮긴 바로 그날, 동업자들은 스타르고로드의 공공사업부에 들러 필요한 모든 정보를 얻었다. 정보에 의하면, 주택국은 1921년에 개조되었으며 주택국의 방대한 문서들은 공공사업부의 문서와 합쳐지게 되어 있었다.

위대한 사기꾼은 작업에 착수했다. 저녁 무렵 동업자들은 예전에는 시청 사무관리국이었지만, 지금은 노동사무국으로 명칭이 바뀐 곳에서 문서 담당 주임으로 일하는 바르폴로메이 코로베니코프의 집 주소를 알아냈다.

오스타프는 털실로 짠 조끼를 입고 양복은 침대의 등받이에 펴놓았다. 그리고 이폴리트 마트베예비치에게 방문에 드는 비용으로 1루블 20코페이카를 요구한 뒤, 문서 담당 주임의 집으로 향했다. 이폴리트 마트베예비치는 홀로 소르본 호텔에 남아 초조한 마음으로 두 침대 사이의 좁은 틈바구니를 왔다 갔다 했다. 바로 오늘 밤이 그들 사업의 모든 운명이 결정되는 날이기 때문이었다. 만일 이폴리트 마트베예비치가 살던 저택의 가구들을 압수하여 처리한 전표의 복사본을 입수한다면, 사업의 절반은 성공한 것이었다. 물론 앞으로 상상할 수 없는 어려움들이 그들을 기다리고 있겠지만, 어쨌든 실마리는 그들 손에 잡히게 될 것이다.

"전표만 입수한다면." 이폴리트 마트베예비치는 침대에서 몸을 뒹굴며 중얼거렸다. "전표만……."

찢어진 매트리스 사이로 삐져나온 용수철이 벼룩처럼 그를 물었으나 그는 아픈 것도 몰랐다. 전표를 입수하고 나면 그다음의 일을 어떻게 진행해야 할지 그 자신도 전혀 예측할 수 없었지만, 모든 일들이 마치 버터 위를 미끄러져 가듯 순조롭게 진행될 거라고 확신했다. '버터가 너무 많아서 카샤를 망치는 일은 없다.' 왠지 이폴리트의 머릿속에는 이 속담이 계속 맴돌았다.

게다가 이 카샤는 어마어마한 가치를 지니고 있지 않은가! 장밋빛 공상으로 가득 찬 이폴리트 마트베예비치는 침대 위에서 계속 뒹굴어댔고, 용수철도 계속 삐걱거렸다.

오스타프는 시내 전체를 가로질러야만 했다. 코로베니코프는 스타르고로드의 외곽인 구시셰 거리에 살고 있었다.

이곳에 거주하는 이들은 대부분이 철도원들이었다. 콘크리트로 얇게 올린 건물 지붕들 옆으로 이따금씩 기관차들이 요란하게 지나갔다. 열차 화통에서 뿜어져 나오는 불빛에 반사되어 건물 지붕들이 번쩍거렸다. 가끔씩은 객차가 지나가는 소리가 들리기도 하고, 가끔씩은 화통에서 폭약이 터지는 듯한 소리가 들리기도 했다. 초가집들과 임시 막사 같은 건물들 사이로 회색의 협동조합 건물들이 길게 늘어서 있었다.

오스타프는 유일하게 불이 밝혀져 있는 철도원 클럽을 지나가면서 종이를 꺼내 주소를 확인한 후 문서 담당 주임의 집 앞에 멈춰 섰다. 그는 "초인종을 누르시오"라고 적힌 푯말을 보고 벨을 눌렀다. 누굴 찾아왔는지, 왜 찾아왔는지 등의 긴 심문을 받고서야 문이 열렸고, 오스타프는 책장들이 놓여 있는 어두운 현관으로 들어왔다. 오스타프는 어둠 속에서 누군가의 인기척을 느꼈지만 그 사람은 아무 말도 하지 않았다.

"여기가 코로베니코프 씨 댁입니까?" 벤데르가 물었다.

어둠 속의 그 사람은 오스타프의 손을 잡고 석유램프로 불을 밝힌 식당으로 데리고 갔다. 오스타프는 자신의 앞에 서 있는, 등이 유난히도 굽고 왠지 결벽증이 있어 보이는 노인을 보았다. 이 노인이 코로베니코프라는 것은 의심의 여지가 없어 보였다. 오스타프는 스스럼없이 의자를 당겨 앉았다.

노인은 주저하는 기색도 없이 제멋대로인 젊은이를 바라보고 아무 말도 하지 않았다. 오스타프가 먼저 상냥하게 말을 꺼냈다.

"당신에게 볼일이 있어서 찾아왔습니다. 지금 스타르고로드 시 공공사업부의 문서 담당 부서에서 일하시죠?"

노인이 고개를 끄덕이자 등이 더 굽었다.

"예전에는 주택국에서도 근무하셨고요?"

"이곳저곳에서 다 근무했소." 노인은 기분 좋게 대답했다.

"그전에는 시청 사무관리국에서도 근무하셨죠?"

오스타프는 우아한 미소를 지으며 물었다. 이 질문에 노인은 예전의 기억을 떠올리려고 하는 듯 부산하게 움직였다. 그러나 움직임은 이내 멈추었다. 시청 사무관리국 시절은 워낙 오래전

일이라 기억이 잘 나지 않는 모양이었다.

"그런데 뭐 때문에 그러는지 물어봐도 되겠소?" 집주인은 손님을 흥미롭게 바라보며 물었다.

"네, 대답해드리지요." 손님이 말했다. "저는 보로뱌니노프의 아들입니다."

"누구의 아들이라고? 그 귀족단장 말이오?"

"그렇습니다."

"살아 계신가?"

"돌아가셨습니다. 코로베니코프 씨."

"그렇군."

노인은 특별히 슬픈 기색 없이 말했다.

"유감이군. 그런데 그분에게는 자식이 없는 걸로 알고 있는데……."

"네, 없었지요." 오스타프는 상냥하게 대답했다.

"그럼, 당신은……?"

"저는 일종의 귀천상혼(貴賤相婚)*으로 태어난 자식입니다."

"그럼 당신의 어머니는 옐레나 스타니슬라보브나인 거요?"

"네, 그렇습니다."

"그녀는 건강히 잘 지내고 있는가?"

"어머니도 오래전에 돌아가셨습니다."

"저런, 저런, 아, 참 안된 일이군."

---

*귀족과 천민의 결혼으로 2세가 귀족의 신분을 얻지 못하는 결혼 관습법.

노인은 분명 오늘 시장의 푸줏간에서 옐레나 스타니슬라보
브나를 보았음에도 오랫동안 눈물을 흘리며 오스타프를 연민
의 눈길로 바라보았다.

"모두들 죽어가고 있군." 그가 말했다. "그건 그렇고, 대체
내게 무슨 볼일이 있는지 말해줄 수 없겠소, 젊은 양반. 난 아
직 자네 이름도 알지 못하는 것 같은데⋯⋯."

"볼데마르입니다." 오스타프가 재빨리 말했다.

"블라디미르 이폴리토비치? 알겠네. 그럼, 말씀해보시구려.
블라디미르 이폴리토비치 씨."

노인은 기름 먹인 천이 덮여 있는 탁자로 몸을 가까이 당기
고는 오스타프의 눈을 진지하게 응시했다.

오스타프는 우선 부모의 죽음에 대해 신중한 단어를 사용하
여 자신의 슬픔을 표현했다. 그리고 이렇게 늦은 시간에 대단
히 존경하는 문서 담당 주임의 집을 방문하여 불편을 끼치게
된 것에 대해 매우 죄송스럽게 생각하지만, 대단히 존경하는
문서 담당 주임이 자신이 어떤 마음으로 이곳을 방문하였는지
를 알게 된다면 이해해주실 거라고 생각한다고 말했다.

"저는 반드시⋯⋯." 그는 아버지에 대한 아들의 무한한 사
랑을 표현하며 말을 마무리 지었다. "아버지께서 쓰시던 가구
라면 어떤 것이라도 찾아내서 아버지에 대한 기억을 간직하고
싶습니다. 혹시, 아버지의 집에 있던 가구들이 어떻게 되었는
지 알고 계시는지요?"

"음, 이건 꽤나 복잡한 일이지⋯⋯." 노인이 잠시 생각하더

니 대답했다. "숙련된 사람만이 다룰 수 있는 일인데…… 그런데 실례지만 댁은 무슨 일을 하시는지?"

"자유로운 직업을 갖고 있습니다. 사마라의 협동조합에서 육류 냉동처리장을 운영하고 있지요."

노인은 의심스러운 눈초리로 젊은 보로뱌니노프의 초록색 옷을 쳐다보았으나 별다른 말은 하지 않았다.

'영리한 젊은이 같군.' 그는 생각했다.

노인이 그에 대해 생각하는 동안 오스타프 역시 코로베니코프에 대한 관찰을 끝내고 '전형적인 속물 늙은이'라는 결론을 내렸다.

"그럼 어떻게 하면……." 오스타프가 말했다.

"그러니까……." 문서 담당 주임이 말했다. "어려운 일이긴 하지만, 불가능한 건 아니고……."

"비용이 든다는 말씀이신가요?" 오스타프가 말을 거들었다.

"많이 드는 건 아니고……."

"어렵게 말씀하실 필요 없습니다. 정보에 대한 대가는 지불하겠습니다."

"그렇다면야, 70루블 정도 필요할 거요."

"그렇게나 많이요? 요즘 귀리 값이라도 올랐습니까?"

노인은 등을 구부린 채 가볍게 끽끽거리며 웃었다.

"농담을 잘하는 젊은이로구먼."

"좋습니다, 어르신. 전표를 받으면 돈을 드리지요. 언제 다시 오면 되겠습니까?"

"돈은 준비해두었소?"

오스타프는 자신의 호주머니를 탁탁 두들겼다.

"그렇다면 지금 당장이라도 가능하지." 코로베니코프는 의기양양하게 말했다.

그는 초에 불을 붙이고 오스타프를 옆방으로 안내했다. 그곳에는 집주인이 잠을 자는 침대 외에 회계장부를 쌓아놓은 책상과 넓고 기다란 사무용 책장이 놓여 있었다. 책장의 각 칸에는 라벨을 붙인 서류들이 아(A), 베(Б), 베(В), 게(Г)부터 야(Я)까지 알파벳 순서대로 정리되어 있었다. 한쪽 칸에는 깨끗한 노끈으로 묶어 정리해놓은 전표들이 보였다.

"우와!" 오스타프가 탄성을 질렀다. "이건 완전히 문서 보관실 같군요!"

"그렇다고 볼 수 있지." 문서 담당 주임은 겸손하게 대답했다. "혹시나 하는 마음에……. 이것들이 공공사업국에는 필요가 없겠지만, 내가 나이가 들면 필요할 수도 있겠다 싶어서……. 알다시피, 우리는 지금 화산 폭발 직전같이 무슨 일이 생길지 모르는 삶을 살고 있지 않소……. 언젠가 사람들이 다시 자신의 가구를 찾을 때가 오면, '내 가구가 어디 있지?' 하고 찾아다니겠지. 그때 이렇게 말하는 거요. '여기 있습니다! 바로 이곳에요! 제 책장에 있습니다'라고 말일세. '누가 이것들을 간수한 거죠?'라고 묻는다면 '코로베니코프 씨입니다' 하는 거지. 사람들은 아마 그 노인에게 감사의 인사를 할 것이고, 그렇게 된다면 내 노후에도 어느 정도 보탬이 될 거요……. 그렇다고 많은 돈을 바라는 건 아니고, 그저 전표 한 장당 10루블 정도면……. 그렇지만 만일 혼자서 가구를 찾으려고 한다면 아마 건초 더미에서 바늘 찾기가 될 거야. 나 없이는 결코 찾지 못할 거요."

오스타프는 감탄스러운 눈길로 노인을 바라보았다.

"정말 대단한 사무실이군요." 오스타프가 말했다. "기막히게 정리를 해놓으셨어요. 당신은 정말 노동 영웅입니다!"

한껏 기분이 고취된 문서 담당 주임은 손님에게 자기 사업의 상세한 부분까지 설명을 해주기 시작했다. 그는 두꺼운 책자를 하나 꺼내어 거기에 기록된 가구들의 차압과 분배 일지를 보여주었다.

"모든 것이 여기에 있소." 그가 말했다. "모든 것이! 스타르고로드의 모든 가구들이 바로 여기에 있소이다! 가구를 누구에게서 언제 입수했고, 누구에게 언제 주었는지 전부 다! 이것이 바로 알파벳 책자이자 내 삶의 거울이지! 어디 하나 살펴볼까? 제1계급 상인 안겔로프라면, 그럼 알파벳 '아'를 봐야겠지. 어디 보자, 아, 아크, 암, 안, 안겔로프……. 번호는? 그렇지! 82742번이군. 그다음에는 차압 기록 장부를 봐야지. 142쪽. 안겔로프가 어디 있지? 그렇지, 여기 있군. 1918년 12월 18일 안겔로프의 가구 차압. '베커' 그랜드피아노 97012번, 피아노 부속 의자 한 개, 사무용 책상 두 개, 옷장 네 개, 부인용 옷장 한 개, 그리고 기타 등등……. 누구에게 분배되었을까? 분배 기록 장부를 봐야겠지. 역시 82742번을 찾으면 된다네. 여기 있군.

부인용 옷장은 시 군사위원회로, 옷장 세 개는 '종달새' 아동 기숙학교로, 나머지 하나는 도시 식량위원회 서기의 개인 사택으로 갔군. 그럼 피아노는 어디로 갔을까? 피아노는 제2양로원으로 갔구먼. 피아노는 지금 거기에 있을 걸세……."

'거기에서 그랜드피아노는 못 봤는데.' 수줍음 많은 알리헨의 얼굴을 떠올리며 오스타프는 생각했다.

"그리고 또 한 명 시의회 사무국장이었던 무린 씨를 한번 살펴볼까? 무린이면, 알파벳 '엠'을 찾으면 되겠지. 전부 다 있네. 도시의 모든 것들이 말이지. 피아노들도 있고, 소파들도, 화장대들도, 안락의자들도, 침대들도, 샹들리에도…… 심지어 식기류들도 있다네."

"정말 대단하십니다." 오스타프가 말했다. "당신에게 거대한 기념비를 세워드려야겠군요. 자, 그럼 이제 본론으로 들어가도록 하죠. 알파벳 '베'를 찾아봐주십시오."

"알파벳 '베'도 물론 있지." 코로베니코프는 즐거운 마음으로 장부를 뒤적였다. "알파벳 '베'는 여기에 있군. 베엠, 베엔, 보리츠키, 그리고 여기 48238번이 보로뱌니노프, 이폴리트 마트베예비치. 자네의 부친이지. 정말 훌륭하신 분이었는데……. 베커 그랜드피아노 54809번, 중국식 도자기 꽃병 네 개, 프랑스 세브르* 공장에서 만든 거로군. 크기가 다른 오비송** 융단 여덟 개, 남녀 목동이 하나씩 그려져 있는 고블랭 태

---

*고급 도자기, 식기, 화병 등을 만드는 프랑스의 도시.
**프랑스 왕실 가구의 제작과 납품을 담당한 프랑스 남부 지역의 도시.

피스트리 두 개, 호라산*제 카펫 하나, 곰 박제 하나, 열두 개로 구성된 침실용 가구 세트 하나, 열여섯 개로 구성된 식당용 가구 세트 하나, 열네 개로 구성된 응접실용 가구 세트 하나, 호두나무로 만든 감브스 가구군……."

"누구에게 분배되었나요?" 오스타프가 다급하게 물었다.

"자, 지금부터 한번 알아볼까? 박제 곰은 제2구역 경찰서로 갔군. 고블랭 남자 목동은 미술품 보관소로, 고블랭 여자 목동은 상수도 관리국 클럽으로, 오비송 융단과 호라산 카펫은 상공인민위원회로 갔네. 침실용 가구들은 수렵 동맹회로, 식당용 가구들은 스타르고로드 시 차(茶) 생산위원회로, 호두나무 응접실 가구들은 이곳저곳으로 흩어졌군. 원형 탁자와 의자 하나는 제2양로원으로, 소파 겸 침대인 지반은 주택관리국으로 갔군. 지반은 주택관리국 현관 앞에 방치되어 있던데. 그리고 또 다른 의자 하나는 그리차추예프 동지에게 갔는데, 이 사람은 1차 세계대전 상이용사라서 주택관리국장인 부르킨 동지가 그의 요구를 들어준 거네. 나머지 의자 열 개는 교육인민위원회의 회부 명령에 따라 모스크바 가구 박물관으로 갔고……. 중국식 꽃병은……."

"정말 대단하십니다!" 오스타프가 감탄하며 끼어들었다. "생각했던 것 이상입니다! 이제 전표도 좀 봤으면 좋겠는데요."

"알겠네. 지금 바로 보여주지. 48238번이고, 알파벳 '베'니

---

*고급 카펫 생산지로 유명한 이란의 북동부 지역.

까……."

문서 담당 주임은 책장 쪽으로 걸어가서 발뒤꿈치를 들고 필요한 서류철을 꺼냈다.

"여기 있군. 자네 부친의 가구 전표는 모두 여기 있네. 전표가 전부 다 필요한가?"

"전부 다 필요한 것은 아니고, 그러니까…… 어린 시절을 추억하기엔 응접실 가구 세트면 됩니다……. 어린 시절 응접실에서 호라산제 카펫 위를 뒹굴면서 고블랭 남자 목동 그림을 본 기억이 생생하군요. 정말 좋은 시절이었습니다. 유년 시절의 황금기였죠! 저의 어린 시절과 아버지를 추억하기 위해선 응접실 가구 세트면 충분합니다."

문서 담당 주임은 서류철을 조심스레 풀어 헤치면서 필요한 전표를 찾는 작업에 착수했다. 코로베니코프는 다섯 장의 서류를 골라냈다. 하나는 열 개의 의자에 대한 전표였고, 두 개는 나머지 의자 두 개에 대한 전표, 네 번째 것은 원형 탁자에 대한 전표, 마지막 것은 목동 그림이 있는 고블랭의 전표였다.

"자, 여기 있소. 전부 다 잘 기입되어 있군. 어디에 무엇이 있는지 쉽게 알아볼 수 있을 게요. 전표 밑에는 수취인의 주소와 자필 서명이 기입되어 있으니, 누구도 어떤 경우라도 이 사실을 부정할 수 없을 거요. 혹시 포포바 장군 부인 댁의 응접실 세트는 필요하지 않소? 매우 좋은 가구요. 역시 김브스제지."

그러나 부모님에 대한 특별한 사랑의 감정에 사로잡힌 오스타프는 장군 부인 댁의 가구는 사양하고 전표들을 받아서 주머니 깊숙한 곳에 찔러 넣었다.

"영수증이 필요한가?" 문서 담당 주임은 약삭빠른 움직임을 보이면서 물었다.

"필요합니다." 오스타프가 상냥하게 대답했다.

"바로 써주도록 하지."

"도장도 찍어주시면 좋겠습니다."

그들은 첫 번째 방으로 다시 돌아갔다. 코로베니코프는 능숙하게 영수증을 썼고, 그것을 손님에게 웃으면서 건네주었다. 기술부장은 영수증을 오른손의 두 손가락으로 신중하게 집어 들고서는 귀한 전표가 들어 있는 주머니에 넣었다.

"그럼, 안녕히 계십시오." 실눈을 뜨며 오스타프가 말했다. "밤늦게 정말 실례가 많았습니다. 그럼 작별의 악수라도."

갑자기 멍해진 문서 담당 주임은 엉겁결에 손을 내밀고 악수를 했다.

"그럼, 안녕히 계십시오." 오스타프가 다시 인사했다.

코로베니코프는 도무지 이해가 되지 않았다. 그는 심지어 손님이 자신의 책상에 돈을 놓아두었는지 다시 살펴보았다. 그러나 책상에 돈은 없었다. 그제야 문서 담당 주임은 조심스레 물었다.

"그런데 돈은?"

"무슨 돈 말씀이신가요?" 문을 열며 오스타프가 말했다. "무슨 돈에 대해서 말씀을 하시는 건지요?"

"무슨 돈이라니! 가구에 대한, 전표에 대한 돈 말이오!"

"이보시오, 노인 양반." 오스타프는 흥얼거리듯 말했다. "돌아가신 아버님의 명예를 걸고 반드시 지불하겠습니다. 그런데 지금은 현금을 가져오는 걸 깜빡해서 말입니다."

노인은 몸을 떨면서 이 밤에 방문한 손님을 잡으려고 힘없는 손을 내밀었다.

"조용하라고, 바보 같은 늙은이야!" 오스타프는 위협하듯 말했다. "우리말로 말했잖아. 내일 준다고 말이야. 내일! 그럼, 난 가겠네. 편지라도 쓰시든지!"

큰 소리가 나며 문이 닫혔다. 코로베니코프는 다시 문을 열고 거리로 뛰쳐나갔으나 오스타프의 모습은 이미 보이지 않았다. 그는 벌써 다리 근처를 지나고 있었다. 때마침 지나가던 열차 화통의 불빛이 그를 비추면서 연기를 쏟아냈다.

"봄날이 찾아왔습니다!" 오스타프는 기관사를 향해 소리쳤다. "여러분, 제게도 봄날이 찾아왔습니다!"

기관사는 무슨 소리인지 알아듣지 못했지만 손을 흔들어주었다. 열차 바퀴들은 다리의 철강 지주들을 힘차게 밟으며 앞으로 나갔다.

코로베니코프는 살을 에는 듯한 차가운 바람을 맞으며 입에 담지 못할 욕설을 2분쯤 퍼붓고 난 뒤, 집으로 다시 들어왔다. 속이 상해 견딜 수가 없었다. 화가 난 그는 방 한가운데에 서 있다가 발로 탁자를 걷어찼다. 붉은색으로 '트레우골니크'라고 쓰인 덧신 모양의 재떨이가 바닥에 떨어졌고, 컵과 꽃병이 부딪히는 소리가 들렸다.

158

여태껏 살아오면서 바르폴로메이 코로베니코프는 한 번도 사기를 당한 적이 없었다. 그 자신 역시 누군가를 속이는 일에는 탁월한 재능을 보였으나, 오늘처럼 이렇게 천재적이면서도 단순하게 당한 적은 없었다. 그는 분을 삭이지 못해 오랫동안 발로 탁자 다리를 걷어찼다.

이곳 구시셰 거리에서 사람들은 코로베니코프를 바르폴로메이치라고 불렀다. 사람들은 지독하게 궁핍한 경우가 아니면 그에게 돈을 빌리려고 하지 않았다. 바르폴로메이치에게 돈을 빌리면 우선 물건을 담보로 잡혀야 하고 무시무시하게 높은 이자를 지불해야만 했다. 이러한 일을 시작한 지 몇 년이 지나도록 바르폴로메이치는 한 번도 실패한 적이 없었다. 그런데 바로 오늘 막대한 이익과 안전한 노후를 보장해주리라고 생각했던 자신의 가장 좋은 사업에서 실패를 맛보고 만 것이다.

"대체 무슨 일이 일어난 거지?" 잃어버린 전표를 생각하면서 그는 소리쳤다. "앞으로는 반드시 선금을 받아야겠어. 내가 어떻게 그런 실수를 저질렀을까? 내 손으로 호두나무로 만든 응접실 가구 세트를 고스란히 넘겨주다니! 목동이 그려져 있는 고블랭은 정말 비싼 건데! 손으로 만든 작품인데 말이야!"

"초인종을 누르시오"라고 적힌 대로 이미 오래전부터 누군가가 주저하듯이 벨을 울리고 있었다. 바르폴로메이치가 현관문을 닫지 않고 들어왔다는 것을 기억하기도 전에 현관문이 열리는 묵직한 소리가 들리더니 책장들로 만들어진 미로에서 길을 잃어버린 사람의 목소리가 들렸다.

"여기 어떻게 들어갑니까?"

바르폴로메이치는 현관으로 나가서 누군가의 외투를(손의 감촉으로는 모직 제품이었다) 붙들고 식당으로 데리고 들어갔다. 표도르 사제였다.

"밤늦게 너무나도 실례가 많습니다." 표도르 사제가 말했다.

10여 분 정도 서로가 주고받은 말들과 각자의 영민함으로 표도르 사제는 코로베니코프가 보로뱌니노프의 가구에 대한 실제적인 정보를 갖고 있음을 알게 되었고, 코로베니코프는 표도르 사제가 이 정보에 대해 기꺼이 비용을 지불할 용의가 있음을 알게 되었다. 게다가 코로베니코프는 이 방문객이 예전 귀족단장의 친동생이며, 그가 자신의 형을 추억하기 위해 호두나무로 된 응접실 가구 세트를 반드시 갖고 싶어 한다는 것을 알게 되었고, 이것은 그를 매우 만족시켰다. 보로뱌니노프의 친동생은 이 가구 세트에 매우 행복했던 유년 시절의 기억을 가지고 있는 것으로 밝혀졌다.

바르폴로메이치는 100루블을 불렀다. 방문객은 형에 대한 추억을 현저히 낮게 평가하여 30루블을 불렀다. 결국 50루블에 합의를 보았다.

"돈은 반드시 선불로 받습니다." 문서 담당 주임은 선언하듯 말했다. "이것은 제 원칙입니다."

"그렇게 하시지요. 대신 금화로 지불해도 될까요?" 양복 안주머니에 손을 넣으면서 표도르 사제는 서두르듯 말했다. "현재 시세대로 계산하지요. 금화 하나당 9루블 50코페이카, 오늘

시세입니다."

표도르는 주머니에서 금화 다섯 개와 은화 두 개를 꺼내 문서 담당 주임에게 건네주었다. 바르폴로메이치는 동전을 두 번이나 세어보고는 두 손으로 꽉 쥔 채로, 손님에게 잠시만 기다려달라고 말하고는 전표를 가지러 갔다. 비밀스러운 자신의 서재에서 그는 즉시 자신의 삶의 거울인 알파벳 책을 꺼내 주저 없이 알파벳 '페'란을 펼쳤다. 필요한 번호를 알아낸 문서 담당 주임은 다시 전표 서류철을 집어 들고 포포바 장군 부인의 전표를 찾았다. 바르폴로메이치는 호두나무로 만든 감브스제 의자 열두 개가 비노그라드나야 거리에 살고 있는 브룬스 동무에게 전달되었다는 전표를 서류철에서 조심스럽게 빼냈다. 자신의 기지와 명민함에 스스로 탄복한 문서 담당 주임은 미소를 지으며 구매자에게 전표를 건넸다.

"모두 다 한 장소에 있습니까?" 구매자가 흥분하여 외쳤다.

"세트 전체가 한 사람에게 갔군요. 전부 다 거기에 있을 겁니다. 정말 훌륭한 가구 세트지요. 정말 탐나는 물건입니다. 당신이 더 잘 아시지 않습니까!"

표도르 사제는 흥분을 감추지 못하고 오랫동안 문서 담당 주임과 악수를 나눈 뒤, 현관에 놓인 책장에 여러 번 몸을 부딪히며 어두운 밤거리로 뛰어나갔다.

바르폴로메이치는 속임수에 걸려든 구매자를 생각하며 웃어댔다. 그는 금화들을 책상 위에 일렬로 놓은 다음, 졸린 눈을 비비며 앉아서 번쩍이는 다섯 개의 동전을 오랫동안 바라보았다.

'그런데 이 작자들은 왜 그렇게 보로뱌니노프의 가구에 집착하는 거지?' 그는 생각했다. '미친놈들이군.'

그는 옷을 벗고, 대충 기도를 한 다음, 좁고 가느다란 여성용 침대에 누워 걱정스러운 마음으로 잠들었다.

12장
정열적인 여인, 시인의 꿈*

밤이 지나자 추위는 거짓말처럼 사라졌다. 따뜻한 날씨 덕분에 이른 아침 길을 지나가는 행인들의 발걸음이 가벼워 보였다. 참새들의 재잘거리는 소리가 들렸고, 심지어 주방에서 호텔 뒷마당으로 나온 닭들도 원기를 되찾은 듯 하늘로 날아오르려고 애를 썼다. 하늘에는 수프 건더기 같은 작은 구름들이 떠 있었고, 쓰레기통에서는 제비꽃 향기와 농민들의 수프 냄새 같은 것이 올라왔다. 바람이 창문들을 가볍게 흔들어댔다. 고양이들은 지붕 위에 널브러져서 거만한 눈초리로 호텔 일꾼인 알렉산드르가 세탁물 꾸러미들을 들고 마당을 가로질러 뛰어가는 모습을 보았다.

소르본 호텔 복도는 소란스러웠다. 전차 개통식에 맞춰 여러

*'시인의 꿈'이라는 말은 프랑스 시인 피에르장 베랑제의 시에 곡을 붙인 알랴브예프의 로망스 〈가난한 여인〉의 한 구절을 차용한 것이다.

지방에서 대표단들이 방문한 것이었다. '소르본'라는 푯말을
단 대형 사륜마차에서 사람들이 내리고 있었다.

햇볕이 뜨겁게 내리쪼였다. 상점들의 셔터가 열리기 시작했
다. 솜 외투를 입고 출근한 소비에트의 공무원들은 봄 더위를
느끼며 옷을 벗기 시작했다.

협동조합 근처의 거리에는 짐을 지나치게 많이 실은 멜리스
트로이 소속 화물차가 타이어에 펑크가 나서 서 있었는데, 사
고 소식을 듣고 잽싸게 달려온 빅토르 미하일로비치 폴레소프
가 참견을 하고 있었다.

필요한 가구(침대 두 개와 탁자 하나)만이 배치된 방에서는
말이 내는 콧김과 재채기 같은 소리가 들렸다. 이폴리트 마트
베예비치가 흥얼거리며 세수를 하면서 코를 세차게 풀고 있었
던 것이다. 위대한 사기꾼은 침대에 누워서 부츠의 해진 부분
을 바라보고 있었다.

"자, 이제 제게 진 빚을 갚으셔야죠."

수건으로 얼굴을 닦은 이폴리트 마트베예비치는 코안경을
쓰지도 않은 채 동업자를 바라보았다.

"왜 저를 그런 눈으로 쳐다보시는 겁니까? 꼭 병사들이 벌레
를 보는 듯한 눈길이군요! 왜 그리 놀라시는 겁니까? 빚이라니
까 이해를 못 하셨군요. 그렇습니다. 제게 돈을 주셔야 합니다.
어젯밤에 말씀드리는 것을 깜빡 잊었는데, 전표를 받아 오느라
70루블을 제 돈으로 지불했습니다. 영수증도 보여드리지요. 그
러니까 35루블을 주시면 됩니다. 우린 동업자니까 사업 비용은

공평하게 반반씩 부담해야 하지 않겠습니까?"

이폴리트 마트베예비치는 코안경을 쓰고 영수증을 읽더니 잠시 망설이다 돈을 주었다. 그러나 이 일로 기분이 나빠지지는 않았다. 엄청난 부가 수중에 거의 들어왔기 때문이다. 산더미처럼 쌓인 다이아몬드 무더기에서 나오는 찬란한 빛에 비한다면 35루블쯤은 아무것도 아니었다.

이폴리트 마트베예비치는 기분 좋은 미소를 지으면서 잠시 방에서 나와 호텔 복도를 따라 걷기 시작했다. 보석들을 통해 얻게 될 새로운 삶에 대한 계획과 구상이 그를 들뜨게 만들었다. '그런데 표도르 사제는 어떻게 되었을까?' 그는 표도르 사제의 불행을 비웃었다. '정말 바보 같은 작자야. 없어진 자신의 수염처럼 이젠 의자들도 보지 못하겠지.'

복도 끝까지 다다른 보로뱌니노프는 다시 돌아서 걷기 시작했다. 그 순간 13호실의 하얀색 문이 열리더니 두툼한 술 장식이 달려 있는 낡고 검은 허리띠를 푸른색 루바시카에 두른 표도르 사제가 방에서 나와 보로뱌니노프와 정면으로 마주치게 되었다. 선량한 그의 얼굴은 갑자기 행복하게 빛났다. 그도 역시 복도로 잠시 바람을 쐬러 나온 모양이었다. 경쟁자들은 서로를 깔보듯 스쳐 가면서 복도의 양 끝으로 갔다가 다시 서로 마주치기를 여러 번 반복했다. 이폴리트 마트베예비치의 가슴은 환희로 가득 차 있었고, 표도르 사제 역시 같은 감정을 느끼고 있었다. 두 사람 모두 패배자가 될 적수에 대해 연민을 느꼈다. 마침내 다섯 번째 경주가 끝나자, 이폴리트 마트베예비치가 참지 못하고 말을 건넸다.

"안녕하십니까, 사제님." 그는 말로는 도저히 표현할 수 없을 만큼 상냥하게 인사를 건넸다.

표도르 사제는 자신이 표현할 수 있는 최대한의 빈정거림으로 화답했다.

"좋은 아침입니다, 이폴리트 마트베예비치 씨."

적들은 다시금 경주를 시작했다. 그리고 다시 마주쳤을 때, 보로뱌니노프가 소리쳤다.

"지난번 제가 당신에게 폐를 끼치지는 않았나요?"

"아닙니다, 전혀. 매우 유쾌한 만남이었어요." 사제는 기뻐하는 목소리로 대답했다.

그들은 다시 지나쳤다. 표도르 사제의 표정에 이폴리트 마트베예비치는 화가 나기 시작했다.

"요즘에는 예배를 집도하시지 않는 모양이죠?" 다시 마주쳤을 때, 이폴리트 마트베예비치가 물었다.

"예배는 이곳저곳에서 드리고 있습니다! 성도들이 보물을 찾으려고 온갖 도시를 돌아다니고 있어서 말이지요."

"똑똑히 알아두시오. 그건 내 보물입니다! 내 거라고요!"

"누구의 것인지 저는 모르지만, 어쨌든 찾으러 다니고들 있다고 하더군요."

이폴리트 마트베예비치는 뭔가 욕설이 퍼붓고 싶어서 입을 벌려보았지만, 막상 아무것도 떠오르질 않자 허겁지겁 자신의 방으로 되돌아갔다. 잠시 후 아버지가 터키 국적자인 오스타프 벤데르가 하늘색 조끼를 입고 방에서 나와 신발 끈을 질질 끌면서 표도르 사제에게 걸어갔다. 사제의 장밋빛 얼굴이 잿빛으로 변했다.

"오래된 물건을 찾아서 사려고 하신다고요?" 오스타프가 위협조로 물었다. "의자를 원하십니까? 의자 속까지 원하십니까? 아님, 구두약 통을 드릴까요?"

"대체 왜 이러는 거요?" 사제가 작은 목소리로 말했다.

"당신에게 오래된 바지를 팔까 싶어서요."

사제는 등골이 오싹해져서 뒤로 물러나기 시작했다.

"대주교님이라도 만난 것처럼 왜 아무 말도 하지 않는 겁니까?"

표도르 사제는 슬그머니 자신의 방 쪽으로 향했다.

"우린 오래된 물건은 구입하고, 새로운 물건은 훔칩니다!" 오스타프가 뒤에서 소리쳤다.

표도르 보스트리코프 사제는 자신의 방문 앞에서 목을 움츠리며 멈춰 섰다. 오스타프는 계속해서 비아냥거렸다.

"바지를 사시겠습니까? 정말 존경받고 계시는 사제님! 드릴까요? 조끼 소매도 있고, 둥근 빵도 있고, 죽은 당나귀의 귀도 있습니다. 전부 다 합쳐서 싸게 드리겠습니다. 이것들은 의자 속에 있는 게 아니니 찾을 필요도 없습니다!"

사제의 방문이 닫혔다.

신발 끈을 질질 끌면서 오스타프는 만족스럽게 천천히 돌아왔다. 그의 건장하고 튼튼한 체구가 충분히 멀어지자, 표도르 사제는 재빨리 문틈으로 고개를 내밀고 오랫동안 참았던 분통을 터뜨리며 욕을 퍼부었다.

"이 바보 같은 놈아!"

"뭐라고?" 오스타프가 몸을 돌려 뛰어갔지만 이미 문은 닫혀버렸고, 안에서는 문을 잠그는 소리만 들렸다.

오스타프는 손을 나팔 모양으로 만들어 열쇠 구멍에 대고 똑똑히 말했다.

"왜 민중에게 마약을 먹이는 거야!"*

문 뒤에서는 아무런 소리도 들리지 않았다.

"사제 양반, 당신은 속물이야!" 오스타프가 소리쳤다.

그 순간 열쇠 구멍을 통해 연필이 툭 튀어나왔다. 표도르 사제가 뾰족한 연필 끝으로 적에게 위협을 가하려고 한 것이다. 오스타프는 순간적으로 몸을 옆으로 피하면서 연필을 잡았다. 문을 사이에 둔 적들은 서로 연필을 잡고 자기 쪽으로 잡아당기려고 애를 썼다. 승리는 젊은 사람의 몫이었다. 연필은 몸에서 가시가 빠지듯이 열쇠 구멍을 통해 천천히 빠져나왔다. 승리의 트로피와 함께 오스타프는 자신의 방으로 돌아왔다. 동업자들은 승전 기분을 만끽했다.

"적이 도망간다, 도망가, 도망간다!" 오스타프는 노래하듯 외쳤다.

그는 연필 표면에 작은 주머니칼로 욕설을 새겨 넣고, 사제

*혁명 정부는 '종교는 민중의 마약이다'라는 카를 마르크스의 사회주의 이념에 의거해 러시아 정교회를 박해했다.

의 방문 앞으로 뛰어가 다시 연필을 열쇠 구멍에 밀어 넣고는 방으로 돌아왔다.

동업자들은 전표를 꺼내 불빛에 비추어보면서 면밀하게 연구하기 시작했다.

"목동이 그려진 고블랭이군." 이폴리트 마트베예비치가 추억에 젖어 말했다. "페테르부르크의 골동품 가게에서 구입한 거였는데."

"목동은 귀신에게나 꺼지라고 해요!" 오스타프가 전표를 찢으며 소리쳤다.

"원형 탁자…… 이것도 응접실 가구 세트 중 하나인데……."

"원형 탁자도 이리 줘요. 탁자는 귀신 엄마에게나 꺼지라고 하고!"

전표 두 장이 남았다. 하나는 모스크바의 가구 박물관으로 넘어간 열 개의 의자에 대한 전표였고, 다른 하나는 스타르고로드 시 플레하노프 거리 15번지에 사는 그리차추예프 동무에게 배부된 의자 하나에 대한 전표였다.

"돈을 준비해두세요." 오스타프가 말했다. "모스크바로 가게 될지도 모르겠습니다."

"이곳에도 의자가 하나 있지 않은가?"

"확률로 계산해본다면 10분의 1입니다. 그리고 그리차추예프가 의자를 땔감으로 썼을 수도 있습니다."

"농담이라도 그런 말 하지 말게."

"알겠습니다, 알겠습니다. 자, 친애하는 콘라트 카를로비치

미헬손 씨, 이제 찾으러 갑시다! 신성한 사업입니다. 이제 우리는 곧 목면 양말을 신고, 마고 아이스크림을 먹으며 지내게 될 겁니다."*

"난 왠지⋯⋯." 이폴리트 마트베예비치가 말했다. "그리차추예프가 가지고 있는 의자에 보석이 있을 것 같은 느낌이 드는군."

"오호! 그런 느낌이 드신다고요? 아직 그런 느낌이신가요? 그렇습니까? 뭐, 좋습니다. 마르크스주의자들처럼 한번 일해 봅시다. 하늘의 권리는 새들에게 주고, 우리는 의자에만 집중합시다.** 전 어서 빨리 플레하노프 15번지에 살고 있는 1차 세계대전 상이용사 그리차추예프 씨를 만나고 싶어 몸살이 날 지경입니다. 콘라트 카를로비치 씨, 어서 갑시다. 계획은 가면서 세우도록 하지요."

복수심에 불타는 터키 국적자의 아들 오스타프는 표도르 사제의 방 앞을 지나면서 발로 방문을 걷어찼다. 방 안에서는 억압당하는 경쟁자의 흐느끼는 소리가 들렸다.

"뒤를 쫓아오지 못하도록 해야겠네!" 이폴리트 마트베예비치가 걱정스러운 목소리로 말했다.

"오늘 단단히 혼을 내주었으니 이제 다시는 쫓아올 엄두를

---

*목면 양말과 마고 아이스크림은 당시 매우 값비싼 물건으로, 일반인들은 쉽게 접할 수 없었다.
**독일의 사회주의자이자 마르크스주의의 선전가로 활동한 아우구스트 베벨의 유명한 선전 문구 "하늘의 권리는 새들에게, 토지의 권리는 우리에게!"를 패러디한 것이다.

내지 못할 겁니다. 저를 두려워하니까요."

동업자들은 저녁 무렵에 돌아왔다. 이폴리트 마트베예비치
는 근심에 싸여 보였으나, 오스타프는 힘이 넘쳐 보였다. 오스
타프는 초록색과 검은색 체크무늬 양말에 둥그런 고무 굽을 장
착한 갈색 새 구두를 신고, 옅은 장밋빛의 납작한 모자에 루마
니아풍의 실크 스카프를 목에 두르고 있었다.

"있기는 있었는데……." 이폴리트 마트베예비치는 그리차
추예프의 미망인을 방문했던 일을 생각하면서 말했다. "어떻게
의자를 손에 넣지? 사야 되나?"

"무슨 말씀을!" 오스타프가 말했다. "그건 완전히 비생산적
인 지출일 뿐만 아니라, 괜한 추측만 불러일으키게 될 겁니다.
'왜 의자 하나만 사러 왔을까? 왜 꼭 이 의자를 사려고 하는 걸
까?' 하고 말이죠."

"그럼 어떻게 해야 되겠는가?"

오스타프는 새로 산 구두의 뒷굽을 애지중지하는 눈길로 바
라보았다.

"최신 유행입니다." 오스타프가 말했다. "어떻게 해야 하냐
고요? 걱정하지 마세요, 대표님. 저만 믿으시면 됩니다. 그것
보다, 이 구두 어떻습니까? 의자보다 더 좋지 않습니까?"

"아니, 자네도 알겠지만." 이폴리트 마트베예비치가 활기를
띠며 얘기했다. "자네가 그리차추예프의 미망인과 홍수에 관한
얘기를 하고 있을 때, 난 의자에 앉아 있었네. 솔직히 말하자

면, 난 그때 의자 안에 뭔가 묵직한 게 있다는 걸 느꼈어. 보석들이 거기에…… 그것들이 거기에…… 확실히 느꼈네."

"흥분하지 마세요, 미헬손 씨."

"밤에 가서 훔쳐야겠네! 반드시! 훔쳐야겠어."

"귀족단장까지 지내신 분이 생각하시는 게 너무 쪼잔하군요. 훔쳐 올 기술은 있습니까? 트렁크에 자물쇠를 열 공구라도 있는 거예요? 그런 생각은 머릿속에서 지우세요! 불쌍한 미망인의 집을 터는 건 뻔한 좀도둑들의 수법입니다."

이폴리트 마트베예비치는 그제야 마음을 가라앉히기 시작했다.

"어서 빨리 진행하고 싶단 말일세." 그가 애원하듯 말했다.

"빨리 진행되는 건 고양이가 새끼를 낳을 때나 가능한 일이죠." 오스타프가 타이르듯 말했다. "제가 그 여자와 결혼하겠습니다."

"누구와 결혼한다고?"

"그리차추예바 부인과 말입니다."

"무슨 소리를 하는 건가?"

"그래야만 별다른 소동 없이 안전하게 의자 속을 뒤져볼 수 있을 테니까요."

"그렇지만, 그건 자네의 인생 전체를 거는 일이야!"

"우리 사업의 성공을 위해서라면 뭔들 못 하겠습니까!"

"인생이 걸린 일이라니까!" 이폴리트 마트베예비치가 말했다.

이폴리트 마트베예비치는 너무 놀라서 입을 벌린 채 어이없다는 듯이 손을 흔들었다. 신교도 목사처럼 깨끗하게 면도한 그의 얼굴에서 N군을 떠난 이후로 한 번도 닦지 않아 푸르스름하게 변해버린 이가 드러났다.

"인생이 걸린 일이야!" 이폴리트 마트베예비치가 다시 말했다. "커다란 희생을 요하는 일이고……."

"인생! 희생!" 오스타프가 말했다. "당신은 인생과 희생에 대해서 무엇을 알고 계십니까? 만일 당신이 당신의 저택에서 쫓겨난다면 인생을 알았다고 생각하시겠죠? 또는 진짜배기 중국산 꽃병을 압수당한다면 그걸 희생이라 생각하시고요? 인생은 복잡한 농담 같은 겁니다. 그런데 이 복잡한 농담은 또 한편 서랍을 열듯 간단하게 해결되기도 합니다. 중요한 건 그 서랍을 여는 방법을 아는 거지요. 서랍을 여는 방법을 모르는 자가 바로 인생의 실패자가 되는 겁니다. 혹시 경기병*이자 고행사제의 얘기를 들어본 적이 있습니까?"

이폴리트 마트베예비치는 그 얘기를 알지 못했다.

"블라노프라는 사람인데, 못 들어보셨나요? 페테르부르크 귀족 사회의 영웅이었던 잡니다. 제가 들려드리지요."

오스타프 벤데르는 놀랄 만한 시작으로 페테르부르크 사교계 전체를 흥분시켰고 그것보다 더 놀랄 만한 결말로 사라져버린, 그래서 최근에는 아무도 얘기하지 않는 이야기를 이폴리트 마트베예비치에게 들려주었다.

---

*정찰, 소전투, 습격을 담당하기 위해 가볍게 무장하고 말을 타고 이동하는 군인.

경기병이자 고행사제에 관한 이야기

빛나는 경기병 알렉세이 블라노프 백작은 오스타프 벤데르가 정확하게 지적했듯이, 페테르부르크 귀족 사회의 진정한 영웅이었다. 멋있는 기병이자 바람둥이였던 그의 이름은 영국 강변 거리*에 사는 사교계 입방아꾼들의 입과 신문 사교계 동정란에 하루도 오르지 않은 날이 없었다. 특히 삽화 잡지에는 브란덴부르크식으로 고급 양털을 장식한 재킷, 높고 짧게 깎은 구레나룻, 당당하고 우뚝 솟은 코를 가진 아름다운 용모의 블라노프 백작의 초상이 자주 실렸다.

블라노프 백작의 삶에는 수많은 비밀스러운 결투, 사교계 최고 미녀들과의 공공연한 로맨스, 성대한 사교계 모임에서 고위 문관들과의 잦은 충돌이 빠지는 날이 없었다.

백작은 젊고, 잘생겼고, 부유했고, 도박과 연애를 즐겼으며 막대한 유산을 상속받았다. 친척들이 연달아 사망하면서 젊은 경기병의 재산은 하루가 다르게 불어났다.

그는 대담하고 용감했다. 그는 아비시니아**의 황제 메넬리크를 도와 이탈리아와의 전쟁에 참여하기도 했다. 블라노프 백작은 아비시니아의 별빛 찬란한 밤에 흰색 부르누스***를 입고 횃불을 밝힌 채 반경 3킬로미터를 그린 지도를 들여다보고 있었

---

*페테르부르크 네바 강 유역의 거리. 당시 부유한 귀족들이 살던 곳이다.
**에티오피아의 옛 이름.
***아라비아인들이 입는 두건 달린 외투.

다. 횃불이 백작의 단정하게 정리된 관자놀이 머리칼에 그림자를 드리웠다. 곁에는 그의 새로운 친구인 아비시니아 소년 바시카가 앉아 있었다.

이탈리아 군대와의 전쟁을 승리로 이끈 백작은 바시카와 함께 페테르부르크로 돌아왔다. 페테르부르크는 꽃과 샴페인으로 영웅을 맞이했다. 페테르부르크로 돌아온 백작은 사교계 소설들에 나오는 것과 같이 다시금 환락에 빠져들었다. 그의 명성은 이전보다 훨씬 더 높아져서 많은 여성들이 백작 때문에 자살 소동을 벌이기도 했고, 뭇 남성들은 그를 부러워했다. 밀리온나야 거리를 질주하는 그의 고급 사륜마차 마부석에는 검은 피부에 호리호리한 몸매로 언제나 사람들의 시선을 사로잡은 아비시니아 소년이 앉아 있었다.

그러나 이런 모든 일들은 갑작스럽게 끝이 났다. 알렉세이 블라노프 백작이 홀연 사라져버린 것이다. 그의 가장 최근 연인이었던 벨로루스코-발티스카야* 공작 부인은 비탄에 빠졌다. 백작의 행방불명을 두고 많은 얘기들이 쏟아져 나왔고, 신문들은 온갖 추측 기사를 써댔다. 사설탐정들이 그의 행적을 찾기 위해 백방으로 노력해보았으나 모두 허사였다. 백작의 흔적은 어디에서도 찾을 수 없었다.

소문들이 잦아들 때쯤, 아베르키예프 수도원으로부터 편지

---

*다소 기이한 형태로 합성된 19세기 러시아 벨로셀스키-벨로제르스키 공작 가문의 성(姓)을 패러디한 것. 실제로 벨로루스코-발티스카야는 러시아와 벨라루스를 왕래하는 열차 노선의 이름이다.

한 통이 배달되면서 모든 것이 설명되었다. 페테르부르크 귀족 사회의 영웅이자 19세기의 벨사살 왕*인 빛나는 백작이 고행사제가 된 것이었다. 상세하고 끔찍한 소식들이 전해졌다. 사제가 된 우리의 백작이 몇십 킬로그램이 넘는 쇠사슬을 끌고 다니고, 세련된 프랑스 요리에 익숙한 그가 지금은 감자 껍질만 먹고 있다는 얘기가 들려왔다. 백작이 고행사제가 된 이유에 대해서 온갖 추측이 무성했다. 백작에게 죽은 어머니의 혼령이 나타났다는 것도 그중 하나였다. 여인들은 비탄에 빠졌다. 벨로루스코-발티스카야 공작 부인의 집에 사륜마차들이 모여들었다. 공작 부인은 남편과 함께 애통에 빠진 손님들을 맞이했다. 새로운 소문들이 또다시 생겨났다. 백작이 돌아온다는 소문, 이 모든 것이 일시적인 종교적 착란이라는 소문, 막대한 부채를 피하기 위해 도망갔다는 소문, 실연을 당했다는 소문까지 돌았다.

　그러나 실제로 백작이 수도원으로 들어간 까닭은 인생의 진정한 의미를 찾기 위해서였다. 그는 다시 돌아오지 않았다. 사람들은 그를 점차 잊기 시작했다. 발티스카야 공작 부인은 이탈리아 가수와 사귀었고, 아비시니아 소년 바시카는 고향으로 돌아갔다.

　백작 알렉세이 블라노프는 수도원에서 예브프르**라는 이름

---

*성경에 나오는 바빌론의 마지막 임금으로, 1천 명의 귀족과 함께 성대한 주연을 베푼 것으로 유명하다.
**소아시아 지역에서 활동한 초기 기독교의 성자이자 고행자. 중세 러시아 정교에서는 그의 고행을 높게 평가하여 그의 이름을 딴 수도원과 성당을 짓기도 했다.

으로 개명을 하고, 엄청난 고행을 시작했다. 그는 실제로 쇠사슬을 끌고 다녔으나 인생의 본질을 알기 위해서는 이것만으로는 부족하다고 생각했다. 그래서 자신만을 위한 특별한 수도복을 만들었다. 얼굴을 완전히 가리는 수도사용 두건을 쓰고 행동에 최대한 제약을 줄 수 있는 캐속을 입었다. 수도원장의 축복 속에서 그는 이 옷을 착용했다. 그러나 이것 역시 부족하다고 생각했다. 그는 교만함을 극복하기 위해 숲 속 나무 막사로 들어가 참나무로 만든 관 속에서 생활했다.

예브프르의 고행은 수도원의 모든 사제들에게 놀라움을 안겨주었다. 그는 석 달에 한 번씩 공급되는 말라빠진 빵만을 먹고 지냈다.

그렇게 20년이 흘렀다. 그는 자신이 지혜롭고, 올바르고, 진실한 신앙의 삶을 살고 있다고 생각했다. 살아간다는 것이 그에게는 매우 쉽고 명쾌한 일로 여겨졌다. 그는 인생의 본질을 깨달았으며 이제 다른 방식으로 살아가는 일은 불가능할 것이라고 생각했다.

어느 날 예브프르는 지난 20년간 자신의 거처에 언제나 공급되던 빵이 오지 않는다는 사실을 깨닫고 매우 놀랐다. 그는 나흘 동안 아무것도 먹지 못했다. 닷새째 되던 날, 짚신을 신은 낯선 노인이 찾아와 볼셰비키들이 수도원을 점거하고 그곳에 국영 협동농장을 건설했다고 말해주었다. 노인은 그에게 약간의 빵을 전해주고는 눈물을 흘리며 돌아갔다. 고행사제 예브프르는 노인의 말을 이해할 수 없었다. 그는 편안하고 차분한 마음으로 관 속에 누워서 기쁘게 인생의 의미를 생각했다. 농부인 그 노인은 그 뒤로도 계속 빵을 가져다주었다.

그는 그렇게 평온하게 몇 년을 더 보냈다.

어느 날 몇 명의 사람들이 숲 속 막사의 문을 활짝 열어젖히더니 몸을 숙이고 안으로 들어왔다. 그들은 관 주변으로 다가와 말없이 고행사제를 쳐다보았다. 덩치가 큰 사내들은 군화를 신고, 커다란 승마용 바지를 입고 있었으며 모제르 소총을 소지하고 있었다. 고행사제는 관 속에서 맑은 눈빛으로 방문객들을 바라보았다. 그의 긴 회색 턱수염은 관의 절반을 차지할 만큼 자라 있었다. 낯선 이들은 어깨를 움츠리고는 문을 닫고 다시 나가버렸다.

시간은 그렇게 또 흘러갔다. 고행사제에게 삶은 여전히 풍요롭고 즐거운 것으로 여겨졌다. 그가 삶은 밝게 빛나는 것이라고 최종 결론을 내린 날 밤, 고행사제는 갑자기 잠에서 깼다. 이것은 그에게 놀라운 일이었다. 그는 밤에 자다가 깬 적이 한 번도 없었던 것이다. 무엇 때문에 깬 걸까 잠시 생각하다가 다시 잠이 들었지만, 등 쪽에서 강한 가려움을 느끼고 다시 눈을 떴다. 가려움의 원인을 생각하며 그는 잠들기 위해 노력했지만 잘 수가 없었다. 무엇인가 그를 방해하고 있었다. 그는 아침까지 잠들지 못했다. 다음 날 밤에도 무언가가 다시 잠을 방해하는 것을 느꼈다. 그는 아침까지 몸을 뒤척이면서 자신도 모르게 손을 긁고 있었다. 낮에 그는 우연히 관 속을 들여다보았다. 그제야 모든 것이 이해가 되었다. 암적색의 빈대들이 관 모서리 부근에 득실대고 있었던 것이다. 고행사제는 불쾌한 감정이 들었다.

바로 그날, 노인이 빵을 가지고 왔다. 그리고 드디어 25년간 침묵을 지키던 고행자가 말문을 열었다. 그는 노인에게 석유를 좀 가져다달라고 부탁했다. 위대한 묵언 수행자의 말을 들은 노인은 당황했다. 노인은 수줍은 듯 병을 숨긴 채 석유를 가져다주었다. 노인이 돌아가자마자 고행자는 떨리는 손으로 관 모서리에 석유를 뿌렸다. 처음 사흘 동안 예브프르는 편안히 잠들 수 있었다. 아무것도 그를 방해하지 않았다. 그러나 두 달이 지나자, 그는 석유로는 빈대를 퇴치할 수 없다는 것을 알았다. 그는 밤마다 몸을 이리저리 뒤척이고, 큰 소리로 기도를 했다. 그러나 기도는 석유보다 효험이 적었다.

말로는 다할 수 없을 정도로 엄청난 고통 속에서 반년을 보낸 고행자는 다시 노인에게 부탁을 했다. 두 번째 부탁은 노인을 더 당황스럽게 했다. 고행자는 도시에서 사용하는 빈대 퇴치 약품인 '아라가츠'를 구해달라고 부탁했다. 그러나 '아라가츠'도 도움이 되지 못했다. 빈대들은 빠른 속도로 번식해나갔다. 25년간의 고행에도 끄떡없던 고행사제의 왕성한 건강이 눈에 띄게 나빠졌다. 어둡고 절망적인 삶이 시작되었다. 고행사제에게 관은 이제 혐오스럽고 불편한 것이 되었다. 그는 노인의 충고대로 밤에 나뭇가지로 빈대를 불태워보았다. 빈대들은 죽었지만 완전히 없어지지는 않았다.

최후의 수단이 시도되었다. 그는 글리츠 공장 제품인 '빈대

'박멸'이라는 이름의, 썩은 복숭아 냄새가 나는 장밋빛깔 물약을 사용하기로 했다. 그러나 이것도 별 도움이 되지 못했다. 건강은 더욱 악화되었다. 고행사제는 빈대와 밤낮으로 씨름한 2년 동안, 삶의 의미에 대해 생각하는 것을 완전히 잊어버렸다는 사실을 깨닫게 되었다.

그 순간 그는 자신의 실수를 깨달았다. 삶은 25년 전이나 지금이나 여전히 어둡고 수수께끼 같다는 것, 세상의 근심에서 완전히 벗어날 수 없다는 것, 육체가 지상에 있는데 영혼이 천국에서 산다는 건 불가능한 일임을 알게 되었다.

그리하여 고행사제는 자리에서 일어나 속히 숲 속 막사에서 나왔다. 그는 어두운 숲 속 한가운데에 섰다. 건조한 초가을이었다. 막사 근처에는 흰 버섯이 무성히 자라났고, 이름 모를 새가 나뭇가지에 앉아 홀로 지저귀고 있었다. 기차가 지나가는 소리가 들리자 땅의 흔들림이 약하게 느껴졌다. 삶은 아름다운 것이었다. 고행사제는 뒤돌아보지 않고 앞으로 나갔다.

그는 지금 모스크바 공공사업부의 마부로 일하고 있다.

매우 교훈적인 이야기를 이폴리트 마트베예비치에게 들려준 오스타프는 팔소매로 자신의 새 구두를 닦고 난 뒤 휘파람을 불며 밖으로 나갔다.

아침나절에 호텔로 다시 돌아온 오스타프는 구두를 탁자 위에 올려놓고 광이 날 정도로 닦은 다음, 상냥한 목소리로 중얼거렸다.

"나의 작은 친구들이여."

"어디 갔다 오는 건가?" 잠이 아직 덜 깬 이폴리트 마트베예비치가 물었다.

"미망인에게 갔다 왔습니다." 오스타프가 조용히 대답했다.

"어떻게 됐나?"

이폴리트 마트베예비치는 팔꿈치를 짚고 일어나며 물었다.

"정말 그녀와 결혼할 생각인가?"

오스타프가 눈을 부릅떴다.

"저는 이제 명예를 지키기 위해 그녀와 결혼하지 않으면 안 됩니다."

이폴리트 마트베예비치는 당황하여 말을 잇지 못했다.

"정말 정열적인 여자였습니다." 오스타프가 말했다. "시인의 꿈이었습니다. 지방에만 있는 대담한 여자더군요. 대도시에서 그런 아열대성 기후 같은 뜨겁고 정열적인 여자를 만나기는 어렵지요."

"결혼식은 언제 하는가?"

"모레 합니다. 내일은 5월 1일이라 모두 놀아서 말입니다."

"그럼 우리 사업은 어떻게 되는 건가? 자네가 결혼을 하게 되면…… 우린 모스크바로 가야 할지도 모르는데……."

"뭘 그렇게 걱정하십니까? 회의는 아직 진행 중이잖습니까?"

"그럼 자네 아내는?"

"아내요? 보석을 가지고 있는 미망인 말입니까? 멋진 질문입니다! 모스크바에서 긴급회의 호출이 올 겁니다. 중앙인민위원회에 참석해서 보고를 해야 한다고 하면 됩니다. 이별의 장면이 눈에 선하군요. 우리 즐거운 마음으로 떠나면 됩니다. 이제 잠을 자야겠군요. 내일은 우리도 휴일이니까요."

13장

깊게 심호흡을 한 번 해.
자넨 지금 흥분한 상태야!

5월 1일 아침, 빅토르 미하일로비치 폴레소프는 평소 참견하
고 싶어 하는 그의 욕구를 건디지 못하고 거리로 뛰쳐나와 시
내 중심가로 향했다. 처음에는 그의 다양한 재주를 발휘할 만
한 일거리를 찾지 못했다. 5월 1일 축제임에도 불구하고 사람
들은 아직 눈에 띄지 않았고, 기마경찰들이 지키고 있는 축제
행렬도 준비가 되어 있지 않았기 때문이다. 그러나 아침 9시경
이 되자 시내 곳곳에서 악대들이 등장하여 요란하게 행진곡들
을 울려대기 시작했고, 사람들이 집에서 쏟아져 나왔다.

　옷깃이 넓은 단복을 입은 시 악단의 행렬이 어쩌다 보니 철
도 노동자 행렬과 섞이게 되어 모두를 혼란에 빠뜨렸다.

　겉에 초록색 합판을 붙여 기관차 '쉬'* 모양으로 만든 화물

---

*1905년 하리코프 철도 공장에서 쉬킨의 설계로 만들어진 기관차로, 설계자 쉬킨
의 이름을 따서 '쉬'라는 이름을 붙였다.

차가 뒤에서 경적을 울리며 악대를 압박했다. 화물차 안에서는 플루트와 오보에 연주자를 향한 고함 소리까지 들려왔다.

"믹셍이 ㅣ┌ㄱ요? 당신들이 왜 적군 거리로 들어온 거요? 당신들 때문에 행렬이 엉망진창이 되었잖소!"

바로 그때, 악단에게는 불행하게도 빅토르 미하일로비치가 이 일에 끼어들었다.

"그래, 맞아! 당신들은 저쪽 골목으로 돌아 들어가야 했잖아! 시가 행렬이 움직일 수 없게 되었다고!" 폴레소프가 욕을 퍼부었다. "저쪽으로! 저쪽으로 가라고! 정말 바보 같은 놈들이군!"

스타르고로드 시 공공사업부와 멜리스트로이 소속의 화물차에는 아이들이 타고 있었다. 가장 어린 아이들은 화물차의 가장자리 좌석에 앉았고, 그보다 좀 더 큰 아이들은 화물차 가운데에 앉아 있었다. 아이들은 피오네르 단원이었는데, 종이로 만든 깃발을 흔들며 즐거워했다.

그 뒤로는 또 다른 피오네르 단원들이 가슴을 넓게 펴고 발을 맞추려고 애를 쓰면서, 북을 치며 행진하고 있었다. 사람들이 넘쳐나서 소란스러웠고 더웠다. 시가 행렬은 정체되기도 하고 속도를 내기도 하면서 지나갔다. 행렬이 정체되는 동안 사람들은 시간을 때우기 위해 노인들이나 당원들을 공중으로 헹가래 치기도 했다. 노인들은 아낙네들처럼 살려달라고 아우성을 쳤고, 당원들은 무뚝뚝한 얼굴로 아무 소리도 내지 않고 공중으로 올라갔다 내려왔다. 폴레소프가 헹가래를 치고 있는 무리 사이를 헤치고 빠져나가려고 하자, 사람들은 그를 당원으로 착각하고 헹가래를 쳤다. 폴레소프는 어릿광대처럼 다리를 쭉 펴고 하늘로 떠올랐다.

그다음에는 우람한 근육의 노동자가 영국 외무장관인 조지프 체임벌린의 모습을 본뜬 인형을 종이 망치로 때리는 장면을 연출한 행렬이 지나갔다. 그 뒤를 연미복을 입고 흰 장갑을 낀 공산청년동맹원 셋을 태운 자동차가 따라왔다. 그들은 당황스러운 표정으로 군중을 쳐다보았다.

"바시카!" 군중이 소리쳤다. "부르주아 놈아! 멜빵 벗어!"

스타르고로드 시 소속 사회보장국 여직원들이 노래를 부르며 행렬을 뒤이었다. 행렬의 무리 속에는 가슴에 커다란 붉은색 리본을 단 제2양로원의 알리헨이 깊은 생각에 잠긴 채 노래를 따라 부르고 있었다.

시베리아 벌판에서부터 영국 해협까지
적군을 당해낼 자 누구인가!*

그 뒤로 체육학교 학생들의 행렬이 알 수 없는 구호들을 외치며 지나갔다.

차를 탄 행렬이나 걷는 행렬 모두 오늘 오후 정각 1시에 개통식을 하는 스타르고로드 시의 전차 정거장으로 향하고 있었다.

스타르고로드 시의 전차 공사가 정확히 언제부터 시작되었

*그리고리예프의 시에 곡을 붙인 러시아 적군의 행진곡 중 한 구절.

는지는 아무도 알지 못했다.

다만 수보트니크*가 시작된 1920년쯤 철도 노동자들과 일련의 사람들이 악대의 행진곡에 맞춰 구시셰 거리로 가서 하루 종일 구덩이를 파내면서 시작된 것 같았다.

사람들은 깊고 큰 구덩이들을 많이 파냈다.

노동자들 사이로 작업모자를 쓴 어떤 사람이 이리저리 분주히 돌아다니고 있었고, 그 뒤로는 똑같은 색깔로 칠해진 공사용 막대를 든 공사판 감독들이 따라다녔다. 다음번 수보트니크 날에도 같은 장소에서 공사가 계속되었다. 구덩이 두 개를 잘못 파서 그 구덩이를 다시 메우는 작업을 해야 했다. 작업모자를 쓴 사람은 공사 감독관들을 부리나케 찾아서 해명을 요구했다. 새로운 구덩이들은 더 깊고 넓게 파였다.

얼마 후 벽돌들이 운반되어 왔고, 이제는 진짜 건축 노동자들이 도착했다. 그들은 토대 기초공사를 시작했는데 공사는 얼마 지나지 않아 중단되었다. 작업모자를 쓴 사람은 가끔씩 중단된 공사 현장에 와서 벽돌로 메워져 있는 구덩이 주위를 돌아다니며 중얼거렸다.

"젠장! 특별회계 기간이라니!"

그는 막대로 기초공사가 된 부분을 두드려보더니 얼어붙은 귀를 두 손으로 감싸고 집으로 돌아갔다.

---

*휴일이나 근무가 없는 시간에 공공사업을 위해 자발적으로 무보수로 일하는 날을 의미한다. 주로 토요일(러시아어로 '수보타')에 일을 해서 수보트니크라는 이름이 붙었다.

이 기술자의 이름은 트레우호프였다.

기초공사 단계에서 중단된 전차 정거장 건설 사업은 이미 혁명 전인 1912년에 트레우호프에 의해 고안되었지만, 당시 시의회가 이 계획안을 기각시켰다. 2년 후 트레우호프는 다시 시의회에 쳐들어갔지만, 전쟁 때문에 또 한 번 기각되었다. 전쟁이 끝나자 이번에는 혁명이 발목을 잡았다. 혁명이 끝나자 다시 네프*, 특별회계 기간, 공공사업 금지 등이 공사를 지연시켰다. 기초공사를 한 자리는 여름이면 들꽃들이 무성하게 피었고, 겨울에는 아이들이 썰매를 타곤 했다.

트레우호프는 거대한 사업을 꿈꾸었다. 그러나 그는 스타르고로드 시 공공사업부 건설국에서 일하는 것에 지쳐버렸고, 도로를 정비하는 일도, 거리 게시판을 교체하는 일에도 싫증이 났다. 그가 꿈꾸던 거대한 사업은 일어나지 않았다. 전차 사업안을 다시금 제출했지만, 상급 기관에 올라가서 거절되었고, 상급 기관에서 승인이 되면 그 위의 상급 기관에서 다시 거절되는 일이 반복되었다. 중앙 정부에 올라가도 계획안은 먼지가 쌓이도록 방치되었고, 당연히 자금이 집행되지도 않았다.

"무식한 놈들 같으니라고!" 트레우호프는 아내에게 소리쳤다. "돈이 없다고? 기차역까지 가는 짐마차에 지불하는 돈은 어디서 나는 거야? 스타르고로드의 짐마차 마부 놈들은 다 도둑놈들이야! 얼마나 비싸게 받아 처먹는지 다 해적 같은 놈들

---

*전쟁과 혁명으로 피폐해진 러시아 경제를 살리기 위해 혁명 정부가 일시적으로 시행한 자본주의 정책. 이 시기에 많은 공공사업들이 재정적인 이유로 중단되었다.

이라고! 짐을 들고 5킬로미터가 넘는 기차역까지 한번 걸어서 가봐! 전차가 부설되면 6년이면 수지가 맞는다고!"

빛바랜 그의 수염은 화가 난 듯 축 처졌고, 둥글납작한 코도 실룩거렸다. 그는 책상 서랍에서 전차 사업 설계안을 꺼내 아내에게 천 번도 넘게 보여주며 화를 냈다. 거기에는 정거장, 차고, 열두 개의 노선에 관한 내용들이 있었다.

"제기랄, 열두 개의 노선이 필요하단 말이야. 사람들은 기다릴 수 있다고. 그런데 세 개 노선이라니! 세 노선뿐이라니! 스타르고로드에는 열두 개의 노선이 있어야 한단 말이야!"

트레우호프는 씩씩거리며 부엌으로 가서 장작을 팼다.

그는 집 안에서 온갖 살림을 도맡아 했다. 아기 침대와 세탁기를 직접 설계하고 만들었을 뿐 아니라, 처음에는 자신이 직접 빨래를 했고, 나중에야 아내에게 기계 조작법을 설명해주었다. 트레우호프는 적어도 월급의 5분의 1 이상을 외국의 기계 관련 잡지를 사는 데 사용했다.

잡지에 대한 지출이 많아지자 그는 생활비를 절약하기 위해 담배를 끊기도 했다.

그는 전차 사업에 대한 새로운 계획서를 사마르칸트*에서 전근해 온 새로운 공공사업부 부장인 가브릴린에게 제출했다. 사마르칸트의 햇볕에 얼굴이 검게 그을린 새로운 부장은 트레우호프의 말에 별다른 관심을 보이지 않았고, 계획서를 대충 훑

*1925년 소련의 연방공화국이 된, 중앙아시아에 위치한 우즈베키스탄의 도시.

어보고 말했다.

"사마르칸트에는 전차가 필요 없소. 그곳에서는 모두가 나귀를 타고 다니지. 나귀 한 마리에 3루블밖에 하지 않아. 정말 싸지 않소? 그런데 그놈이 한번에 160킬로그램의 짐을 운반할 수 있단 말이오. 작은 놈이 그 정도인데 정말 놀랍지 않소?"

"거긴 아시아잖습니까!" 트레우호프는 화를 내며 말했다. "한 마리에 3루블밖에 하지 않지만, 그놈을 먹이려면 1년에 30루블은 필요할 거요!"

"그럼 30루블이면 당신의 전차를 몇 번이나 탈 수 있소? 300번은 탈 수 있나? 1년 내내 탈 수 있는 것도 아니잖소!"

"그럼 나귀들이나 주문하시오!" 트레우호프는 버럭 소리를 지르며 문을 세차게 닫고 나와버렸다.

그날 이후로 새로 온 공공사업부 부장은 트레우호프를 만날 때마다 조롱하듯이 이렇게 말하곤 했다.

"그래, 나귀를 주문할까요, 아님 전차를 건설할까요?"

가브릴린의 얼굴은 껍질을 벗겨 반들반들해진 무 같았고, 그의 눈은 교활해 보였다.

두 달 후 가브릴린은 기술자를 불러 다음과 같이 진지하게 말했다.

"나한테 계획이 하나 있소. 우리에게 분명한 건, 지금 우린 돈이 없고, 전차는 나귀처럼 3루블로 살 수 있는 게 아니라는 거요. 그래서 자금을 좀 모아야 할 것 같은데 좋은 해결 방안이 없겠소? 주식회사를 설립하는 건 어떻소? 그런 다음엔 어떡하지? 자금을 빌려야겠지! 우선 이자만 지불하면 될 테니까. 전차를 개설하면 몇 년 후쯤 원금을 다 갚을 수 있겠소?"

"세 개 노선을 만들면 한 6년은 걸릴 거요."

"그럼, 한 10년 정도로 잡아봅시다. 먼저 주식회사를 설립해야 하는데…… 누가 주식을 살까? 식량 트러스트나 낙농중앙회는 어떻소? 밧줄제작협회는? 사려고 할 거요! 전차에는 화물칸도 필요할 테니, 모두가 관심을 보일 거야! 그리고 교통운송 인민위원회에서도 좀 투자를 할 거고. 그렇지! 시 정치실행위원회에서도 투자할 거요. 반드시 투자할 거야! 이런 식으로 투자를 받으면 국영은행과 공공은행에서 자금을 내주겠지. 이게 바로 내 계획이오. 금요일에 시 정치실행위원회에서 이 안건을 논의할 예정이오. 통과가 되면 이제 당신이 전차를 개설하면 되는 거지."

트레우호프는 흥분된 마음을 가라앉히지 못해 밤늦도록 빨래를 하며 아내에게 전차가 마차나 나귀보다 얼마나 훌륭한 운송 수단인지 설명해주었다.

금요일에 위원회에서는 긍정적인 결론을 내렸다. 그러나 복잡한 일들이 시작되었다. 주식회사 설립에 어려움이 생겼다. 교통운송 인민위원회는 주주가 되기를 꺼렸고, 식량 트러스트는 15퍼센트 대신 10퍼센트의 지분만 보유하려고 했다. 약간의 실랑이가 계속되었지만, 결국은 원만하게 해결되었다. 그 와중에 가브릴린은 당 통제위원회에 소환되어 이권에 개입하지 말라는 경고를 받았다. 어쨌든, 모든 일은 순조롭게 진행되었다.

이제 시작만 하면 되는 것이었다.

"자, 트레우호프 동무, 이제 시작해봅시다!" 가브릴린이 말했다. "잘할 수 있겠소? 나귀를 사는 것과는 다른 일이니까."

트레우호프는 공사에 몰두했다. 그가 몇 년을 꿈꿔왔던 거대한 사업이 마침내 시작된 것이다. 견적을 뽑고, 공사 도면을 완성하고, 자재들을 주문했다. 그러나 전혀 예상치 못한 곳에서 난관들이 발생했다. 도시에 시멘트 전문가들이 없어서 레닌그라드에서 불러와야만 했고, 필요한 기계들은 공장에서 1년 반이 지나야 조달해줄 수 있다고 했다. 결국 외국에서 수입을 하겠다고 으름장을 놓자 서둘러 조달해주었다. 그 뒤로도 사소한 부분들에서 문제가 발생했다. 크기가 맞는 철목을 구할 수가 없었고, 건조된 철목 대신 건조되지 않은 철목들이 들어왔다. 우여곡절 끝에 건조된 철목들이 들어왔지만, 트레우호프는 직접 공장에 가서 철목의 60퍼센트를 반품시켜야 했다. 철 부분에 하자가 있었고, 나무 부분은 습기가 차 있었던 것이다. 철로 자재는 괜찮았지만, 한 달이나 늦게 배송되었다. 가브릴린은 삐거덕거리는 자신의 구식 피아트 자동차를 타고 공사 현장을 수시로 방문하여 트레우호프와 늘 말다툼을 했다.

전차 선로와 정거장, 차고지 등이 건설되는 동안 스타르고로드 시민들 사이에서는 다음의 신문 기사들이 자주 회자되었다.

〈스타르고로드 프라브다〉 신문에는 '마호비크'라는 필명으로 도시에서 활동하는 유명한 칼럼니스트 프린츠 다트스키의 전차 건설에 관한 기사들이 자주 실렸다. 마호비크는 일주일에 적어도 세 번 이상 생생한 필체로 공사 진행에 관한 기사를 쏟아냈다. "클럽의 건설 징조 안 보여", "취약 지구", "감사가 필요하기만 구린 냄새가 난다" "좋은 것과 나쁜 것", "우리를 기쁘게 하는 것과 그렇지 않은 것", "인민 교화의 적대자들을 옭아매라", "관료주의를 끝내야 할 때" 등의 회의적인 머리기사로 가득 차던 신문의 3면은 이제 "어떻게 건설하고, 어떻게 살아야 하는가", "거인이 곧 공사에 착수한다", "겸손한 건설자" 등과 같은 마호비크의 빛나고 예리한 기사들로 도배되었다. 트레우호프는 자신에 대해 특별히 언급한 기사를 읽고 난 뒤 칼럼니스트에게 혐오감을 느끼고 신문을 구겨버렸다.

　　나는 윙윙거리는 바람 소리를 들으며 지붕판 위로 올라갔다. 지붕판 위에는 우리의 강력한 전차 정거장을 건설하는 볼품없는 건설자가 있었다. 이 말라빠진 건설자는 들창코에 낡은 모자를 썼고, 손에는 망치를 들고 있었다. 문득 시 한 구절이 생각났다. "파도가 일렁이는 외딴 강기슭에 위대한 상념에 잠겨 먼 곳을 바라보며 '그는' 홀로 서 있었다."* 그에게 다가갔다. 바람 한 점 불지 않고, 지붕판도 움직이지 않는다. 그에게 물었다. "공사는 잘 진행되고 있습니까?" 건설자이자 기술자인 트레우호프의 못생긴 얼굴에 활기가 돈다. 그는 내 손을 잡으며 말한다. "이미 70퍼센트 정도 완수했소이다."

*푸시킨의 서사시 〈청동기마상〉의 첫 구절.

192

신문 기사는 다음과 같이 마무리되었다.

그는 내게 악수를 청하며 작별 인사를 했다. 지붕판이 삐걱대기 시작한다. 인부들이 이리저리 분주히 움직인다. 인부들의 열렬한 노동을, 우리 건설자의 이 볼품없는 얼굴을 누가 잊을 수 있겠는가?

마호비크

트레우호프가 마음의 평안을 얻는 경우는 너무 바빠서 가끔씩 마호비크의 기사를 읽지 못할 때였다.

그러다가 한번 도저히 참을 수 없던 트레우호프는 여러 번 고심한 끝에 꼼꼼하게 문장을 다듬어 신문에 반박 기사를 실었다.

물론 볼트를 전달 장치라고 불러도 좋지만, 이러한 사람들은 건설업을 할 수 없고, 건설업에 대해 아무것도 이해하지 못하는 사람이다. 그리고 마호비크 동무에게 한 가지 지적해주고 싶은 사실은 지붕판은 건설물이 완전히 주저앉을 경우에만 삐걱댄다는 것이다. 그런 식으로 지붕판이 삐걱댄다고 말하는 것은 마치 첼로가 아이를 낳는다고 주장하는 것과 같다.

칼럼니스트의 지칠 줄 모르는 공사 현장 방문은 중단되었지만, 그의 날카로운 기사는 여전히 신문의 3면을 화려하게 장식했다. "1만 5천 루블이 썩고 있다", "주택지의 골칫덩어리",

"자재들이 울고 있다", "우스꽝스러운 것들과 눈물을 흘리게 만드는 것들".

공사는 막바지에 이르렀다. 레일은 테르밋 용접 공법으로 시행되었고, 역에서 도살장까지, 시장에서 공동묘지까지 끊기지 않고 연결되었다.

처음에는 10월 혁명 9주년 기념일에 맞추어 전철 개통식을 하려고 했으나, 객차 공장에서 아르무투라* 트러스트 핑계를 대면서 기한 내로 공급할 수 없다고 변명을 했다. 그래서 개통식은 부득이 다음 해 5월 1일 노동절로 연기되었고, 이날에는 모든 것이 확실하게 준비됐다.

두 명의 동업자는 행렬들과 함께 구시세 거리에 이르렀다. 거기에는 스타르고로드의 모든 시민들이 모여 있었다. 새로 지은 전차 차고 건물은 침엽수 화환으로 가득 차 있었고, 깃발과 축하 현수막이 바람에 펄럭였다. 기마경찰들이 철도 노동자 대열을 뚫고 들어가려는 아이스크림 장수들을 쫓아내고 있었다. 차고의 양쪽 문 사이에는 마이크가 달려 있는 단상이 세워져 있었고, 이윽고 대의원들이 연단으로 오르기 시작했다. 시 악단이 가볍게 팡파르를 울렸다.

모스크바에서 털모자를 쓰고 온 특파원이 701호부터 710호까지 번호가 매겨진 연초록색 전차가 서 있는 차고 안을 기웃거렸다. 가슴에 작은 거울을 달고 있는 그 특파원은, 초조한 듯

*전차, 기차 등의 객차를 생산하는 모스크바 국영기업. '아르무투라'는 전동차를 의미한다.

거울을 자주 들여다보았다. 전차에 관한 몇 가지 질문을 하기 위해 수석 기술자를 찾고 있는 듯 보였다. 특파원의 머릿속에는, 아직 전차에 관해 어떠한 말도 듣지 못했지만, 전차 개통식에 관한 기삿거리가 이미 정리되어 있었다. 그럼에도 그는 열심히 차고 안을 수색했는데, 목적은 개통 축하 연회장을 찾는 것이었다.

군중은 전차가 시운전하기를 기다리면서 노래를 부르거나 소리를 치기도 했고, 해바라기 씨를 씹기도 했다.

시 정치실행위원회의 위원장이 마지막으로 단상에 올랐다. 프린츠 다트스키는 동료 기자에게 뭔가를 암시하듯 펜으로 몇 구절을 적어 건네주었다. 그들은 모스크바에서 오는 기록영화원들을 기다리고 있었다.

"동무들!" 가브릴린이 말했다. "스타르고로드 전차 개통식의 축하 집회를 시작하겠습니다!"

악대의 트럼펫들이 움직이더니 긴 호흡을 내뿜으면서 〈인터내셔널가〉*를 세 번이나 연달아 연주했다.

"이어서 가브릴린 동무의 보고가 있겠습니다!" 가브릴린이 외쳤다.

마호비크라는 필명을 쓰는 프린츠 다트스키와 모스크바에서 온 특파원은 서로 아무 말도 나누지 않고, 자신의 기사 수첩에 뭔가를 쓰기 시작했다.

---

*사회주의자와 공산주의자들의 공식 노래. 1944년까지 소비에트 연방공화국의 국가(國歌)였다.

"스타르고로드 공공사업부 부장 가브릴린 동무의 보고로 전차 개통식 축하 집회가 시작되었다. 군중은 그의 말에 귀를 기울였다."

두 기자는 완전히 다른 유형의 사람이었다. 모스크바 특파원은 젊고 독신이었다. 마호비크는 대가족을 부양하고 있었고 이미 오래전에 마흔을 넘겼다. 한 사람은 줄곧 모스크바에서 살았고, 다른 한 사람은 모스크바에 한 번도 가본 적이 없었다. 모스크바 사람들은 맥주를 좋아했지만, 마호비크는 보드카를 제외하곤 술은 입에 대지도 않았다. 이 두 사람의 성격, 나이, 습관, 성장 배경이 판이함에도, 두 기자는 마치 한 사람이 쓰는 것처럼 자신들이 받은 인상을 수첩에 똑같이 써 내려갔다. 그들의 펜이 다시 움직이며 새로운 구절을 쓰기 시작했다. "축제의 날을 맞아 스타르고로드 시의 거리가 더 넓어진 것 같다……."

가브릴린은 분명하고 확신에 찬 어조로 연설을 시작했다.

"전차를 개설하는 공사는……." 그가 말했다. "나귀를 구입하는 일과는 다른 것입니다."

군중 사이에서 갑자기 오스타프 벤데르의 커다란 웃음소리가 들렸다. 벤데르는 이 말의 의미를 알아들었던 것이다. 자신의 말이 호응을 얻자 가브릴린은 자신도 왜 그러는지 알지 못한 채 갑자기 국제 정세에 관한 얘기를 하기 시작했다. 그는 몇 번이나 전차 개설에 관한 얘기로 방향을 전환하려고 했으나, 그렇게 하지 못하고 있다는 것을 알고 소름이 끼쳤다. 국제 정세에 관한 말들은 연설자의 의지와 상관없이 저절로 쏟아지고 있는 듯했다. 영국 외무장관 체임벌린에 관한 얘기가 30분 정도 나온 뒤, 가브릴린의 관심은 미국 상원의원인 보라*에게로 옮겨졌다. 사람들은 지루해했다. 두 명의 기자는 똑같은 말을 썼다. "연사는 우리의 소비에트 사회주의 연방공화국을 둘러싼 국제 정세에 관해 상세하게 연설했다……." 흥분한 가브릴린은 루마니아 귀족들에 대해 맹렬하게 비난한 후, 무솔리니에 관한 이야기를 시작했다. 연설이 끝나갈 때가 되어서야 가브릴린은 국제 정세에 관한 얘기를 억누르고, 사무적인 어조로 전차에 관해 얘기했다.

"그래서 동무 여러분, 다음과 같이 생각합니다. 이제 곧 차고를 떠나 움직이게 될 이 전차가 누구 덕분에 개통이 되었겠습니까? 그것은 당연히 동무 여러분 덕분이며, 두려움 없이 양심에 따라 불굴의 노력으로 일한 모든 노동자들 덕분입니다. 그리고 또 한 명의 동무, 성실한 소비에트의 전문가, 수석 기술자인 트레우호프 덕분입니다. 그에게 감사를 드립니다!"

트레우호프를 찾았으나 웬일인지 보이지 않았다. 그 와중에 오래전부터 연설을 하고 싶어 안달이던 낙농중앙협회 회장이 마이크 앞으로 나와 손을 흔들면서 국제 정세에 관한 연설을 시작했다. 그의 연설이 끝나자, 두 명의 기자는 약해진 박수 소리를 듣고 빠르게 기사를 썼다. "우레와 같은 박수 소리가 열광적인 환호로 바뀌었다……." '열광적인 환호'라는 표현은 너무

*1924부터 1933년까지 미국의 외교통상위원장을 지낸 정치가. 특히 외교적으로 소련에 적대적인 정책을 펼쳤다.

강하지 않나, 하고 두 사람은 고민하기 시작했다. 모스크바 기자는 잠시 고민하더니 '열광적인 환호'라는 표현을 삭제했고, 미호비그는 흰숨을 쉬며 그대로 두었다.

태양이 경사진 평원으로 빠르게 내려왔다. 마이크 앞에서는 계속해서 인사말이 이어졌고, 악대의 연주도 계속됐다. 저녁노을이 평원을 물들였고 집회는 계속되었다. 그리고 연설자들도 청중도 뭔가가 잘못되고 있다는 것, 집회가 늘어지고 있다는 것, 빨리 전차 시행식으로 넘어가야 한다는 것을 이미 오래전부터 느끼고 있었다. 그러나 연설자들은 자신들도 멈출 수 없는 연설을 계속했다.

마침내 트레우호프가 나타났다. 연단에 오르기 전에, 먼지를 잔뜩 뒤집어쓴 얼굴과 손을 사무실에서 오랫동안 씻느라 이제야 집회에 모습을 드러낸 것이었다.

"동무 여러분, 수석 기술자 트레우호프 동무의 연설을 듣도록 하겠습니다!" 가브릴린이 기쁜 목소리로 소개했다. "연설 좀 잘해주게나. 난 온통 쓸데없는 소리만 해서 말이지." 가브릴린이 귓속말을 했다.

트레우호프는 많은 것을 말하고 싶었다. 수보트니크, 어려웠던 작업, 지금껏 해온 과정들과 앞으로 해야 할 도시의 공사들……. 트레우호프는 앞으로 하고 싶은 도시의 공사가 많았다. 더러운 시장을 깨끗하게 정리하는 일, 건물마다 보온을 위해 이중창을 설치하는 일, 매년 겨울이면 얼음 때문에 떠내려가는 임시 다리 대신 영구적인 다리를 건설하는 일, 그리고 마지막으로 대규모 육류 냉동창고를 건설하는 일에 대해 말하고 싶었다.

트레우호프는 입을 열고 더듬거리며 말하기 시작했다.

"동무 여러분! 현재 우리나라의 국제 정세는……."*

그는 청중이 벌써 여섯 번이나 들어서 완전히 기진맥진해버린 국제 정세에 관한 얘기를 시작했다. 그렇게 연설이 끝났다. 트레우호프는 자신이 전차에 관해서는 한 마디도 언급하지 않은 것을 깨달았다. '정말 부끄러운 짓을 했군.' 그는 생각했다. '우리나라 사람들은 연설을 할 줄 모른단 말이야, 정말.'

그는 불현듯 예전에 모스크바의 한 집회에서 들었던 프랑스 공산주의자의 연설을 생각했다. 프랑스인은 부르주아적 언론에 대해서 연설했다. '펜의 곡예사들, 희극의 대가들, 윤전기의 도둑놈들…….' 프랑스인은 첫 번째 구절은 '라' 톤으로, 두 번째 구절은 '도' 톤으로, 그리고 마지막 구절은 격정적인 '미' 톤으로 말했으며, 동작은 적절했고 멋져 보였다.

'그런데 우리나라 사람들은 연설을 이상하게 끌고 간단 말이야. 차라리 아무 말도 하지 않는 게 낫겠어.' 트레우호프는 마음속으로 결심했다.

시 정치실행위원회 위원장이 차고 문에 걸려 있는 붉은 테이프 선을 끊었을 때는 이미 날이 어두워져 있었다. 노동자들과 공공기관 대표자들은 부산을 떨며 전차의 객차에 자리를 잡

*소비에트 지도자 중 한 명이었던 트로츠키는 연설할 때마다 매번 '국제 정세'에 관한 이야기로 운을 뗀 걸로 유명하다. 이 부분은 트로츠키에 대한 패러디로 보인다.

고 앉았다. 트레우호프가 직접 운전하는 스타르고로드 시의 첫 번째 전차가 가녀린 경적을 울리며 군중의 환호 소리와 악단의 음악 소리에 맞추어 차고지를 서서히 빠져나오기 시작했다. 밝은색의 차량은 낮보다 더 밝게 보였다. 전차는 구시세 거리를 헤엄치듯 유유히 빠져나가 철교 밑을 지나 시내로 들어가는 오르막길을 가볍게 올라서서 푸시킨 대로로 들어섰다. 전차의 두 번째 객차에는 악단이 타고 있었고, 그들은 창문 밖으로 트럼펫을 내밀고 〈부뜬니 행진곡〉을 연주했다.

가브릴린은 객차 차장 유니폼을 입고, 한쪽 어깨에는 가방을 맨 채 온화한 미소를 지으면서 이 객차에서 저 객차로 차장처럼 옮겨 다녔다. 그러고는 뜬금없이 종을 울리기도 하면서 승객들에게 다음과 같은 초대장을 나누어주었다.

축제의 밤

5월 1일 저녁 9시

시 자치회 노동자 클럽에서
다음과 같은 프로그램을 준비했습니다

1. 연례 보고─보고자(모신 동무)
2. 노동자 연합의 증명서 수여식
3. 식후 행사─연주회, 가족 만찬

마지막 객차의 승강구 쪽에는 겨우 초대 손님으로 등재되어 시승하게 된 빅토르 미하일로비치가 서 있었다. 그는 모터 쪽으로 다가가 냄새를 맡았다. 빅토르 폴레소프에게는 대단히 놀랍게도 모터는 훌륭했고, 정상적으로 작동하고 있었다. 창문의 유리도 삐걱거리지 않았는데, 유심히 살펴본 결과 고무테로 둘레를 덧댄 것을 알아차렸다. 그는 이미 전차 운전사에게 전차에 대해 몇 가지를 지적하였기에 승객들은 그를 유럽의 전차 전문가로 생각했다.

"공기 제어장치는 그리 좋지 않군요." 폴레소프는 승객들을 바라보며 의기양양하게 지적했다. "흡착력도 좋지 못하고요."

"당신이 관여할 바가 아니오. 흡착력은 아무 문제가 없소." 운전사가 대답했다.

도시를 따라 시험 운행을 마친 전차는 사람들이 기다리고 있는 차고로 다시 돌아왔다. 사람들은 전등이 휘황찬란하게 밝혀진 공중으로 트레우호프를 헹가래 쳤다. 가브릴린도 헹가래를 쳐주었는데, 몸무게가 100킬로그램에 육박한 탓에 그다지 높게 올리지 못하고 곧 땅에 내려놓았다. 모신 동무와 노동자들과 기술자들도 헹가래를 쳐주었다. 빅토르 미하일로비치는 이날 두 번이나 헹가래를 당했다. 이번에 그는 광대처럼 다리를 빌리지 않고 바른 자세 그대로 하늘로 올라가 진지하게 밤하늘의 별들을 쳐다보았다. 마지막으로 하늘로 오르려고 할 때, 그는 자신의 다리를 잡고 웃고 있는 사람들 중 한 명이 과거 귀족단장이었던 이폴리트 마트베예비치 보로뱌니노프임을 알았다. 땅에 내려온 폴레소프는 사람들에게서 벗어나서 귀족단장의 모습을 몰래 확인했다. 폴레소프는 이폴리트 마트베예비치가 빚신 사람, 아마도 전직 장교였음이 틀림없는 젊은이와 함께 있다는 사실을 알았고, 그들이 눈치채지 못하도록 조심스럽게 뒤를 밟았다.

모든 행사가 끝나자 가브릴린은 자신의 연보라색 피아트 안에서 인부들에게 뒷정리에 관한 지시를 내리는 트레우호프를 기다렸다. 가브릴린은 그와 함께 오늘 저녁에 있을 노동자 클럽의 축하연에 참석할 예정이었다. 그러는 동안 기록영화 제작자들을 태운 미국 자동차 포드를 개조한 트럭이 차고 안으로 들어왔다.

12각형 뿔테에 소매 없는 고급 가죽 코트를 입은 사내가 제일 먼저 민첩하게 트럭에서 내렸다. 이 사내는 특이하게도 목젖에서부터 가늘고 긴 턱수염이 자라나 있었다. 두 번째 사내는 카메라를 들고 내렸는데, 그는 벤데르의 표현을 빌리자면 '현대적 스타일'로 스카프를 목에 두르고 있었다. 계속해서 트럭에서는 조명 담당자들, 조수들, 여자들이 내렸다.

모두들 소란스럽게 차고로 몰려갔다.

"주목!" 코트를 입은 턱수염 남자가 소리쳤다. "콜랴! 조명을 설치해!"

트레우호프는 얼굴을 붉히며 밤의 방문객들에게 다가갔다.

"당신들, 기록영화 제작자들입니까?" 그가 물었다. "왜 낮에 오지 않은 겁니까?"

"전차 개통식은 언제 시작합니까?"

"이미 시행했습니다."

"좋아요, 좋습니다. 우리가 좀 늦었군요. 오다가 좋은 풍경을 만나서 지체되었습니다. 일몰 광경이었습니다! 어쨌든, 지금부터라도 멋지게 할 수 있습니다. 콜랴! 조명을 켜! 바퀴를 클로즈업시키고! 이번에는 군중의 발을 클로즈업하고, 좋았어! 류다! 밀로치카! 저 쪽으로 걸어가봐! 콜랴! 시작해! 시작한다! 걸어봐! 그렇지, 계속 걸어, 걷고, 걸어…… 됐어! 수고했어. 자, 이제 건설자를 찍자고. 트레우호프 동무시죠? 트레우호프 동무, 자, 당신 차례입니다. 아니, 그게 아니고. 조금만 더 옆으로 나가시고…… 그렇죠! 전차를 배경으로 좀 더 자연스럽게……. 콜랴! 시작해! 자, 트레우호프 동무, 무슨 말씀이라도 좀 해주시죠."

"그러니까, 저는, 이게 좀 어색합니다……!"

"아주 좋습니다! 훌륭합니다! 좀 더 말을 해주세요! 자, 이제 당신은 첫 번째 승객과 대화를 합니다……. 류다! 자, 화면 속으로 들어와. 그렇지. 자, 깊게 심호흡을 한 번 해. 자넨 지금 흥분한 상태야! 콜랴! 사람들의 다리를 클로즈업하고! 자, 시작! 그렇지, 그렇게……. 대단히 감사합니다……. 컷!"

오랫동안 부르릉거리는 피아트 차 안에서 지루하게 기다리던 가브릴린은 남겨진 친구를 찾으러 차고로 들어왔다. 목젖에 수염이 난 영화감독은 생기가 넘쳤다.

"콜랴! 이번엔 이쪽으로! 기막힌 장면이야! 노동자들! 전차 승객들! 자, 모두들 심호흡을 한 번 해. 지금 좀 흥분한 상태야.

당신들은 태어나서 전차를 처음 타보는 승객들이란 말이야!
자, 간다. 숨을 깊게 쉬고!"

기브릴닌은 불편한 심기를 드러냈다.

"정말 멋졌어! 밀로치카! 자, 이리로. 청년단원들에게 인사
를 받는 장면이야! 심호흡 한 번 하고, 자넨 지금 흥분한 상태
란 말이야…… 그렇지! 좋았어! 콜랴, 컷!"

"전차는 찍지 않습니까?" 트레우호프가 수줍게 물었다.

"그게, 보시다시피……." 코트를 입은 연출가는 얼버무렸
다. "조명 상태가 별로 좋지 않아서요. 나머지 부분은 모스크바
에 가서 보충하면 됩니다. 자, 그럼 수고하셨습니다."

기록영화팀은 번개 같은 속도로 떠나버렸다.

"이보게, 친구, 이제 그만 가서 좀 즐기도록 하지." 가브릴린
이 말했다. "어, 담배를 피우는가?"

"피우기 시작했소이다. 도저히 참을 수가 없어서 말이오."
트레우호프가 고백했다.

가족 동반으로 모인 축제의 밤 행사에서 트레우호프는 담배
에 굶주린 듯 연신 줄담배를 피워댔고, 보드카를 석 잔이나 마
시고 취해버렸다. 그는 모든 사람들에게 키스를 했고, 사람들
도 그에게 키스를 해주었다. 그는 자신의 아내에게 뭔가 좋은
말을 해주고 싶었으나, 웃음만 터뜨렸다. 그러고는 가브릴린의
손을 오랫동안 잡고 말했다.

"당신은 바보요! 당신은 철교를 부설하는 방법을 배워야 하
오! 이건 정말 멋진 학문이오. 그리고 중요한 건 정말 쉽다는

거요. 허드슨 강을 지나는 다리는······."

반 시간이 더 지나자 그는 완전히 취해버렸고, 부르주아적 언론에 대해서 지독한 공격을 퍼부었다.

"희극의 곡예사들! 펜의 하이에나들! 윤전기의 대가들!" 그가 외쳤다.

아내는 그를 마차에 싣고 집으로 돌아갔다.

"전차를 타고 집으로 가고 싶소." 그가 아내에게 말했다. "무슨 말인지 모르겠소? 전차가 생겼다는 것은 그걸 반드시 타야 한다는 말이오! 왜냐고? 왜냐면, 첫째, 그건 더 효용 가치가 있고······."

폴레소프는 두 동업자의 뒤를 조심스레 쫓다가 주변에 인적이 드문 것을 확인하고는 보로뱌니노프에게 다가갔다.

"안녕하십니까? 이폴리트 마트베예비치 씨!" 그는 정중하게 인사했다.

보로뱌니노프는 순간 정신이 멍해졌다.

"누구신지······." 보로뱌니노프는 얼버무렸다.

오스타프는 오른쪽 어깨를 들이밀며 인텔리 출신의 기술자에게 다가갔다.

"뭐요, 대체?" 그가 말했다. "내 친구에게 무슨 할 말이라도 있소?"

"걱정하실 필요는 없습니다." 폴레소프는 주위를 두리번거리며 작게 말했다. "저는 엘레나 스타니슬라보브나가 보내서

왔습니다……."

"뭐라고요? 그녀가 여기에 있습니까?"

"여기 있습니다. 그리고 당신을 매우 보고 싶어 합니다."

"왜죠?" 오스타프가 물었다. "그런데 당신은 대체 누구요?"

"저는…… 이폴리트 마트베예비치 씨, 이상한 생각은 하지 마십시오. 당신은 저를 잘 모르시겠지만, 저는 당신을 아주 잘 기억하고 있습니다."

"엘레나 스타니슬라보브나를 한번 만나보고 싶기는 한데……." 보로뱌니노프가 주저하듯 말했다.

"그녀는 당신을 매우 만나고 싶어 합니다."

"그런데, 내가 여기 있다는 걸 그녀가 어떻게 알았소?"

"저는 며칠 전 당신을 공공사업부 복도에서 보았습니다. 낯익은 얼굴인데 잘 생각이 나지 않더군요. 나중에 이폴리트 마트베예비치 씨, 당신이라는 것을 기억했습니다. 오, 저런, 걱정하지 마십시오. 이 모든 것을 완전히 비밀로 하겠습니다."

"잘 아시는 여자입니까?" 오스타프가 사무적으로 물었다.

"음, 오래전부터 아는 사이인데……."

"그럼 당신의 오랜 친구에게 들러 저녁이나 먹도록 하죠. 배가 고파서 미칠 지경입니다. 식당들은 다 문을 닫았으니……."

"그렇게 하지."

"그렇다면 갑시다. 비밀스러운 양반, 우리를 안내해주시오."

빅토르 미하일로비치는 계속 주위를 두리번거리며 두 동업자를 페렐레신스키 골목에 있는 점쟁이의 집으로 안내했다.

14장
비밀결사대 '검과 낫 연합'

여자들은 나이가 들면 불쾌한 일이 많이 생긴다. 이가 빠지기도 하고, 머리카락이 가늘어지고 하얗게 세기도 하고, 숨쉬기가 힘들어지기도 하고, 엄청나게 살이 찌거나 반대로 마르기도 한다. 그러나 목소리만큼은 변하지 않는다. 여자의 목소리는 학창 시절이나 신혼 시절이나, 혹은 젊은 바람둥이의 애인이었을 때도 그대로 유지된다.

그래서 폴레소프가 옐레나 스타니슬라보브나 집의 대문을 두드리고 안에서 "누구세요?"라는 그녀의 목소리가 들려왔을 때, 보로뱌니노프는 전율을 느꼈다. 보로뱌니노프의 연인의 목소리는 파리 박람회가 열리기 직전인 1899년의 목소리 그대로였기 때문이다. 그러나 집 안으로 들어가자 불빛에 눈이 부셔잘 보이지는 않았지만, 이폴리트 마트베예비치는 옐레나 스타니슬라보브나의 아름다움이 흔적도 없이 사라졌다는 것을 한 눈에 알아차렸다.

"당신 정말로 많이 변했군!" 얼떨결에 그가 말했다.

노파는 그의 목에 매달렸다.

"고마워요." 그녀가 말했다. "당신이 위험을 감수하고 이곳으로 와주실 줄 알았어요. 당신은 용감한 기사니까요. 파리에서 왜 이곳으로 오셨는지는 묻지 않겠어요. 알다시피 저는 호기심이 많은 여자는 아니니까요."

"난 파리에서 오는 길이 아니오." 보로뱌니노프는 당황하여 말했다.

"우리는 지금 베를린에서 막 도착한 길입니다." 오스타프가 이폴리트 마트베예비치를 팔꿈치로 툭 치면서 말했다. "이에 대해 크게 얘기하진 않았으면 좋겠습니다."

"아, 당신을 이렇게 보게 되어 얼마나 기쁜지 모르겠어요." 점쟁이는 흐느끼듯 말했다. "이리로 오세요. 이 방으로……. 아, 빅토르 미하일로비치, 미안하지만 한 30분쯤 후에 다시 들러주시겠어요?"

"아, 그렇군! 오랜만에 처음 만나시는 건데!" 오스타프가 말했다. "우리가 있으면 좀 난처하시겠군요. 저도 같이 물러나드리겠습니다. 빅토르 미하일로비치, 잠시 당신 집에 가도 되겠습니까?"

기계공은 전율이 느껴질 정도로 기뻤다. 두 사람은 폴레소프의 집으로 갔다. 오스타프는 수리가 한창인 페렐레신스키 거리 5번 건물의 현관문 위에 앉아서 조국을 구한다는 일념으로 일한다는 모터 기계 신봉자의 얘기를 듣느라 정신이 멍할 지경이었다.

1시간 후에 그들이 돌아왔을 때, 옛 연인들은 회상에 푹 빠져 있었다.

"옐레나 스타니슬라보브나, 당신 기억하오?" 이폴리트 마트베예비치가 말했다.

"이폴리트 마트베예비치, 당신 혹시 기억하세요?" 옐레나 스타니슬라보브나가 말했다.

'슬슬 저녁 먹을 시간이 다가오는 것 같군.' 오스타프가 생각했다. 그리고 예전의 시의회 선거를 회상하고 있는 이폴리트 마트베예비치의 말을 막으며 말했다.

"베를린에는 매우 오래된 속담이 하나 있습니다. '너무 늦게 식사를 하면 이것이 이른 저녁인지 늦은 점심인지 알 수가 없다'라고 하더군요."

옐레나 스타니슬라보브나는 토끼 같은 눈망울로 보로뱌니노프를 바라보던 것을 멈추고 일어서서 부엌으로 들어갔다.

"이제는 행동해야 할 때입니다. 행동, 행동이 필요합니다!" 오스타프는 뭔가 음모를 꾸미는 듯한 목소리로 말했다.

그는 폴레소프의 한쪽 팔을 잡고 말했다.

"저 노파가 우리를 팔아넘기지는 않겠지요? 믿을 만한 여자입니까?"

폴레소프는 기도하듯 두 손을 모았다.

"당신의 정치적 성향은 어떻습니까?"

"언제나 같습니다!" 폴레소프는 선언하듯 말했다.

"당신은 키릴 대공파*군요?"

"그렇습니다."

폴레소프는 차렷 자세를 취했다.

"러시아는 당신을 잊지 않을 겁니다." 오스타프가 말했다.

한 손에 구운 과자를 든 이폴리트 마트베예비치는 오스타프의 말을 듣고 무척 당황했지만, 그의 거짓말을 막을 방법이 없었다. 위대한 사기꾼은 자신의 수준 높은 거짓말에 스스로 도취되어 한 마리 표범처럼 방 안을 돌아다녔다.

오스타프의 자아도취는 부엌에서 찻주전자를 힘겹게 들고 들어오는 옐레나 스타니슬라보브나의 모습을 보고 나서야 멈췄다. 오스타프는 재빨리 그녀에게 다가가 찻주전자를 건네받고서 그것을 탁자 위에 놓았다. 주전자의 물이 끓고 있었다. 오스타프는 행동하기로 결심했다.

"부인." 그가 말했다. "우리는 당신의 얼굴에서…… 뵙게 되어 기쁘게 생각합니다."

그는 옐레나 스타니슬라보브나의 얼굴에서 누구를 뵙게 되어 기쁘다고 말해야 할지 몰랐다. 옛 귀족들의 말투를 사용하

---

*1917년 혁명 후, 혁명 정부는 러시아의 마지막 황제인 니콜라이 2세를 처형함으로써 군주정치 시대를 마감시킨다. 그러나 군주정치를 옹호하는 반혁명 세력들은 남아 있는 왕족들 중에서 황제를 옹립하여 그 명맥을 유지하고자 했다. 황제 옹립 세력들은 알렉산드르 2세의 손자인 키릴 블라디미로비치 대공을 추대하려는 파와, 니콜라이 1세의 손자인 니콜라이 니콜라예비치 대공을 추대하려는 파로 나뉘어 격렬한 정치적 논쟁을 벌이기도 했다.

기 위해 차르 통치 시절에 사용되던 모든 화려한 수사들을 생각해보았지만, '은총을 베풀어주시옵소서'라는 말만 계속 머리에 맴돌았다. 그러나 이 말은 지금 상황에 어울리지 않았다. 그래서 그는 그냥 사무적인 어조로 말했다.

"이건 극비입니다! 국가 기밀입니다!"

오스타프는 손으로 보로뱌니노프를 가리켰다.

"당신 생각에는, 여기 이 당당해 보이는 노인네가 누구인 것 같습니까? 누군지 모른다는 얘기는 하지 마십시오. 이분은 황제의 최측근이자 러시아 민주주의의 아버지인 거대한 사상가이십니다."

이폴리트 마트베예비치는 큰 키를 곧추세우며 벌떡 일어나서 당황한 듯 주변을 두리번거렸다. 그는 오스타프가 지금 대체 무슨 말을 하고 있는지 전혀 이해하지 못했다. 그러나 그의 경험상 오스타프 벤데르가 결코 아무 이유 없이 거짓말은 하지 않는다는 것을 알고 있었으므로 잠자코 있었다. 폴레소프는 지금 일어나는 일을 보면서 전율을 느꼈다. 그는 일어나서 턱을 당기고 금방이라도 행진을 할 것처럼 자세를 취했다. 옐레나 스타니슬라보브나는 두려움에 사로잡힌 채 의자에 앉아 오스타프를 바라보았다.

"도시에 우리 쪽 사람들이 얼마나 됩니까?" 그는 단도직입적으로 물었다. "분위기는 어떻습니까?"

"그다지 많지는 않은데……." 빅토르 폴레소프가 말했다. 그리고는 자신의 불행을 뒤죽박죽 설명했다. 자신에게 욕을 퍼부은 5번 건물의 수위, 8분의 3인치 나사, 전차 등등.

"좋습니다!" 오스타프가 말을 끊었다. "옐레나 스타니슬라보브나! 당신의 도움이 필요합니다. 가혹한 운명으로 시하실로 끌려간 적이 있는 훌륭한 사람들을 만나고 싶습니다. 누구를 데리고 오실 수 있습니까?"

"막심 페트로비치와 그의 아내가 있어요."

"여자는 안 됩니다." 오스타프가 말했다. "여자들은 안 됩니다. 당신은 유일한 예외고요. 또 누가 있습니까?"

빅토르 폴레소프까지 적극적으로 회의에 참여한 결과, 예전 차르 시대에는 시의원이었다가 지금은 기막힌 방법으로 소비에트 고위 기관의 직원이 된 막심 페트로비치 차루시니코프, 포장회사 '신속포장' 대표인 댜디예프, 오데사 부블리크 협동조합 '모스크바식 바란카' 대표 키슬랴르스키, 그리고 성은 알 수 없지만 믿을 만한 두 명의 젊은이를 데려오기로 결정했다.

"그렇다면 이들 모두를 당장 불러주십시오. 이곳에서 작은 회합을 가져야겠습니다. 이 모든 것은 철저히 비밀리에 이뤄져야 합니다."

폴레소프가 말했다.

"제가 빨리 가서 막심 페트로비치와 니케샤, 블라쟈를 데리고 오겠습니다. 그리고 옐레나 스타니슬라보브나, 당신은 '신속포장' 회사에 들른 다음, 키슬랴르스키를 데리고 오세요."

폴레소프는 즉시 나갔다. 여자는 이폴리트 마트베예비치를 존경스러운 눈초리로 바라본 후 역시 밖으로 나갔다.

"이게 대체 무슨 일인가?" 이폴리트 마트베예비치가 물었다.

"당신의 상황이 형편없어서 생긴 일이지요."

"그게 무슨 말이야?"

"무슨 말이냐고요! 좀 속된 질문을 드리지요. 지금 당신은 돈이 얼마나 있습니까?"

"무슨 돈 말인가?"

"아무 돈이나요. 은화와 동화도 포함해서요."

"35루블 정도 있네."

"당신은 이 돈으로 앞으로 우리 사업에 들어갈 비용을 충당할 수 있다고 생각하십니까?"

이폴리트 마트베예비치는 대답하지 못했다.

"바로 그겁니다. 이제 당신도 이해하셨으리라 생각됩니다. 당신은 1시간 정도 황제의 측근이자 위대한 사상가가 되어야 합니다."

"어째서?"

"지금 우리에게는 유용할 수 있는 자금이 필요합니다. 내일제 결혼식이 있습니다. 저는 거지가 아니지요. 이 기념할 만한 날을 멋지게 보내고 싶습니다."

"내가 무얼 하면 되겠나?" 이폴리트 마트베예비치는 마지못해 말했다.

"그냥 잠자코 계시면 됩니다. 가끔씩 위엄 있어 보이게 볼을 좀 부풀려보시고요."

"그렇지만 이건…… 사기가 아닌가?"

"어, 지금 누가 말을 하고 있는 거죠? 톨스토이가 말하고 있나요? 아님 다윈인가요? 아니군요. 아, 보아하니 어제 저녁 플레하노프 거리에 사는 불쌍한 미망인의 집에 밤늦게 들어가서 가구를 훔쳐야 한다고 말한 사람이군요. 쓸데없는 생각 마시고 그냥 가만히 계시기만 하면 됩니다. 볼을 부풀리는 것 잊지 마시고요."

"왜 이렇게 일을 위험하게 진행하는 건가? 그들이 밀고라도 하면 어쩌려고?"

"그 점은 걱정하지 않아도 됩니다. 저는 승산 없는 게임은 하지 않습니다. 일은 잘 진행될 겁니다. 누구도, 무엇도 우릴 방해하지 못해요. 차나 한 잔 마시지요."

두 동업자가 마시고, 먹고, 앵무새가 해바라기 씨앗을 쪼고 있는 동안 손님들이 들어왔다.

폴레소프가 니케샤와 블라쟈를 데리고 왔다. 폴레소프는 두 젊은이들을 위대한 사상가에게 소개시켜야 할지 주저하고 있었다. 두 젊은이는 구석에 앉아 러시아 민주주의의 아버지가 식어버린 송아지 고기를 먹는 모습을 바라보고 있었다. 니케샤와 블라쟈는 완전히 멍청한 놈들이었다. 둘 다 20대 후반이었는데, 이 회합에 초대된 것 자체를 매우 즐거워하는 듯했다.

차르 시대의 시의원이었던 차루시니코프는 뚱뚱한 늙은이였는데, 그는 이폴리트 마트베예비치와 오랫동안 악수를 하면서 그의 눈을 바라보았다. 오스타프의 감시하에 도시의 옛 거주자들은 이전 시대를 회상했다. 대화가 어느 정도 진행되자 오스타프가 끼어들어 차루시니코프에게 질문을 던졌다.

"당신은 어느 부대에서 근무하셨습니까?"

차루시니코프는 당황했다.

"난…… 나는 그러니까, 군 복무를 하지 않았소. 왜냐면 사회의 신임을 얻어 의원으로 선출되었기 때문이오."

"당신은 귀족이셨습니까?"

"그렇소, 그랬지."

"아마, 지금도 그렇게 되길 바라고 계시겠죠? 마음을 굳게 가지세요. 당신의 도움이 필요할 겁니다. 폴레소프가 말씀드렸습니까? 외국 정부들이 우리를 도울 겁니다. 사회 분위기가 문제입니다. 우린 완전한 비밀 조직입니다. 명심하십시오!"

오스타프는 니케샤와 블라쟈를 불러 약간 엄포를 놓듯 질문했다.

"어느 부대에서 근무했나? 곧 조국을 위해 일하게 될 걸세. 자네들도 귀족이었나? 그렇군. 좋아, 유럽이 우릴 도와줄 거야. 마음 단단히 먹게. 우린 완전한 비밀 조직일세. 명심하게."

오스타프는 또다시 도취감에 빠졌다. 일은 매끄럽게 진행되었다. 엘레나 스타니슬라보브나가 '신속포장' 대표를 데리고 와서 소개해주자, 오스타프는 그를 한쪽으로 데리고 가서 어느 부대에서 근무했는지, 귀족이었는지를 물어보더니 유럽의 도움이 있을 거고, 완전한 비밀 조직이라는 것을 알려주고 난 뒤, 마음을 단단히 먹으라고 당부했다. '신속포장'의 대표는 처음에는 이 음모가 벌어지고 있는 집에서 속히 벗어나고 싶은 마음이 간절했다. 위험한 일에 가담하면 회사가 매우 곤란해질 수 있겠다는 생각이 들었기 때문이다. 그러나 그는 망설이다가 오스타프의 당당한 체형을 힐끗 보고 난 뒤 다시 생각하기 시작했다. '어쨌든, 만약에…… 모든 것은 일이 진행되는 상황을 보면서 어떻게 양념을 치느냐에 달려 있겠군.'

차를 마시는 동안 우호적인 대화는 더욱 활기차게 전개되었다. 그들은 성직자들처럼 비밀을 성스럽게 지키기로 맹세했고, 도시에 관한 얘기들도 주고받았다.

마지막으로 오데사 부블리크 협동조합 '모스크바식 바란카' 대표 키슬랴르스키가 도착했는데, 그는 귀족도 아니었고, 군대에서 근무도 하지 않았다. 오스타프와 몇 마디를 주고받은 그는 상황을 정확하게 파악했다.

"마음을 굳게 가지시오." 오스타프는 훈시하듯 말했다.

키슬랴르스키는 그러겠다고 약속했다.

"당신은 개인 기업의 대표자로서 조국의 신음 소리를 외면하면 안 됩니다."

키슬랴르스키는 그 말에 마음이 아파왔다.

"저기 앉아 계시는 분이 누구이신 줄 아시오?" 오스타프는 이폴리트 마트베예비치를 가리키며 말했다.

"알다마다요." 키슬랴르스키가 대답했다. "보로뱌니노프 씨가 아니오."

"이분은 황제의 최측근이자 러시아 민주주의의 아버지인 위대한 사상가이십니다." 오스타프가 말했다.

'정말 잘되어도 2년짜리 독방 신세는 면하기 어렵겠는데.'* 키슬랴르스키는 몸을 떨면서 생각했다. '대체 내가 왜 여길 왔을까?'

"우린 비밀결사대 '검과 낫 연합'이오!" 오스타프는 작지만 엄중한 목소리로 말했다.

'10년짜리 독방이야.' 키슬랴르스키가 생각했다.

"당신은 가셔도 좋습니다. 하나 미리 경고해두겠는데, 우린 막강한 조직을 갖고 있다는 것을 명심해두십시오!"

'개자식, 본때를 보여주마.' 오스타프가 생각했다. '네놈에게는 적어도 100루블 이상 뜯어내주겠어.'

키슬랴르스키는 우울해졌다. 그는 오늘 점심 훌륭한 닭고기 요리와 고급 수프를 정말 맛있고 즐겁게 먹을 때까지만 해도 저녁에 '검과 낫 연합'이라는 이상한 결사대를 알게 될 줄은 꿈에도 몰랐다. 그는 '막강한 조직'이 있다는 말이 걸려서 남기로 했다.

"여러분!" 회합을 시작하면서 오스타프가 말했다. "삶은 자신만의 법칙, 자신만의 잔인한 법칙이 있습니다. 저는 여러분에게 우리 모임의 목적을 말하려는 게 아닙니다. 우리의 목적은 이미 여러분도 잘 알고 계시리라 생각합니다. 우리의 목적은 신성한 것입니다! 우리는 도처에서 사람들의 신음 소리를 듣고 있습니다. 이 광활한 러시아 구석구석에서 우리의 손길을

*당시 소비에트 정부는 반혁명 행위를 신고하지 않을 경우 최소 2년의 감옥행을 선고했다.

필요로 하고 있습니다. 우리는 도움의 손길을 주어야 합니다. 그리고 그렇게 할 것입니다! 여러분 중 몇몇은 일을 하면서 버터 바른 빵을 먹고, 다른 몇몇은 고상한 일을 하면서 상어알 샌드위치를 먹고 있습니다. 그리고 여러분 모두는 자신의 침대에서 따뜻한 이불을 덮고 잠을 잡니다. 돌보아주는 이 없이 방치된 어린아이들, 고아들이 있습니다! 이 거리의 꽃들, 혹은 정신노동자 프롤레타리아들의 표현을 빌리자면 '아스팔트의 꽃들'은 지금보다 더 나은 삶을 살아야 합니다! 그래서 회원 여러분, 우리는 그들을 도울 것입니다!"

위대한 사기꾼의 연설은 청중의 마음에 다양한 감정을 불러일으켰다.

폴레소프는 젊은 장교로 생각되는 자신의 새로운 친구의 말을 이해할 수 없었다.

'어떤 어린아이들을 말하는 거지? 왜 어린아이들을 도와야하는 거지?'

이폴리트 마트베예비치는 아예 이해하려고 노력하지도 않았다. 그는 이미 이 상황에 대해 자포자기한 상태로 아무 말 없이 가만히 앉아서 볼만 부풀리고 있었다.

엘레나 스타니슬라보브나는 우울해졌다.

니케샤와 블라쟈는 오스타프의 녹색 재킷을 흠모하는 눈으로 쳐다보고 있었다.

'신속포장' 대표는 매우 만족스러웠다.

'괜찮은 상황이군. 저 정도의 양념이라면 돈을 내도 상관없겠어. 성공하면 나는 존경을 받을 테고, 실패한다고 해도 내겐 책임이 없지. 그저 아이들을 도왔다고 하면 그만이잖아.'

차루시니코프는 포장회사 대표인 댜디예프와 연설자의 언변이 대단하다는 눈길을 교환하면서 탁자 위에 있는 둥근 가락지 모양의 빵을 쉴 새 없이 굴려댔다.

키슬랴르스키는 큰 감동을 받고 생각했다.

'정말 머리가 좋은 친구군.' 그는 오늘 저녁처럼 버려진 아이들을 정말로 사랑해야겠다고 생각해본 적이 한 번도 없었다.

"동지 여러분!" 오스타프의 연설은 계속되었다. "즉각적인 도움이 필요합니다! 우리는 아이들을 거리의 사악한 손길에서 구해내야 합니다. 아이들을 그곳에서부터 데려와야 합니다! 도울 수 있습니다! 아이들은 삶의 꽃이라는 말을 기억해야 합니다. 그래서 저는 지금 여러분에게 아이들을 돕기 위해 자금을 기부해주실 것을 제안합니다. 다른 누구도 아닌 아이들을 위한 일입니다. 모두들 제 말을 이해하시겠죠?"

오스타프는 안쪽 주머니에서 기금 장부를 꺼냈다.

"기부를 시행해주실 것을 부탁드립니다. 여기 계시는 이폴리트 마트베예비치가 제가 우리 비밀결사대로부터 전권을 위임받은 것을 보증해주실 겁니다."

이폴리트 마트베예비치는 볼을 부풀리면서 아무 말 없이 고개를 끄덕였다. 그리고 우둔한 니케샤와 블라샤와 참견하기 좋아하는 폴레소프도 오스타프가 말한 비유의 비밀스러운 본질을 이해했다.

"여러분, 연장자 순으로 기부를 시작하겠습니다." 오스타프가 말했다. "존경하는 막심 페트로비치 씨부터 시작하지요."

막심 페트로비치는 안절부절못하며 마지못해 30루블을 냈다.

"좋은 시기가 오면 더 많이 내겠소." 그가 선언하듯 말했다.

"좋은 시기는 곧 올 겁니다." 오스타프가 말했다. "그러나 제가 말하고 있는 이 순간이 버려진 아이들에게 자금이 필요한 시기입니다."

니케샤와 블라쟈는 8루블을 냈다.

"젊은이들, 너무 적군."

젊은이들의 얼굴이 붉어졌다.

폴레소프는 집으로 달려가서 50루블을 가져왔다.

"브라보, 브라보!" 오스타프가 말했다. "모터 가내수공업자 형편에 이 정도 액수면 처음치곤 흡족한 편입니다. 자, 회사 대표님들은 어떻게 하실 겁니까?"

댜디예프와 키슬랴르스키는 오랫동안 액수를 흥정하면서 불평했지만, 오스타프는 완고했다.

"이폴리트 마트베예비치가 계시는 자리에서 이런 식의 대화는 무례한 짓이라 생각됩니다."

이폴리트 마트베예비치는 고개를 끄덕였다. 회사 대표들은 아이들을 위한 기금으로 각각 200루블씩 기부했다.

"전부 합쳐서." 오스타프가 말했다. "488루블이군요. 흠, 500루블에서 12루블이 부족해요."

엘레나 스타니슬라보브나는 오랫동안 고민하더니, 침실로

들어가서 필요한 12루블을 가지고 왔다.

회합의 나머지 부분이 이어졌지만 전보다 분위기는 가라앉았다. 오스타프는 들떠 있었지만 옐레나 스타니슬라보브나는 완전히 기분이 처져 있었다. 손님들이자 조직원들은 서로서로 정중히 인사를 나누고 해산했다.

"다음번 회합 날짜는 개별적으로 통지가 갈 겁니다." 해산하는 조직원들에게 오스타프가 말했다. "다시 말씀드리지만, 이 일은 극비입니다. 아이들을 돕는 일은 비밀리에 진행되어야 합니다. 게다가 이 일은 여러분의 개인적인 이해관계도 얽혀 있다는 것을 명심하십시오."

이 말을 듣고 키슬랴르스키는 50루블을 내고 더 이상 회합에 나오고 싶지 않다는 말을 하고 싶었으나 꾹 참았다.

"좋습니다." 오스타프가 말했다. "자 그럼, 행동 개시하도록 합시다. 이폴리트 마트베예비치 씨, 제 생각에 당신은 옐레나 스타니슬라보브나 집에서 대접을 받으면서 밤을 보내는 것이 좋을 듯합니다. 모임의 보안 유지를 위해 우리 두 사람은 잠시 떨어져 있는 게 나을 것 같습니다. 그럼, 전 가겠습니다."

이폴리트 마트베예비치는 오스타프에게 같이 가자고 애원하듯 눈짓을 보냈지만, 오스타프는 못 본 척하고 쏜살같이 거리로 나가버렸다.

한 구역 정도를 걷고 나서야 오스타프는 사신의 주머니에 정직하게 번 500루블이 들어 있다는 사실을 기억했다.

"마부!" 오스타프는 지나가는 마차를 향해 소리쳤다. "레스토랑 피닉스로 가지!"

"알겠습니다." 마부가 말했다.

그는 오스타프를 문 닫힌 레스토랑까지 천천히 태워다주었다.

"뭐야? 문을 닫은 건가?"

"오늘은 5월 1일이잖아요."

"아, 이런 젠장! 돈은 넘쳐나는데 쓸 곳이 없군! 그럼 플레하노프 거리로 갑시다. 어딘지 알고 있겠지?"

오스타프는 자신의 약혼녀에게 가기로 결정했다.

"플레하노프 거리를 예전에는 뭐라고 불렀습니까?" 마부가 물었다.

"모르오."

"그럼 어떻게 갑니까? 저도 모릅니다."

오스타프는 가면서 물어보라고 하고 일단 출발을 시켰다.

1시간 반 동안 그들은 텅 빈 밤거리를 헤매면서 야경꾼들과 경찰들에게 길을 묻고 다녔다. 경찰 하나가 오랫동안 생각하더니 마침내 플레하노프 거리가 예전 구베르나토르스카야 거리라고 알려주었다.

"그렇지! 구베르나토르스카야 거리였군! 잘 알고 있습니다. 25년간 그곳으로 사람들을 태워주었죠."

"좋소, 어서 갑시다!"

구베르나토르스카야 거리에 도착했지만, 그곳은 플레하노프 거리가 아니라 카를 마르크스 거리였다.

낙담한 오스타프는 다시금 잃어버린 플레하노프 거리를 찾아 헤매었지만 끝내 찾지 못했다.

새벽 여명이 쾌락을 추구하는 부유한 방랑자의 얼굴을 비추었다.

"소르본 호텔로!" 그가 소리쳤다. "대단한 마부군! 플레하노프 거리도 모르다니!"

미망인 그리차추예바 부인의 집은 궁전처럼 화려하게 빛났다. 결혼식 피로연 테이블 중앙에는 터키 국적자의 아들이자 결혼식의 왕인 오스타프가 앉아 있었다. 그는 우아했고 술에 취해 있었다. 손님들은 시끌벅적했다.

신부는 이미 젊은 나이가 아니었다. 적어도 서른다섯은 되어 보였다. 하늘은 그녀에게 많은 것을 주었다. 수박같이 풍만한 가슴, 우뚝 솟은 코, 불그스레한 두 볼, 힘 있게 뻗은 목. 그녀는 새 남편을 존경했지만 무서워하기도 했다. 그래서 남편을 부를 때 부칭은 알지도 못했지만, 이름이나 부칭을 부르지 않고 '벤데르 동무'라고 성만 불렀다.

이폴리트 마트베예비치는 다시금 그 소중한 의자에 앉았다. 피로연이 진행되는 내내 그는 의자 위에서 엉덩이를 들썩거리면서 딱딱한 무언가를 느껴보려고 부단히 애를 썼다. 가끔씩 뭔가를 느끼기도 했는데, 그럴 때마다 사람들이 다가와서 말을 걸었고, 그는 사람들에게 괜한 이목을 끌기 싫어서 신경질적으로 "신랑신부에게 축배를!"이란 말로 관심을 돌렸다.

오스타프는 쉴 새 없이 떠들어대며 건배를 제안했다. 사람들은 인민의 계몽과 우즈베키스탄의 관개 시설을 위해 건배했다. 한참 뒤, 손님들이 집으로 돌아가기 시작했고, 이폴리트 마트베예비치는 현관에서 벤데르에게 속삭였다.

"질질 끌지 말게. 보석들이 저기에 있어."

"당신은 욕심 많은 강도야." 술에 잔뜩 취한 오스타프가 대답했다. "호텔에 돌아가서 기다리고 계세요. 아무 데도 가면 안 됩니다. 언제 갈지 모르니까요. 호텔 비용을 다 계산하고 바로 떠날 준비를 해요. 안녕히 가십시오, 장군님. 작별 인사를 해주시고요."

이폴리트 마트베예비치는 작별 인사를 하고 소르본 호텔로 돌아와서 두근거리는 마음으로 오스타프를 기다렸다.

오스타프는 새벽 5시에 의자를 가지고 돌아왔다. 이폴리트 마트베예비치는 감격에 겨워 아무 말도 하지 못했다. 오스타프는 의자를 방 한가운데 놓고 거기에 앉았다.

"어떻게 가져올 수 있었나?" 마침내 보로뱌니노프가 말문을 열었다.

"아주 쉬웠습니다. 한 가족이니까요. 아내는 완전히 잠들어서 차마 깨울 수 없더군요. '새벽에 잠든 그녀를 깨우지 마세요'라는 노래도 있지 않습니까! 하는 수 없이 사랑하는 이에게 메모를 남겨두었죠. '업무 보고 때문에 노보호페르스크*로 출장을 떠나오. 점심때까지는 돌아오시 못하오. 당신의 사랑스러

---

*모스크바 남서쪽에 위치한 보로네시 주에 속한 작은 도시. 1920년대 작가들의 작품에서 완전히 외진 시골 도시의 상징으로 사용되었다.

운 다람쥐가'라고 말이죠. 그리고 거실로 가서 의자를 손에 넣고 밖으로 나왔습니다. 새벽이라 전차가 다니지 않아 길에 의자를 놓고 좀 쉬다 왔습니다."

이폴리트 마트베예비치는 침을 꿀꺽 삼키면서 의자로 달려들었다.

"진정하세요." 오스타프가 말했다. "소란을 피우시면 안 됩니다."

오스타프는 주머니에게 집게를 꺼냈다. 작업이 시작되었다.

"문은 잠그셨습니까?" 오스타프가 물었다.

금방이라도 달려들 듯한 보로뱌니노프를 옆으로 물리치고, 오스타프는 의자를 둘러싸고 있는 밝은 빛깔의 영국제 사라사 천을 훼손시키지 않으려고 노력하면서 의자 속을 파내기 시작했다.

"지금 같은 시기에 이런 천은 정말 구하기 힘들죠. 잘 보관해둬야 합니다. 물자가 부족한 시기에는 그 어떤 것도 함부로 다루면 안 되죠."

천을 제거하는 동안 이폴리트 마트베예비치의 초조함은 극에 다다랐다.

"됐습니다." 오스타프가 조용히 말했다.

그는 의자의 쿠션을 걷어내고 두 손을 집어넣어 용수철 사이를 뒤적이기 시작했다. 이마의 힘줄이 굵어졌다.

"있나?" 이폴리트 마트베예비치는 다양한 어조로 반복해서 말했다. "있나? 있어? 있는가?"

"잠시만, 잠시만요." 오스타프는 신경질적으로 대답했다. "11분의 1의 확률입니다. 그 1의 확률이 이번에는……."

오스타프는 의자 속을 샅샅이 뒤져보고는 결론을 내렸다.

"아직 우리 것이 아니군요."

그는 똑바로 일어서서 무릎의 먼지를 털어냈다. 이폴리트 마트베예비치는 의자로 달려들었다.

보석은 없었다. 이폴리트 마트베예비치는 두 손으로 머리를 감쌌다. 그러나 오스타프는 여전히 활기찼다.

"이제 확률은 더 높아졌습니다."

그는 방 안을 이리저리 서성거렸다.

"괜찮습니다! 이 의자는 미망인이 입은 손해에 비하면 별거 아니죠."

오스타프는 주머니에서 옥구슬이 달린 금 브로치, 두꺼운 금 팔찌, 여섯 개의 금 숟가락을 꺼냈다.

절망에 빠진 이폴리트 마트베예비치는 자신도 이 도둑질의 공범이라는 사실을 깨닫지 못했다.

"좀 속 보이는 짓이긴 합니다." 오스타프가 말했다. "그러나 제가 사랑하는 여자를 기념할 만한 물건도 없이 그녀를 버릴 수 없다는 건 이해해주셔야 합니다. 어쨌든 이젠 낭비할 시간이 없습니다. 이건 시작에 불과합니다. 모스크바에서 끝장을 내야죠. 가가 박물관은 미망인을 속이는 일과는 차원이 다른 어려운 작업이 될 겁니다!"

두 동업자는 부서진 의자 조각들을 침대 밑에 숨겨놓고 돈을 세어본 다음(아동 복지를 위한 기부금을 포함하여 전부 535루블이었다), 모스크바로 가기 위해 역으로 떠났다.

그들은 마차를 타고 도시를 가로질러 역으로 갔다.

협동조합 거리를 지날 때, 그들은 놀란 양처럼 도망가는 폴레소프를 보았다. 그 뒤로 페렐레신스키 골목 5번 건물의 수위가 쫓아오고 있었다. 골목을 돌아서자 그들은 수위가 폴레소프를 붙잡아서 때리는 모습을 볼 수 있었다. 폴레소프는 "경찰!", "개자식!"이라고 소리쳤다.

열차가 출발하기 전까지 그들은 오스타프의 사랑하는 여인을 만나는 위험을 피하기 위해 화장실에 숨어 있었다.

열차는 두 동업자를 싣고 소란스러운 시내 중심가를 통과했다. 그들은 창가에 기대었다.

열차가 구시세 거리를 지나고 있었다.

갑자기 오스타프가 보로뱌니노프의 팔을 잡고 소리쳤다.

"저길 보세요! 저길!" 오스타프가 말했다. "어서요! 알리헨이에요. 개자식!"

이폴리트 마트베예비치는 창 아래를 내려다보았다. 둑 밑에는 수염이 덥수룩한 젊은이가 갈색의 피스하르모니카 한 대와 창틀 다섯 개를 실은 수레를 앞에서 끌고 있었고, 톨스토이가 입던 통이 넓고 긴 띠가 달린 회색빛의 상의와 면바지를 입은 수줍어 보이는 한 사람이 그 뒤를 밀고 있었다.

태양이 구름 속에서 한 줄기 빛을 비췄고, 교회의 십자가들이 그 빛을 받아 반짝거렸다.

오스타프는 낄낄거리면서 창밖으로 얼굴을 내밀고 소리쳤다.

"파샤! 물건 팔러 가는 건가?"

파샤 에밀리예비치는 고개를 들고 위를 쳐다보았지만, 열차의 끄트머리밖에 보지 못했다. 그러고는 다시 열심히 수레를 끌기 시작했다.

"보셨죠?" 환희에 찬 목소리로 오스타프가 말했다. "멋지지 않습니까! 도둑질을 하려면 바로 저 사람들처럼 해야 합니다!"

오스타프는 침울해 있는 보로뱌니노프의 등을 치며 말했다.

"걱정 마세요! 우울해하지도 마시고요! 회의는 계속될 겁니다. 내일 저녁이면 우리는 모스크바에 있을 겁니다!"

228

2부
모스크바에서

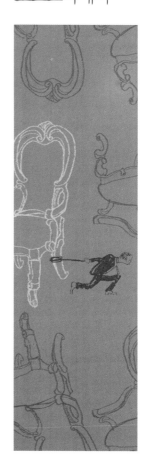

15장

의자의 바다 한가운데서

통계는 모든 것을 알려준다.

소련의 모든 경작지는 흑토대, 양토대, 황토대로 세분되어 정확하게 그 면적이 통계로 나와 있다. 그리고 모든 국민은 남녀노소 할 것 없이 이폴리트 마트베예비치 보로뱌니노프에게는 너무도 친숙한 작스의 두꺼운 기록부에 정확하게 등록되어 있다. 어떤 식품이 어떤 지역에서 한 해 동안 얼마큼 소비되는지 통계로 나와 있고, 그 지역에서 어떤 보드카가 한 해 동안 얼마큼 소비되는지, 보드카와 함께 먹는 안주는 무엇인지, 그리고 그 양은 얼마인지도 통계로 나와 있다. 또한 소련 영토 안에 있는 사냥꾼, 발레리나, 회전선반, 모든 혈통의 개, 자전거, 동상, 여성, 등대, 재봉틀의 숫자도 통계로 나와 있다.*

*소비에트 정부는 보다 효율적인 중앙집권 정책을 이루기 위해 실제로 1925년부터 1927년까지 모든 분야에 걸쳐 대대적인 통계 작업을 실시했다.

통계 자료에는 우리 삶의 열정, 혈기, 사상이 얼마나 많이 들어 있는가!

식사용 턱받이를 목에 두르고 식탁에 앉아 맛있는 음식을 먹고 있는, 혈색 좋은 이 사람은 누구인가? 식탁 주위에는 잘 요리된 쇠고기들이 줄지어 기다리고 있다. 기름진 돼지들은 통계표의 한쪽 구석으로 모여든다. 철갑상어, 뱀장어, 잉어가 특별한 통계의 어장에서 헤엄치고 있다. 닭들은 이 사나이의 머리, 어깨, 손 위에 앉아 있다. 거위, 오리, 칠면조가 숨구름 사이를 날아다닌다. 식탁 밑에는 두 마리 토끼가 숨어 있다. 빵으로 만든 피라미드와 바벨탑이 수평선 위로 솟아오른다. 잼으로 만든 작은 요새가 우유로 된 강물에 휩쓸린다. 피사의 사탑만 한 오이가 수평선 위에 서 있다. 포도주, 보드카, 과실주 부대가 소금과 후추로 만든 요새 성벽 뒤에서 진격하고 있다. 후방에는 알코올 없는 과실주, 탄산수, 레모네이드 부대가 철조망에서 대기하고 있다.

대식가이자 탐식가, 애주가인 이 혈색 좋은 사내는 누구인가? 가르강튀아, 아님 그의 아들인 디프소드의 왕인가?* 아니면 천하장사 포스**인가? 아니면 붉은 셔츠를 입은 전설적인 군인 아시카***? 아니면 루쿨루스****?

---

*프랑수아 라블레의 작품 《가르강튀아와 팡타그뤼엘》의 주인공들. 가르강튀아는 거인국의 왕이고, 그 아들 팡타그뤼엘은 아기 때 암소 한 마리를 먹을 정도의 대식가다.
**엄청난 괴력으로 인기가 높았던 독일의 운동선수.
***엄청난 식욕을 가진 러시아 민담 속 영웅.
****향락과 사치스러운 생활로 유명했던 로마 공화정의 군인이자 정치가.

루쿨루스가 아니다. 이 사람은 이반 이바노비치 시도로프이거나, 아니면 시도르 시도로비치 이바노프이다. 그는 통계표에 나와 있는 음식들을 일생 동안 소비하는 평범한 시민이며, 국영 상점에서 일하면서 비타민과 칼로리를 평균적으로 섭취하며 살아가는 마흔 살의 평범한 독신남이다.

통계에 잡히지 않는 것은 아무것도 없다. 통계 속에는 나라 안의 모든 치과의사, 소시지, 주사기, 수위, 영화감독, 창녀, 짚으로 만든 지붕, 종, 과부, 마부 등의 정확한 숫자가 기입되어 있을 뿐만 아니라, 심지어 통계학자들이 몇 명인지도 정확하게 기록되어 있다.

그러나 통계에 잡히지 않는 것이 하나 존재한다.

바로 소련에 의자가 몇 개 있는지에 대한 것이다.

의자는 매우 많다. 가장 최근에 조사된 통계에 따르면 소련 내에 거주하는 인구는 대략 1억 4300만 명이다. 만일 의자보다는 벤치, 판자, 흙더미를 더 선호하는 농민들, 특히 동쪽 지방에 거주하는 양탄자나 방석을 더 좋아하는 농민들의 수 9천만 명을 제외하면, 의자를 가정용품 중 가장 필요한 물건이라 생각하는 사람들은 5300만 명이 된다. 그리고 만일 여기에서 통계 오차를 고려하고, 의자에 앉아 생활하는 것이 익숙하지 않은 사람들을 포함하여 그 숫자를 절반 정도로 낮춘다고 하더라도, 의자의 수는 적어도 2650만 개나 된다. 통계의 신뢰성을 높이기 위해 뒤에 남아 있는 650만이라는 숫자를 제외하더라도 소련 내에는 2천만 개의 의자가 있다는 결론에 도달한다.

호두나무, 참나무, 물푸레나무, 향나무, 마호가니, 자작나무 등으로 만들어진 의자의 바다 한가운데서 우리 소설의 주인공들은 페투호바 부인의 보석들이 숨겨진 의자를 찾아야 한다. 영국제 꽃무늬 사라사 천을 둘렀고, 호두나무로 만들었으며, 다리가 곡선 모양인 감브스 의자를.

두 명의 동업자들이 열차 침대칸에 누워 잠을 자고 있을 때, 열차는 오카 강을 조심스럽게 가로지르며 모스크바를 향해 전속력으로 달려가고 있었다.

16장
수도사 베르톨트 시바르츠의 기숙사

이폴리트 마트베예비치와 오스타프는 딱딱한 객차의 열린 창
가에 서로 등을 맞대고 기대어 서서 나무판자로 만들어진 시골
역의 플랫폼과 나뭇가지들, 저 멀리 언덕에서 천천히 내려오는
암소들을 주의 깊게 바라보고 있었다.

　두 사람은 여행 중에 할 수 있는 얘기를 모두 다 했다. 화요
일판 〈스타르고로드 프라브다〉 신문을 기름 얼룩이 져서 잘 보
이지 않는 광고까지 모조리 다 읽었다. 닭고기, 달걀, 쇠고기까
지 먹을 수 있는 것은 다 먹었다.

　모스크바에 도착하기 전 1시간은 이 긴 여행에서 가장 참기
힘든 시간이다.

　나무들과 풀들이 군데군데 모여 있는 작은 숲에 평온해 보
이는 시골집이 드문드문 나타났다. 어떤 집들은 베란다에 번쩍
거리는 유리창을 달고 양철 지붕에 페인트를 새로 칠해 나무로

지은 궁전처럼 보였고, 어떤 집은 자그마한 사각형 창문 하나만 달려 있어서 전형적인 시골집처럼 보였다.

승객들은 전문가처럼 저 멀리 지평선을 바라보고 칼카 강 전투*를 회상하며 과거와 현재의 모스크바에 대해 서로 얘기를 주고받았고, 이폴리트 마트베예비치는 가구 박물관에 대한 생각에 푹 빠져 있었다. 박물관 안은 긴 복도를 따라 의자들이 전시되어 있는 형태가 아닐까 하고 생각하며, 그 긴 복도를 따라 빠르게 의자들을 살펴보고 있는 자신의 모습을 상상했다.

"우린 아직 가구 박물관 안이 어떻게 생겼는지도 모르잖은가? 일을 어떻게 진행할 건가?" 이폴리트가 초조하게 말했다.

"귀족단장 나리, 이제 당신은 정말 전기치료 요법이라도 받아야 할 것 같군요. 미리부터 걱정해서 히스테리 좀 부리지 마세요. 정 참기 힘드시면 침묵하는 법이라도 좀 배우시든가."

열차가 선로전환 구역으로 들어섰다. 신호기는 열차를 바라보며 입을 벌리듯 선로를 열어주었다. 얽힌 선로들은 철로 된 거대한 실 꾸러미처럼 보였다. 풀들이 사라진 자리엔 타다 남은 석탄재가 수북하게 쌓여 있었다. 화물열차가 경적을 울리면 여객 열차가 화답이라도 하듯 경적을 다시 울려대면서 기차역 근처는 갑자기 시끄러워졌다.

선로는 계속 갈라졌다.

---

*1223년 칼카 강 유역에서 벌어진 러시아 공국 연합군과 몽고 군과의 전투로, 러시아 공국 연합군이 패해 약 200년간 몽고의 지배를 받았다. 그러나 실제 칼카 강은 모스크바와 멀리 떨어진 우크라이나의 영토에 있다.

열차가 선로전환 구역을 빠져나오자 햇볕이 내리쬐기 시작했다. 도끼처럼 생긴 선로전환 기기가 아래쪽에서 빠르게 앞뒤로 움직이면서 연기를 내뿜었다.

갑자기 브레이크가 걸리자 열차 이음새들에서 끽끽거리는 소리가 났다. 여기저기서 끽끽거리는 소리가 계속되자 이폴리트 마트베예비치는 마치 이가 아픈 나라에 온 듯한 착각이 들었다. 열차는 아스팔트로 포장된 플랫폼에 멈춰 섰다.

모스크바에 도착했다. 모스크바의 기차역들 중에서 가장 최신식으로 건설된 랴잔 역이었다.

모스크바에 있는 여덟 개의 기차역 중에서 랴잔 역만큼 넓고 높은 역은 없다. 러시아 고전 양식의 화려한 문양과 장식으로 건설된 야로슬라프 역은 랴잔 역의 레스토랑 정도밖에 되지 않는다.

모스크바에 있는 기차역들은 도시로 들어오는 관문이다. 3만 명의 사람들이 매일 이 역들을 통해 도시로 들어오기도 하고 도시를 빠져나가기도 한다. 알렉산드롭스키 역*을 통해서는 고무 밑창을 댄 구두와 골프 의상(양모로 된 두껍고 긴 양말)을 입은 외국인들이 모스크바로 들어온다. 쿠르스크 역으로는 검게 그을린 얼굴에 양털 모자를 쓴 캅카스 사람들이나 듬성한 수염을 기른 볼가 강 유역의 사람들이 들어온다. '10월 역'**에

---

*유럽과 모스크바를 잇는 기차역으로 오늘날의 이름은 벨로루스키 역이다.
**모스크바와 레닌그라드를 왕복하는 기차역으로, 10월 혁명을 기리기 위한 역이다. 오늘날에는 레닌그라드 역으로 불린다.

서는 조잡한 돼지 털로 만든 서류 가방을 들고 있는 사람들을 볼 수 있다. 그들은 레닌그라드에서 업무상 출장이나 회의 참석을 위해 모스크바로 온 사람들이다. 브랸스크 역으로는 키예프와 오데사의 대표들이 수도로 들어온다. 사라토프, 앗카르스크, 탐보프, 르티셰프, 코즐로프로 가려면 파벨레츠키 역을 이용해야 한다. 가장 적은 수의 사람들이 왕래하는 기차역은 사볼로프스키 역이다. 이 역을 통해서 탈돔, 드미트로프 등지의 사람들이 왕래하는데 거리도 그렇게 멀지 않다. 가장 긴 노선도 130베르스타* 정도밖에 되지 않는다. 야로슬라프 역을 통해서는 블라디보스토크, 하리코프, 치타 등 러시아에서 가장 멀고 큰 도시들에서 사람들이 수도로 들어온다.

그러나 가장 기이한 인상을 주는 승객들은 랴잔 역에 있다. 랴잔 역에는 1년 내내 태양이 내리쬐는 중앙아시아 지역의 공화국에서 온 사람들, 즉 흰색 회교도 두건에 알록달록한 셔츠를 입은 우즈베크 사람들, 붉은 수염을 한 타지크 사람들, 투르크멘 사람들이 왕래한다.

두 명의 동업자들은 사람들 틈바구니를 힘겹게 뚫고 출구를 거쳐 역 앞 칼란쵸프 광장**으로 나왔다. 광장 오른편에는 야로슬라프 역의 새장 모양 장식이 번쩍였고, 광장 맞은편에는 두 가지 색으로 칠해진 10월 역이 흐릿하게 번쩍이고 있었다.***

*미터법 시행 이전의 러시아의 거리 단위. 1베르스타는 약 1.067킬로미터다.
**10월 역 앞의 광장으로, 1935년 이후로는 '콤스몰스카야 광장'으로 불린다.
***랴잔 역, 야로슬라프 역, 10월 역은 거리가 매우 가깝다.

10월 역의 첨탑 시계는 10시 5분을 가리키고 있었지만, 야로슬라프 역의 시계는 정각 10시를 가리키고 있었다. 시곗바늘이 황도 12궁으로 만들어진 랴잔 역의 시계는 9시 55분을 가리키고 있었다.

"약속 장소로 꽤 편하겠는걸요!" 오스타프가 말했다. "항상 10분 정도의 변명은 할 수 있겠어요."

오스타프는 역 앞의 마부에게 다가가 말없이 마차에 앉더니 이폴리트 마트베예비치를 크게 손짓해 불렀다.

"시브체프 브라제크* 거리로 가지!" 오스타프가 말했다. "8그리브나**면 되겠지?"

마부는 아연실색했다. 지루한 가격 흥정 끝에 마부는 입맛을 다시며 출발했다. 마차가 다리 밑을 통과하자 웅장하고 화려한 수도 모스크바의 전경이 펼쳐졌다.

"그런데 대체 지금 어디로 가는 건가?" 이폴리트 마트베예비치가 물었다.

"좋은 사람들을 만나러 갑니다." 오스타프가 말했다. "모스크바에는 그런 사람들이 많죠. 모두 제가 아는 사람들입니다."

"그곳에서 묵을 건가?"

"기숙사 같은 곳이라고 생각하시면 됩니다. 한 사람에게 잠깐 신세를 졌다가 다시 다른 사람에게 가면 됩니다."

오호트니 랴드 거리는 매우 혼잡했다. 바구니를 머리에 인

---

*모스크바 시내 중심가에 있는 거리. 실제로 랴잔 역에서는 매우 멀다.
**10코페이카 은화. 1루블이 100코페이카다.

불법 노점상인들이 거위들처럼 이리저리 뛰어다녔고 경찰이 그들을 느릿느릿 쫓고 있었다. 부랑아들은 아스팔트도료가 들어 있는 통 옆에 앉아서 타르 냄새를 기분 좋게 마시고 있었다.

아르바트 광장 거리를 빠져나와 프레치스텐스키 거리를 지나 오른쪽으로 돌아가자, 시브체프 브라제크 거리가 나왔다.

"이건 무슨 건물인가?" 이폴리트 마트베예비치가 물었다.

오스타프는 맨 위층에 작은 다락방이 붙어 있는 분홍색 건물을 바라보며 대답했다.

"수도사 베르톨트 시바르츠의 이름을 따서 지은 화학과 대학생들의 기숙사입니다."

"정말로 수도사의 이름을 붙여 만든 기숙사인가?"

"하하, 농담입니다, 농담. 세마시코* 동무 기념 기숙삽니다."

모스크바에 있는 대학생 기숙사들이 대부분 그렇듯 화학과 대학생 기숙사도 화학이라는 학문과는 완전히 멀어진 사람들이 오래전부터 이곳에 거주하고 있었다. 학생들은 다양한 형태로 흩어졌다. 그들 중 일부는 학교를 졸업하고 직장을 찾아 떠났고, 일부는 성적이 좋지 않아 중간에 제적을 당해 학교를 다닐 수 없게 되었는데, 제적당한 학생들의 수가 해가 갈수록 늘어나면서 바로 그들이 제정 시대 건물 양식과 소련 시대 건물 양식의 중간 형태로 만들어진 이 분홍색 건물을 차지하고 있던 것이다. 따라서 신입생들이 이 기숙사에 들어오기란 매우

*1927년에 건강관리 인민위원회 의장을 역임한 세마시코.

어려웠다. 한때 화학자였던 그들은 대단히 재주가 좋은 사람들이어서 어떠한 압박과 공격에도 굴하지 않고 버텨냄으로써 당국과 학교에서도 두 손을 들게 만들었다. 결국 모스크바 부동산 정책 담당국은 이 건물을 도시 정비 계획에서 아예 삭제시켜버렸다. 그래서 이 건물은 사람이 살고 있지만, 존재하지는 않는 건물이 되어 있었다.

동업자들은 계단을 따라 2층으로 올라가 한 줄기 빛도 들어오지 않는 어두컴컴한 복도를 따라 걸었다.

"조명도 환하고 공기도 좋군요." 오스타프가 말했다.

그때 갑자기 어둠 속에서 누군가가 이폴리트 마트베예비치의 팔꿈치 바로 옆에서 씩씩거리는 소리를 냈다.

"놀라지 마세요." 오스타프가 말했다. "복도에서 나는 소리가 아니고 벽 뒤의 방에서 나는 소리입니다. 물리학을 배워서 아시겠지만, 합판은 소리를 잘 전달하는 물체죠. 조심하세요! 제 뒤에 바싹 붙어서 따라오세요. 여기 어딘가에 철제 캐비닛이 있을 겁니다."

바로 그 순간, 이폴리트 마트베예비치의 비명 소리가 들렸다. 아마도 캐비닛의 날카로운 모서리에 가슴을 부딪힌 모양이었다.

"아프십니까?" 오스타프가 물었다. "괜찮을 겁니다. 별거 아니에요. 그건 단지 육체적인 고통일 뿐이죠. 그보다 이곳에 얼마나 많은 정신적 고통이 있었는지 모르실 겁니다. 예전에 이곳에 이바노풀로라는 학생이 있었는데 수하레프 시장에서 사람의 두개골을 구입한 적이 있었습니다. 자기 방에 두기가 무서워서 이 캐비닛 위에 올려놓았는데, 이곳을 방문하는 사람들이 캐비닛에 부딪힐 때마다 머리 위로 두개골이 떨어졌던 겁니다. 특히 임신한 여자들은 기겁을 했죠."

동업자들은 나선형으로 된 계단을 따라 맨 위층의 다락방으로 올라갔다. 커다란 다락방은 합판으로 칸막이를 만들어, 각각 2아르신* 넓이의 다섯 개 방으로 길게 나뉘어 있었다. 그렇게 나뉜 방들은 연필통과 유사했는데, 다른 점이 있다면 그 안에 연필과 펜 대신 사람들과 석유난로가 들어 있다는 것이었다.

"콜랴, 집에 있나?" 가운데 문 근처에서 오스타프가 조용히 말했다.

그러자 다섯 개의 방 안에서 웅성거리는 소리들이 들려왔다.

"있어." 문 뒤에서 대답이 들려왔다.

"이 바보한텐 항상 꼭두새벽부터 손님이 찾아온다니까!" 왼쪽 마지막 방에서 여자의 목소리가 속삭였다.

"제발 잠 좀 자자!" 두 번째 연필통에서 투덜대는 소리가 들렸다.

세 번째 연필통에서는 즐거운 목소리로 속삭이는 소리가 들렸다.

"콜랴에게 경찰이 찾아온 모양이군. 어젯밤에 유리를 깨뜨리더니만……."

*구 러시아의 척도 단위로 1아르신은 약 71.12센티미터다.

다섯 번째 연필통에서는 아무 소리도 들리지 않았다. 석유난로의 쉭쉭 소리와 키스 소리만 들려올 뿐이었다.

오스타프가 발로 방문을 밀치고 들어가려고 하자 모든 방의 칸막이가 흔들거렸다. 동업자들은 콜랴의 동굴 같은 방으로 들어갔다. 오스타프의 눈앞에 펼쳐진 방 안 광경은 끔찍했다. 방 안에 있는 가구는 네 개의 벽돌로 받쳐놓은 붉은색 줄무늬 매트리스 하나밖에 없었다. 그러나 오스타프가 놀란 것은 이 가구 때문이 아니었다. 오스타프는 콜랴의 하나밖에 없는 가구에 대해서는 이미 오래전부터 알고 있었다. 벽돌 다리가 달린 매트리스 위에 앉아 있는 콜랴의 모습을 보고 놀란 것도 아니었다. 오스타프를 놀라게 한 것은 콜랴 옆에 앉아 있는 천사 같은 모습의 여자였다. 이러한 여자들은 눈이 너무나도 푸르고, 목이 너무나도 깨끗해서 사업을 하기에는 결코 좋은 인상이 아니었다. 이들은 애인이나 사랑받는 아내가 되기에 적합한 유형이었다. 콜랴는 그녀를 리자라고 부르며 실제로 애인처럼 상냥하게 대했다.

이폴리트 마트베예비치는 모자를 벗었고, 오스타프는 콜랴를 복도로 데리고 나가서 오랫동안 귀엣말을 나누었다.

"정말 좋은 아침입니다, 아가씨." 이폴리트 마트베예비치가 말했다.

푸른 눈의 아가씨는 이폴리트 마트베예비치의 인사말에 아무 대꾸도 하지 않고 웃음을 짓더니, 옆 칸에 사는 사람들이 얼마나 바보 같은지 말하기 시작했다.

"저 사람들은 키스 소리가 안 들리게 하려고 일부러 난로를 세게 틀어놓아요. 얼마나 멍청한지 아시겠어요? 우리한텐 소리가 다 들리는데 말이에요. 그 사람들은 오히려 난로 소리 때문에 아무 소리도 듣지 못하거든요. 제가 지금 직접 한번 보여드릴까요? 들어보세요."

난로 소리의 비밀을 알고 있는 콜랴의 아내는 크게 소리를 질렀다.

"즈베레프 부부는 바보다!"

벽 뒤에서는 지독하게 시끄러운 난로의 소음과 키스 소리만이 들렸다.

"보셨죠? 저 사람들은 아무것도 못 들어요. 즈베레프 부부는 바보! 미치광이! 보세요."

"네, 그렇군요." 이폴리트 마트베예비치가 말했다.

"우리는 석유난로가 없어요. 왜냐고요? 저는 채식주의에 반대하지만 결혼할 때 우리는 채식주의자가 되기로 약속했거든요. 결혼할 때, 콜랴는 우리가 함께 채식주의자 식당에 가서 식사하길 너무나 바랐어요. 그래서 우린 채식주의자 식당에 함께 가요. 저는 고기를 무척이나 좋아하지만 그곳에서 먹을 수 있는 것은 커틀릿밖에 없어요. 콜랴에게는 절대로 말씀하시면 안 돼요……."

그 순간 콜랴와 오스타프가 돌아왔다.

"그렇다면 뭐, 우리가 자네 방에서 지낼 수는 없으니 판텔레이에게 가야겠네."

"그렇게 하게, 친구!" 콜랴가 소리쳤다. "이바노풀로에게 가게. 그 녀석도 자네 친구잖나."

"우리 방에 머물도록 하세요." 콜랴의 아내가 말했다. "당신들이 머문다면 우리는 정말 기쁠 거예요."

"또 손님을 부르다니!" 왼쪽 제일 끝 연필통에서 화난 목소리가 들려왔다. "손님은 구경도 못 하는 사람들처럼 행동한다니까!"

"바보, 멍청이, 미치광이들아! 당신네들 일이나 신경 쓰시지!" 콜랴의 아내가 낮은 목소리로 말했다.

"이반 안드레예비치, 들었지?" 제일 끝 연필통에서 흥분에 찬 목소리가 들렸다. "자네 아내를 욕하고 있는데, 자네는 가만히 있는 건가?"

각기 다른 연필통에서 보이지 않는 사람들의 참견이 가세하면서 말싸움은 커져갔다. 동업자들은 밑으로 내려와서 이바노풀로에게 갔다.

학생은 집에 없었다. 이폴리트 마트베예비치는 성냥불을 켜서 문 앞에 걸려 있는 메모지를 보았다. "9시 전까지는 집에 없음. 판텔레이."

"괜찮아요." 오스타프가 말했다. "열쇠가 어디 있는지 알거든요."

오스타프는 캐비닛 밑에서 열쇠를 찾아 문을 열었다.

이바노풀로 학생 방의 크기는 콜랴 방의 크기와 꼭 같았으나 구석방이어서 한쪽 벽이 합판 대신 벽돌로 되어 있었다. 이바노풀로는 이것을 매우 자랑스럽게 생각했다. 이폴리트 마트베예비치는 방에 매트리스조차 없는 것을 확인하고 매우 당황했다.

"어디 한번 배치를 해볼까요?" 오스타프가 말했다. "이 정도면 모스크바에서는 괜찮은 평수죠. 우리 둘이 바닥에 누워도 자리가 좀 남는군요. 판텔레이, 이 개자식! 도대체 매트리스를 어디다 팔아먹은 거야?"

창문은 골목으로 나 있었다. 경찰 한 명이 골목을 돌아다니고 있었다. 건물 맞은편에는 고딕 양식으로 지어진 건물이 보였는데, 어느 이름 모를 나라의 대사관으로 사용되고 있었다. 철문 뒤에서 사람들이 테니스를 치고 있었다. 하얀 공이 왔다 갔다 했다. 짧은 탄성들이 들렸다.

"아웃!" 오스타프가 말했다. "경기 수준이 높지 않군요. 자, 이제 좀 쉬지요."

동업자들은 바닥에 신문지를 깔았다. 이폴리트 마트베예비치는 가져온 방석을 꺼냈다.

오스타프는 신문지 위에 쓰러져 잠을 청하기 시작했다. 이폴리트 마트베예비치는 벌써 곯아떨어져 있었다.

17장
시민 여러분, 매트리스를 존경합시다!

"리자, 식사하러 갈까?"

"가고 싶지 않아요. 어제도 갔다 왔잖아요."

"그게 무슨 얘기야?"

"가짜 토끼 고기를 먹고 싶지 않다고요."

"무슨, 그런 바보 같은 소리를!"

"난 이제 더 이상 채식만으로는 살 수 없어요."

"그럼 오늘은 사과 푸딩을 먹도록 하지."

"그것도 먹고 싶지 않아요."

"조용히 얘기해. 다 들리잖아."

젊은 부부는 연극을 하듯 속삭이는 목소리로 톤을 바꾸었다.

2분 후 콜랴는 신혼생활 3개월 만에 자신의 사랑하는 아내가 당근, 감자, 완두콩 소시지를 자신이 좋아하는 것만큼 좋아하지 않는다는 사실을 처음으로 알게 되었다.

"그러니까 당신은 야채보다 개고기가 더 좋다는 말이야?" 콜랴는 이웃 사람들을 아랑곳하지 않고 화가 나서 소리쳤다.

"좀 조용히 말해요!" 리자가 큰 소리로 울부짖었다. "대체 왜 그렇게 신경질적으로 말하는 거죠? 그래요! 난 고기가 좋아요. 그게 뭐 나쁜 건가요?"

콜랴는 너무 놀라 말문이 막혀버렸다. 이러한 상황은 전혀 생각지도 못했기 때문이다. 고기를 먹는다면 콜랴의 가계부에 막대한 지출이 생긴다. 얼굴이 상기된 리자는 구석에 놓인 매트리스 주위를 맴돌다가 그 위에 앉았고, 콜랴는 절망적인 지출에 대해 계산하기 시작했다.

'공업 기술 연구소'의 설계도면 부서에서 복사 업무를 담당하는 콜랴의 수입은 많이 벌어봐야 한 달에 40루블이 넘지 않는다. 콜랴는 기숙사비를 지불하지 않고 있는데, 이미 주택관리당국도 포기한 이 기숙사에서는 기숙사비나 관리비 따위를 낼 필요가 없었기 때문이다. 재봉 기술을 배우는 리자의 강습료로 한 달에 10루블이 나가고, 두 사람의 식사는 '도둑질하지 말라'라는 이름의 채식주의 식당에서 두 사람이 1인분을 나눠 먹는 비용으로(식전 음식은 수도원에서 먹는 수프, 주 요리는 가짜 토끼 고기나 국수 혹은 면 요리) 한 달에 13루블이 지출된다. 나머지 돈은 어디에 썼는지도 모르게 다 없어진다. 이것이 콜랴를 괴롭히는 문제였다. 푸른색 제도용지에 길고 가는 선을 그으면서 그는 '대체 돈을 어디에 썼을까?' 하고 생각하곤 했다. 이런 형편에서 만일 식사 때 고기를 소비한다면 그건 곧 파멸을 의미했다. 그래서 콜랴가 그렇게나 화를 내면서 말한 것이었다.

"죽은 동물의 시체를 먹는다고 생각해봐! 우리는 문화라는 탈을 쓴 식인종이야! 모든 병은 육식에서 온다고!"

"물론 그렇겠지요." 리자는 빈정거리는 말투로 말했다. "예를 들면, 협심증 같은 거겠죠."

"그래, 그래, 협심증! 계속해서 육류를 먹으면 몸의 기관이 약해져서 질병에 대한 면역력도 약해질 거야."

"당신은 정말 바보 같은 사람이에요!"

"난 바보가 아니야. 바보는 자신의 위장은 생각지도 않고 비타민 섭취만 걱정하면서 위장에 음식물을 채워 넣는 인간들이지."

콜랴는 갑자기 침묵했다. 맛없는 국수나 감자, 카샤 따위가 멀어지면서 거대한 돼지고기 커틀릿이 콜랴의 눈앞으로 점점 다가오고 있었다. 이제 막 프라이팬에 구워진 돼지고기 커틀릿은 따끈따끈한 김을 모락모락 올리며 식욕을 자극하는 냄새를 진하게 풍겼다.

"잘 생각해봐!" 콜랴가 다시 소리쳤다. "돼지고기 커틀릿은 사람의 수명을 일주일 단축시킨단 말이야."

"일주일쯤 단축돼도 좋아요!" 리자가 말했다. "가짜 토끼 고기는 수명을 반년 단축시켜요. 어제 식당에서 당근 요리를 먹을 때 저는 당장이라도 죽을 것 같았어요. 단지 당신에게 말하고 싶지 않았을 뿐이에요."

"왜 말하고 싶지 않았지?"

"말할 힘이 없었고, 말하다가 울음을 터뜨릴까 두려워서요."

"지금은 두렵지 않은 건가?"

"지금은 아무래도 상관없어요."

리자는 흐느끼기 시작했다.

"레프 톨스토이는……." 콜랴는 주저하듯 말했다. "고기를 전혀 먹지 않았어."

"아니에요." 눈물 때문에 딸꾹질을 하며 리자가 대답했다. "톨스토이는 아스파라거스를 먹었어요."

"아스파라거스는 고기가 아니잖아."

"톨스토이는《전쟁과 평화》를 쓸 때 고기를 먹었어요! 고기를 먹었다고요! 고기를! 그리고《안나 카레니나》를 쓸 때도 고기를 처먹었어요. 고기를 처먹었다고요!"

"그만해!"

"처먹었어요! 처먹었다고요! 고기를 처먹었다고요!"

"그럼《크로이체르 소나타》를 쓸 때도 고기를 처먹었을까?" 콜랴가 악의에 차서 물었다.

"《크로이체르 소나타》는 짧은 작품이잖아요. 톨스토이가 《전쟁과 평화》 같은 긴 소설을 쓰면서 채식을 한다고 상상해보세요!"*

---

*톨스토이의《전쟁과 평화》(1869)와《안나 카레니나》(1876)는 이른바 톨스토이의 '회심(回心)' 이전의 작품들이다. 톨스토이는 1880년을 전후로 하여 삶에 대한 심한 정신적 동요를 일으켜 그 해답을 기독교에서 찾고자 했다. 특히 금욕적인 생활을 하며 술, 담배, 고기를 멀리하고 철저한 채식주의자로 살아갔다.《크로이체르 소나타》는 톨스토이의 이러한 금욕적 삶이 한창인 1890년에 창작된 작품이다.

"그런데 당신은 왜 톨스토이를 들먹이며 나를 못살게 구는 것이오?"

콜랴가 갑자기 아내에게 높임말을 썼다. 연필통들에서는 낄낄거리는 웃음소리가 들려왔다. 리자는 자신의 푸른색 털모자를 서둘러 썼다.

"어디 가는 거야?"

"신경 쓰지 말아요. 볼일이 있어요."

리자는 황급히 나가버렸다.

'어디 갈 곳이 있을까?' 콜랴는 생각하면서 옆방에서 들려오는 소리에 귀를 기울였다.

"소비에트 정권이 당신 아내 같은 여자에게 너무 많은 자유를 주었어." 왼쪽 제일 끝 연필통에서 말했다.

"물에 빠져 죽으러 가는 걸 거야." 세 번째 연필통에서 소리가 들렸다.

다섯 번째 연필통에서는 여전히 난로 소리와 키스 소리가 들렸다.

리자는 흥분을 가라앉히지 못한 채로 거리를 돌아다녔다.

일요일 오후에 아르바트 거리의 시장에서 매트리스를 구입하여 집으로 가져오는 사람들은 행복한 사람들이다.

신혼부부들과 소비에트의 농부들이 스프링 장치가 있는 매트리스의 주된 고객들이었다. 그들은 매트리스를 세워서 양팔로 꼭 껴안고 운반한다. 꽃무늬로 수놓은 푸른색의 행복한 보금자리를 어떻게 껴안지 않을 수 있겠는가!

시민 여러분! 푸른색 꽃무늬 스프링 매트리스를 존경합시다! 이것은 가정의 근원이며, 가구의 알파요 오메가이며, 가정 생활이 주는 안락함의 전부이며, 사랑의 근본이며, 난로의 아버지입니다! 매트리스의 스프링이 민주적으로 삐걱대는 소리를 들으며 잠이 든다는 것은 얼마나 행복한 일입니까! 그 푸른색 천 위에서 잠을 자며 꾸는 꿈은 얼마나 신비로운 꿈이겠습니까? 매트리스를 가진 사람들은 얼마나 커다란 존경을 받으며 살고 있습니까?

매트리스가 없는 사람은 정말 불행한 사람이다. 그는 존재하지 않는 사람이다. 매트리스가 없는 사람은 세금도 낼 수 없고, 아내도 없고, 친구들이 돈도 빌려주지 않는다. 택시 운전사들은 그에게 욕설을 퍼붓고, 아가씨들은 그를 비웃는다.

매트리스가 없는 사람들은 대부분 다음과 같은 시를 쓴다.

부레* 벽시계의 부드러운 소리를 들으며
흔들의자에 앉아 휴식을 취한다.
마당에 눈보라가 날릴 때
갈까마귀는 꿈처럼 날아간다.

매트리스가 없는 사람은 우체국의 높은 사무용 책상에 앉아

---

*스위스 상인 파벨 부레의 이름을 따서 만든 시계. 1920년대 소비에트 사회에서 부레 시계는 고가의 제품으로 명성이 높았다.

서 매트리스를 가지고 있는 사람들이 전보를 치러 우체국에 올 때, 그들의 일을 지연시키며 시를 쓴다.

매트리스는 인간의 삶을 변화시킨다. 매트리스의 천과 스프링에는 지금껏 밝혀지지 않은 어떤 신비한 힘이 숨어 있다. 스프링이 부르는 소리에 사람들과 물건들이 달려온다. 세무서 직원과 처녀들이 달려온다. 그들은 매트리스를 소유하고 있는 자들과 친구가 되고 싶어 한다. 세무서 직원은 국가의 이익에 도움이 되는 재정적인 목적으로 따라오고, 처녀들은 아무 사심 없이 자연의 법칙에 따라온다.

매트리스에 꽃이 피었다. 세금을 징수한 세무서 직원은 봄날의 꿀을 모아 자신의 벌집으로 돌아가는 꿀벌처럼, 기쁜 마음으로 세무서로 돌아간다. 그리고 매트리스 꽃을 딴 처녀들이 돌아간 자리에는 아내와 '유벨 1호' 석유난로가 그 자리를 대신한다.

매트리스는 만족을 모른다. 그것은 제물을 요구한다. 밤마다 매트리스는 공 튀는 소리를 낸다. 매트리스는 책장을 요구하며, 두꺼운 다리가 달린 탁자를 요구한다. 삐걱대는 스프링 소리를 내며 두꺼운 커튼과 주방용품을 요구한다. 그것은 가끔 사람들을 밀쳐내며 다음과 같이 말한다.

"가서 세탁기와 흔들의자를 사 와!"

"자넬 보면 내가 정말 부끄러워! 집에 아직까지 카펫도 없다니!"

"일을 해! 자네에게 아이들을 만들어주겠어. 유모차와 기저

귀를 사려면 돈이 필요할 거야."

매트리스는 모든 것을 기억하고 모든 것을 자기 식대로 한다.

시인이라도 공통적인 운명에서 벗어날 방법이 없다. 시장에서 매트리스를 사서 자신의 부드러운 배로 낑낑대며 옮기고 있는 시인이 저기 있지 않은가!

"내가 자네의 고집을 꺾어주지, 시인 양반!" 매트리스가 말한다. "자네는 시를 쓰기 위해 우체국으로 달려갈 필요가 없어. 시를 쓰는 게 그렇게 가치 있는 일인가? 나한테 봉사해! 그러면 자네 손에는 언제나 돈이 있을 거야. 아내와 아이들을 생각해봐."

"나는 아내가 없어!" 스프링 선생을 밀쳐내려고 애쓰면서 시인이 소리친다.

"곧 생길 거야. 이 세상에서 가장 아름다운 여성이라고 장담해줄 수는 없지만. 또한 성격이 온화하다는 것도 보증할 수는 없지만. 그러나 모든 것을 준비해야 하네. 자네는 아이를 낳게 될 거야."

"나는 아이들을 좋아하지 않아!"

"좋아하게 될 거야!"

"매트리스 양반, 당신은 나를 협박하고 있어!"

"닥쳐, 바보 같은 놈! 자네는 아무것도 몰라. 자네는 곧 모스크바 목제 가구 공장에서 외상으로 물건을 살 수 있게 될 거야."

"매트리스, 널 죽여버릴 거야!"

"풋내기 같은 놈! 감히 그렇게 한다면 이웃들이 널 주택관리

위원회에 신고할 거야."

그렇게 매주 일요일이면 매트리스의 즐거운 소리를 들으며 행복에 빠진 사람들이 모스크바를 돌아다닌다.

그러나 물론, 모스크바의 멋진 일요일을 만드는 것은 매트리스만이 아니다. 모스크바의 일요일은 박물관의 날이기도 하다.

모스크바에는 특별한 부류의 사람들이 있다. 그들은 그림을 이해하지도 못하고, 조각품에 관심도 없고, 고대의 기념품들을 좋아하지도 않는다. 이런 부류의 사람들이 박물관을 방문하는 이유는 화려하게 지어진 박물관 건물을 보러 가는 것이다. 이들은 휘황찬란한 박물관의 내부 홀을 돌아다니며, 만지지 못하게 되어 있는 작품들에 손을 대면서 끊임없이 중얼거린다.

"음, 옛날에도 사람들이 살았군."

그들에게 벽화를 그린 사람이 프랑스 벽화가인 퓌비 드 샤반이라는 사실은 중요하지 않다. 그들에게는 이 건물의 예전 주인이 이 건물을 짓는 데 비용이 얼마나 들었는지를 아는 것이 중요하다. 그들은 계단을 따라 올라가 대리석으로 장식된 2층 홀을 보면서, 이전에 이곳엔 얼마나 많은 하인이 있었을까, 그들은 월급을 받았을까, 하루에 얼마나 많은 팁을 받았을까 생각한다. 고급 도자기가 놓여 있는 커다란 벽난로를 보면서 도자기에는 아무 관심을 기울이지 않고, 이렇게 많은 장작이 필요한 난로는 쓸모없는 것이라는 우스꽝스러운 결론을 내린다. 참나무 패널로 장식된 식당을 보면서도 그들은 기가 막힌 장식 기술을 보지 않고 예전에 이곳 주인은 무엇을 먹었을까, 이 모든 장식을 지금의 돈으로 환산하면 얼마나 될까 하는 생각을 한다.

이러한 부류의 사람들은 어느 박물관에서도 발견할 수 있다. 관람객들이 안내를 받으면서 이 방에서 저 방으로 즐겁게 감상하며 옮겨 다닐 때, 이들은 홀 한가운데 서서 아무것도 보지 않고 구슬프게 탄식한다.

"음, 옛날에도 사람들이 살았군."

리자는 눈물을 흘리며 거리를 마구 쏘다녔다. 오만 가지 생각들이 머릿속에 맴돌았다. 그녀는 자신의 행복한 삶과 불행한 삶에 대해 생각했다.

'탁자 하나와 의자 두 개만 있어도 행복할 텐데. 어쨌든 석유난로는 마련해야 돼. 어떻게 해서든지 안정적으로 살아야 할 텐데.'

그녀는 콜랴와 말다툼하던 생각이 갑자기 떠올라서 천천히 걷기 시작했다. 게다가 매우 배가 고팠다. 마음속에서 문득 남편에 대한 미움이 불타오르기 시작했다.

"아니야, 이건 정말 부끄러운 일이야!" 그녀는 소리 내어 말했다.

그러자 더 배가 고파졌다.

"좋아, 두고 봐. 내가 이제 무얼 해야 할지 알겠어."

리자는 얼굴을 붉히며 가판대에서 잼과 소시지가 들어 있는 빵을 샀다. 아무리 배가 고파도, 그녀는 거리에서 무언가를 먹는 건 부끄러운 일이라고 생각했다. 어쨌든 그녀는 매트리스를 소유한 사람이었고, 인생이 어떻게 진행되는지 잘 이해하고 있었다. 리자는 주위를 둘러보다가 화려한 2층 건물 안으로 들어갔다. 그곳에서 그녀는 커다란 기쁨을 느끼며 빵을 먹기 시작했다. 소시지는 매우 맛있었다. 한 무리의 관람객들이 건물 안으로 들어왔다. 관람객들은 벽에 기대어 소시지 빵을 먹고 있는 리자를 보며 지나갔다.

'볼 테면 보라지!' 화가 잔뜩 난 리자는 생각했다.

18장
가구 박물관[*]

리자는 손수건으로 입을 닦고 옷에 묻은 빵 부스러기를 털어냈다. 그녀는 다음과 같이 적힌 표지판에 앞에 서 있었다.

> 가구 공예 박물관

집으로 돌아가기에는 좀 불편했고 딱히 찾아갈 사람도 없었다. 주머니에는 20코페이카밖에 들어 있지 않았다. 그래서 리자는 박물관을 구경하는 것으로 자신의 독립적인 삶을 시작하기로 결심했다. 수중에 있는 현금을 다시 확인한 후, 리자는 현관으로 들어갔다.

---

[*]여기 등장하는 가구 박물관은 실제로 모스크바에 존재하는 박물관이다. 러시아 황실에서 사용한 가구들과 유럽식 가구들, 민중의 가구들을 포함해 약 1500여 점이 전시되어 있으며, 소설이 발표되고 난 뒤 유명세를 탔다.

그곳에서 그녀는 수염이 덥수룩하게 난 사람과 부딪혔는데, 그는 둥근 대리석 기둥을 뚫어지게 쳐다보며 중얼대고 있었다.

"옛날에는 참 부유하게 살았군."

리자는 존경스러운 마음으로 기둥을 바라보며 2층으로 올라갔다.

리자는 작은 사각형 방들이 모여 있는 홀에 들어와서 10여 분 동안 이곳을 관람했다. 천장이 너무 낮아서 여기 들어온 모든 사람들이 거인이 된 듯한 느낌이 드는 곳이었다.

이 방들에는 파벨 황제 시대의 붉은색 마호가니 목재와 카렐리야 지방의 자작나무로 만든 근엄하고 장중한, 그리고 다소 호전적인 분위기를 풍기는 가구들이 전시되어 있었다. 책상 앞에는 창살 두 개로 십자가 모양을 낸 유리문이 달린 사각형 책장이 두 개 놓여 있었다. 책상의 크기가 어마어마해서 이 책상에 앉아 있으면 마치 극장 광장*에 있는 것 같은 느낌이 들 것 같았다. 또한 입구에 여덟 개의 거대한 기둥과, 입구 상단에 〈붉은 양귀비〉**의 초연에 맞추어 세워진 네 마리의 말을 몰고 있는 아폴론 청동 조각상이 있는 볼쇼이 극장은 이 책상에 있는 잉크병처럼 느껴질 것이다. 토끼처럼 당근만 먹고 살아온 리자에게 이 책상은 유난히 크게 느껴졌다. 방의 네 구석에는 양의 뿔처럼 등받이가 구부러진 높은 의자가 놓여 있었다. 햇

*모스크바 시내 중심에 있는 광장. 광장 주변에 오페라와 발레를 공연하는 볼쇼이 극장과 연극을 공연하는 말리 극장이 있어서 극장 광장이라는 이름이 붙었다.
**우크라이나의 라인홀트 글리에르의 발레곡. 1927년 볼쇼이 극장에서 초연되었으며, 혁명에 관련된 주제를 다룬 최초의 발레곡으로 유명하다.

살이 의자의 페르시아제 천 위에 내려앉았다.

당장이라도 의자에 앉아보고 싶은 유혹이 들었지만, 의자에 앉는 것은 금지되어 있었다.

리자는 값을 매길 수 없을 정도로 고귀한 파벨 황제 시대의 의자 옆에 자신의 붉은색 줄무늬 매트리스를 놓아두면 어떨까 하는 생각을 했다. 결과는 말할 필요도 없었다. 그녀는 벽에 붙어 있는 파벨 황제 시대의 가구에 관한 과학적이고 이념적인 설명문을 읽으며 이 궁전에 콜랴와 자신의 방이 없는 것을 아쉬워했다. 방을 둘러본 후 밖으로 나온 그녀는 뜻밖에 기묘한 복도를 만나게 되었다.

복도의 왼쪽 벽을 따라 난 반원형의 창문들은 벽의 위쪽이 아닌 아래쪽에 설치되어 있었다. 발밑의 창문을 통해 원주 기둥과 흰색 2단 창문이 있는 거대한 홀이 내려다보였다. 홀에도 역시 가구들이 전시되어 있었고, 관람객들이 돌아다녔다. 리자는 복도에 멈춰 서서 홀을 하염없이 바라보았다. 자신의 발밑에 있는 방은 한 번도 본 적이 없었기 때문이다.

놀랍고 신기한 나머지 그녀는 한참 동안 밑을 바라보았다. 그러다가 오늘 알게 된 콜랴의 친구들, 즉 벤데르와 머리를 깔끔하게 민 풍채 좋은 노인이 의자가 전시되어 있는 방들을 서성거리는 모습을 발견했다.

"마침 살렸네." 리자가 말했다. "심심하지 않겠는걸."

그녀는 매우 기쁜 마음에 아래층으로 달려갔지만 곧 길을 잃고 말았다. 그녀는 40여 개의 가구가 있는 붉은색 응접실에 들어가게 되었다. 호두나무로 만든 곡선형 다리의 가구들이 있는 방이었다. 응접실에는 출구가 없었으므로 그녀는 다시 뒤돌아 나와, 온통 꽃무늬 베개들로 분위기를 연출한 원형 방을 통과해야 했다.

이 방을 지나 그녀는 이탈리아 르네상스 양식의 비단 의자 방을 지났고, 다시 네덜란드 양식의 책장 방을 거쳐서, 네 개의 나선형 기둥 위에 벨벳 천이 덮여 있는 거대한 고딕 양식의 침대 방을 통과했다. 이 침대에 누우면 사람이 호두 열매처럼 보일 것 같았다.

마침내 리자는 커다란 2층 창이 달린 홀의 옆방으로 들어오게 되었다. 방 안에서는 안내자가 루이 14세의 가구 스타일을 좋아한 예카테리나 2세의 가구들을 그녀의 제국주의적 야심과 연관시켜 설명하고 있었는데, 관람객들은 그다지 귀를 기울이지 않았다.

리자는 오늘 알게 된 친구인 벤데르와 머리를 민 그의 동료가 열을 내며 이야기하고 있는 맞은편 끝 쪽으로 다가갔다.

그들에게 가까이 가자 그들의 목소리가 또렷하게 들려왔다.

"최신 유행의 가구들이군. 하지만 우리가 찾는 것은 아닌 것 같네."

"그렇군요. 그래도 분명 여기 있을 겁니다. 아직 다른 방들도 많이 남아 있잖습니까. 방을 차례차례 좀 더 체계적으로 살펴볼 필요가 있겠습니다."

"안녕하세요." 리자가 말했다.

두 사람은 몸을 돌리고는 곧 인상을 찌푸렸다.

"안녕하세요, 벤데르 동무. 여기서 당신들을 보게 되니 정말 기뻐요. 혼자서 구경하기 정말 심심했거든요. 같이 둘러보도록 해요."

동업자들은 서로 눈짓을 주고받았다. 이폴리트 마트베예비치는 리자가 자신들의 중요한 사업인 보석을 찾는 일에 방해가될 것 같은 불길한 생각이 들었지만, 겉으로는 태연한 척했다.

"우리는 전형적인 지방 사람들입니다만." 벤데르가 즉시 물었다. "모스크바 사람인 당신은 어쩐 일로 여기에 오셨습니까?"

"우연히 오게 되었어요. 사실, 콜랴와 다투었거든요."

"무슨 일로?" 이폴리트 마트베예비치가 물었다.

"자, 이제 이 방은 그만 보고 다음 방으로 가지요." 오스타프가 말했다.

"저는 아직 보지 못했는걸요. 이 방은 정말 아름다워요."

"결국 이렇게 되는군요." 오스타프는 이폴리트 마트베예비치의 귀에 대고 속삭인 다음, 리자에게 말했다. "이 방은 정말 볼 게 없습니다. 케렌스키* 시절의 퇴폐적인 양식입니다."

"여기 어딘가에 감브스 가구가 있다고 들었는데, 그곳으로 가보도록 합시다." 이폴리트 마트베예비치가 말했다.

리자는 이폴리트의 말에 동의하고, 그의 팔을 잡고 출구로 향했다. 그녀는 그를 아주 훌륭하고 다정한 과학자로 생각했다. 보물을 찾기 일보 직전의 아주 중요하고 신중해야 할 순간

---

*사회혁명당 온건좌파로 1917년 2월 혁명 후 임시정부의 총리를 지낸 알렉산드르 케렌스키. 10월 혁명 후 프랑스로 망명했다.

임에도 불구하고 벤데르는 자기 앞에 걸어가고 있는 한 쌍의 남녀를 보자 웃음이 나왔다. 기사 역할을 하는 코만치 부족장이 벤데르에게는 몹시 우스워 보였다.

리자는 두 동업자들에게 커다란 걸림돌이 되었다. 그들이 방에서 자신들에게 필요한 가구가 있는지 없는지를 파악하는 것과는 상관없이 자동적으로 다음 방으로 이동해야 했으며, 게다가 리자는 각각의 방에서 매우 오래 머물렀다. 가구 옆에 붙어 있는 설명을 모조리 소리 내어 읽고, 가끔 방문객들과 가구에 대해 신랄한 논쟁을 벌이면서, 각 진열품마다 매우 오랜 시간을 소비했다. 그녀는 가구들을 관람하면서 자신도 모르는 사이에 이 가구들을 자신의 방에 있는 것처럼 생각하여, 그것들이 자신에게 필요한지 아닌지를 꼼꼼히 따져보기 시작했다. 고딕풍의 침대는 별로 마음에 들지 않았다. 크기가 너무 컸기 때문이다. 콜랴가 기적적으로 큰 방을 구한다 하더라도 이 중세 시대의 가구는 도저히 그 방에 넣을 수 없을 것 같았다. 그러나 리자는 여전히 오랫동안 침대 주위를 서성이며 자신의 걸음으로 침대의 길이를 재어보았다. 그녀는 매우 즐거워 보였다. 리자는 기사도 정신 때문에 감브스 가구가 있는 방으로 달려가지 못하는 동행자들의 찡그린 얼굴을 전혀 눈치채지 못했다.

"조금만 참읍시다." 오스타프가 속삭였다. "가구는 도망가지 않습니다. 그런데 귀족단장 나리, 저 아가씨의 손을 너무 꽉 잡지는 마십시오. 질투가 나려 합니다."

보로뱌니노프는 가볍게 미소를 지었다.

가구가 전시된 방들은 끝이 없는 듯 길게 이어져 있었다. 알렉산드르 황제 시대의 가구들은 대부분 세트로 진열되어 있었다. 다른 방의 가구들에 비해 상대적으로 크기가 작은 이 방의 가구들이 리자의 마음에 쏙 들었다.

"이것 보세요! 이것 보세요!" 리자는 확신에 찬 어조로 보로바니노프의 소매를 붙잡고 소리쳤다. "이 방의 가구들 보셨죠? 우리 방에 정말 잘 어울릴 것 같아요. 그렇지 않나요?"

"기막히게 멋진 가구들이군요." 오스타프가 퉁명스럽게 말했다. "좀 퇴폐적이지만."

"이 방은 좀 전에 와봤어요." 리자는 붉은 응접실 방에 들어서면서 말했다. "여긴 별로 볼 게 없어요."

그러나 리자는 이제껏 가구들을 무관심하게 보던 두 사람이 이 방에 들어서자마자 마치 보초병들처럼 문가에 얼어붙은 자세로 선 모습을 보고 놀랐다.

"왜 그렇게 서 계신 거예요? 빨리 가요. 전 좀 피곤하네요."

"잠시만 기다려주십시오." 이폴리트 마트베예비치는 그녀에게서 팔을 빼내며 말했다. "잠깐이면 됩니다."

커다란 방은 가구들로 가득 차 있었는데, 특히 감브스 의자들이 벽과 탁자들을 따라 진열되어 있었다. 구석에 있는 지반 주변에도 의자들이 있었다. 곡선 다리와 편안한 등받이는 이폴리트 마트베예비치에게 너무나도 친숙한 것이었다. 오스타프는 그의 얼굴을 살펴보았다. 이폴리트 마트베예비치의 얼굴은 붉게 물들어 있었다.

"피곤하시지요, 아가씨?" 오스타프가 리자에게 말했다. "여기 잠시 앉아서 쉬세요. 우리는 이곳을 좀 더 둘러봐야겠습니다. 매우 흥미로운 방이군요."

그들은 리자를 앉히고 나서 창가 쪽으로 갔다.

"이것들이 맞지요?" 오스타프가 물었다.

"똑같이 생겼어. 좀 더 꼼꼼하게 살펴봐야겠네."

"의자가 모두 여기 있는 건가요?"

"지금 세어보고 있는 중이네. 잠시만, 잠시만 기다리게."

보로뱌니노프는 눈으로 의자 수를 세어보기 시작했다.

"잠시만." 보로뱌니노프가 잠시 후 말했다. "의자가 모두 스무 개야. 이럴 리가 없는데. 열 개여야 하는데."

"다시 한 번 잘 보세요. 이 의자들이 아닐 수도 있잖아요."

그들은 의자 사이를 왔다 갔다 했다.

"어때요?" 오스타프가 물었다.

"등받이가 내 것과는 좀 다른 것 같네."

"그렇다면 이것들이 아니란 말이군요."

"그렇네."

"괜히 시간만 낭비했군요."

이폴리트 마트베예비치는 완전히 절망에 빠졌다.

"괜찮습니다." 오스타프가 말했다. "회의는 계속될 겁니다. 의자를 찾는 건 건초 더미에서 바늘 찾는 게 아니니까 찾을 수 있을 겁니다. 전표를 이리 주세요. 좋은 방법은 아닌 것 같지만 박물관 관리인과 직접 얘기를 해봐야겠군요. 저 아가씨 옆에 앉아서 잠시 쉬고 계세요. 제가 다녀오겠습니다."

"왜 그렇게 슬퍼 보이세요?" 리자가 말했다. "당신도 피곤하신가요?"

이폴리트 마트베예비치는 침묵했다.

"머리가 아프신가요?"

"네, 조금. 걱정거리가 있어서요. 아시겠지만, 여성의 손길이 없으면 인생이 좀 힘들어집니다."

리자는 처음에는 놀랐으나 벗어진 그의 머리를 쳐다보고는 진심으로 그에게 연민을 느끼기 시작했다. 보로바니노프의 두 눈은 고통으로 가득 차 있었고, 그의 코안경도 처진 눈살을 감추어주지 못했다. 그것은 지방 작스 서기관의 평온한 삶에서 다이아몬드를 찾아나서는 모험가의 불편하고 초조한 삶으로의 갑작스러운 전환이 가져온 변화 때문이었다. 그동안 이폴리트 마트베예비치는 많이 여위었고, 간도 나빠졌다. 벤데르의 준엄한 감시 속에서 그는 자신의 모습을 잃어갔고, 벤데르의 강력한 지적 능력에 빠르게 용해되고 있었다. 리자라는 이 매력적인 아가씨와 단둘이 남게 된 지금, 그는 그녀에게 자신의 모든 고통과 흥분된 마음을 얘기하고 싶어졌다. 그러나 그는 그럴 수 없었다.

"그렇습니다." 자신의 옆에 있는 젊은 아가씨를 부드럽게 바라보며 그가 말했다. "그런 게 인생이지요. 그런데 당신은 어떠십니까? 엘리자베타……."

"엘리자베타 페트로브나예요. 당신은 성함이?"

두 사람은 이름과 부칭을 말하며 서로를 알게 되었다.

'아름다운 사랑 이야기가 시작되는 건가?' 이폴리트 마트베예비치는 리자의 순수한 얼굴을 바라보며 생각했다. 나이 많은 귀족단장은 여성의 손길과 보살핌을 너무도 강렬하게 원한 나머지 순간적으로 리자의 손을 자신의 주름투성이인 두 손 안에 꽉 쥐고 열정적으로 파리에 관한 이야기를 시작했다. 부유하고 화려하고 당당하게 살고 싶었던 그는, 여성 오케스트라 단원 중 아름다운 여성 한 명을 유혹하여 개인 서재에서 음악을 들으며 그녀와 함께 포도주를 마시는 삶을 꿈꾸곤 했다. 그랬던 그가 지금 여성 오케스트라나 포도주, 혹은 이런 식의 삶의 기쁨은 전혀 모를 것 같은 이 아가씨와 대체 무슨 이야기를 할 수 있단 말인가? 그러나 그는 어쨌든, 이 아가씨에게 매력적인 남성으로 보이고 싶었다. 이폴리트 마트베예비치는 파리에 관한 얘기로 그녀를 유혹하기 시작했다.

"당신은 과학자이신가요?" 리자가 물었다.

"네, 어느 정도 비슷한 일을 하고 있습니다." 이폴리트 마트베예비치는 대답을 하면서 자신이 벤데르를 만나고 나서부터 없었던 뻔뻔함이 생겨나고 있음을 느꼈다.

"실례가 되지 않는다면 나이가 어떻게 되시는지 물어봐도 될까요?"

"나이는 제가 지금 하고 있는 학문과는 아무런 관계가 없습니다."

즉각적이고 명쾌한 이 대답에 리자는 흥미를 느꼈다.

"그래도 혹시…… 서른 살? 마흔? 아님 쉰 살이세요?"

"거의 맞히셨군요. 서른여덟입니다."

"어머! 정말 젊어 보이세요."

이폴리트 마트베예비치는 행복한 감정을 느끼기 시작했다.

"언제 다시 당신을 만날 수 있는 행운을 얻을 수 있을까요?" 콧소리를 내며 이폴리트 마트베예비치가 말했다.

리자는 매우 부끄러워졌다. 그녀는 당황해서 의자에 앉은 채 어쩔 줄 몰라 했다.

"벤데르 동무는 대체 어딜 간 거죠?" 그녀는 가느다란 목소리로 물었다.

"언제 볼 수 있을까요?" 보로뱌니노프는 틈을 주지 않고 물었다. "언제, 어디서 만날까요?"

"저도 모르겠어요. 편하신 대로 하세요."

"오늘 괜찮으십니까?"

"오늘 말씀이신가요?"

"제발 당신을 만나고 싶습니다."

"좋아요, 그럼 오늘 만나요. 저희 집에 들러주세요."

"아뇨, 밖에서 만나도록 하죠. 오늘은 날씨가 정말 좋습니다. 혹시 이 시를 아십니까? '오월은 장난꾸러기, 오월은 마술사. 신선한 바람을 불어주네.'*"

"사로프**의 시인가요?"

---

*19세기 말에 활동한 시인 콘스탄틴 포파노프의 시 〈오월〉의 한 구절.
**1920년대에 매우 인기를 끌었던 공산청년동맹 출신의 시인이자 가수.

"음…… 맞을 겁니다. 오늘 괜찮겠지요? 어디서 볼까요?"

"정말 재밌는 분이세요! 좋을 대로 하세요. 괜찮다면 기숙사 건물 2층 복도 캐비닛 옆에서 보도록 해요. 어딘지 아시죠? 어두워지면……."

이폴리트 마트베예비치가 매우 정중하게 리자의 손에 세 번의 키스를 성공적으로 끝내자마자 오스타프가 돌아왔다. 오스타프는 극히 사무적인 어조로 말했다.

"실례합니다, 마드무아젤." 오스타프는 재빠르게 말을 이었다. "저와 제 친구는 오늘 당신을 댁까지 모셔다 드릴 수 없게 되었습니다. 큰일은 아니지만 대단히 중요한 일이 생겨서요. 우린 지금 서둘러서 어떤 곳으로 가야만 합니다."

이폴리트 마트베예비치는 깊은 한숨을 내쉬었다.

"나중에 또 뵙도록 하지요, 옐리자베타 페트로브나." 그는 서둘러 말했다. "미안합니다, 미안합니다, 정말 미안합니다. 그러나 우린 정말 서둘러야 합니다."

두 명의 동업자들은 멍하니 있는 리자를 감브스 가구로 가득차 있는 방에 남겨두고 부리나케 밖으로 나왔다.

"만일 제가 없었다면." 계단을 내려오면서 오스타프가 말했다. "당신은 아무것도 할 수 없었을 겁니다. 저한테 기도를 올리세요. 감사의 기도를 하란 말입니다! 걱정 마세요! 기도한다고 잡아갈 사람은 없으니까. 어떻게 되었냐고요? 당신 가구는 이 박물관에 소장될 만한 가구가 아니더군요! 당신 가구는 박물관이 아니라 군대의 막사에나 어울리는 것이었습니다. 이 상황에 만족하십니까?"

"그만 좀 빈정거리게!" 오스타프 벤데르의 강력한 지적 능력에서 이제 막 해방되기 시작했던 보로뱌니노프가 소리를 쳤다.

"잠자코 계시지요." 오스타프가 냉정하게 말했다. "무슨 일이 일어났는지 당신은 모르실 겁니다. 만일 우리가 지금 즉시 가구를 손에 넣지 못한다면 모든 게 끝입니다! 이젠 결코 찾을 수 없을 겁니다. 저는 방금 역사적인 쓰레기 더미를 모아둔 이 박물관 관장과 어려운 대화를 나누고 왔습니다."

"무슨 말을 하던가?" 이폴리트 마트베예비치가 소리쳤다. "관장이 자네에게 무슨 말을 해주던가?"

"우리에게 필요한 모든 말을 해주었죠. 흥분하지 말고 들어보세요. 제가 그에게 정중하게 물어보았지요. '스타르고로드 시에서 입수해 온 이 전표에 적힌 가구들이 여기에 없는 것 같은데 그것에 대해 설명해보시오'라고 말이죠. '어떤 가구를 말씀하시는 겁니까?' 그가 물으면서 '우리 박물관에서는 그런 일들이 없습니다'라고 하더군요. 그래서 제가 그에게 전표를 들이밀었죠. 그랬더니 그자가 서류철을 반 시간 정도 뒤적거린 후 말해주더군요. 자, 한번 상상해보세요. 가구가 어디 있을까요?"

"잃어버렸나?" 보로뱌니노프가 울먹이는 목소리로 말했다.

"아닙니다. 한번 생각해보세요. 온갖 소동 속에서도 의자들은 살아남았습니다. 좀 전에 말씀드렸다시피, 의자들은 박물관에 소장될 만한 가치가 없었습니다. 그래서 그것들을 박물관

창고에 처박아놓고 있다가, 7년이나 처박혀 있었답니다! 어제가 되어서야, 7년이 지난 바로 어제가 되어서야 경매에 붙이기 위해 의자들을 신고 나갔다고 합니다. 경매는 중앙과학위원회에서 열린다고 합니다. 만일 어제나 오늘 아침에 팔리지 않았다면, 의자는 우리 것입니다! 이제 아시겠습니까?"

"빨리 가세!" 이폴리트 마트베예비치가 소리쳤다.

"마부!" 오스타프가 소리쳤다.

그들은 흥정도 하지 않고 마차에 올라탔다.

"나한테 감사 기도를 하세요! 기도하셔야 한다고요! 이제 곧 포도주와 여자들, 카드놀이를 즐길 수 있을 겁니다. 하늘색 조끼 값도 갚아드릴 수 있고요."

동업자들은 페트롭카 거리에 위치한 경매 홀로 고삐 풀린 망아지처럼 쏜살같이 달려갔다.

그들은 경매장의 첫 번째 방에서 그토록 오랫동안 찾아왔던 것을 발견했다. 이폴리트 마트베예비치의 열 개의 의자들은 부드러운 곡선 다리로 벽을 따라 당당히 서 있었다. 심지어 의자 방석 천들도 색이 바라거나 얼룩지거나 손상되지 않은 것 같았다. 의자들은 산뜻하고 깨끗해서 마치 클라브디야 이바노브나의 엄격한 관리하에 이제 막 세상에 나온 물건처럼 보였다.

"저것들이죠?" 오스타프가 물었다.

"하느님, 하느님!" 이폴리트 마트베예비치는 확신에 찬 어조로 말했다. "저것들이야. 바로 저것들이라고. 이번에는 의심할 여지가 없어."

"그래도 확실하게 검사해보도록 하죠." 애써 흥분을 가라앉히며 오스타프가 말했다.

그는 경매 관리인에게 다가갔다.

"이 의자들이 혹시 가구 박물관에서 온 물품들인가요?"

"이것들 말씀인가요? 네, 그렇습니다."

"팔 건가요?"

"네, 팔 겁니다."

"얼마입니까?"

"가격은 아직 정해지지 않았습니다. 경매에 붙일 거라서요."

"그렇군요. 오늘 경매에 붙일 건가요?"

"오늘은 이미 끝났어요. 내일 5시에 시작할 겁니다."

"그렇다면, 아직 팔리지 않았단 말씀이시죠?"

"그렇습니다. 내일 5시부터 시작합니다."

그래도 지금 이 의자 곁을 떠날 수는 없었다.

"괜찮다면." 이폴리트 마트베예비치는 더듬대며 말했다. "이 의자들을…… 좀 살펴봐도…… 되는지요?"

동업자들은 오랫동안 의자를 살펴보고 그 위에 앉아보기도 했다. 들키지 않기 위해 일부러 다른 물건들을 둘러보기도 했다. 보로뱌니노프는 거친 숨을 내뱉으며 오스타프를 계속 팔꿈치로 찔러댔다.

"나한테 기도하세요!" 오스타프가 속삭였다. "기도하셔야 합니다, 귀족단장 나리."

이폴리트 마트베예비치는 오스타프에게 감사의 기도를 할

준비가 되어 있을 뿐만 아니라, 심지어 그의 갈색 구두에 키스할 준비까지도 되어 있었다.

"내일." 이폴리트 마트베예비치가 말했다. "바로 내일, 내일, 내일."

그는 노래라도 부르고 싶은 심정이었다.

19장
유럽식 투표

동업자들이 모스크바에서 박물관을 방문하기도 하고 근사한 레스토랑에서 저녁을 먹으며 아가씨들과 즐거운 시간을 보내는, 이른바 문화적이며 계몽적인 생활을 하는 동안 스타르고로드 시의 플레하노프 거리에 사는 뚱뚱하지만 마음 약한, 그리고 두 번이나 남편을 잃어버린 그리차추예바 부인은 이웃집 여자들과 함께 비밀스러운 모임을 가지고 있었다. 모두 함께 벤데르가 남기고 간 메모지를 꼼꼼히 살펴보기도 했고, 심지어 그것을 빛에 비추어보기까지 했다. 그러나 메모지에서는 별다른 것을 찾을 수 없었다. 만일 무언가를 찾았다고 한다면, 위대한 오스타프의 비밀스러운 사기술은 빛나지 않았을 것이다.

사흘이 지나갔다. 수평선이 맑게 개었다. 벤데르도, 금 브로치도, 두꺼운 금팔찌도, 도금된 차 거름망도, 의자도 돌아오지 않았다. 생명이 있는 것이든 없는 것이든, 이 모든 것은 정말 수수께끼처럼 사라져버렸다.

그리하여 미망인은 극단적인 방법을 선택했다. 그녀는 〈스타르고로드 프라브다〉 신문사 사무실로 찾아가서 서둘러 다음과 같은 광고를 냈다.

사람을 찾습니다
거처를 아시는 분은 꼭 연락 바랍니다

집 나간 벤데르 동무, 나이 25~30세
초록색 양복에 갈색 구두, 하늘색 조끼
갈색 머리, 갈색 눈동자, 갈색 피부

알려주시는 분께 사례합니다
플레하노프 거리 15번지, 그리차추예바

"이 사람이 당신 아들입니까?" 사무실 직원이 관심을 가지고 물었다.

"내 남편이에요!" 손수건으로 눈물을 닦으며 그녀가 대답했다.

"아, 남편이시군요."

"법적인 남편이에요. 왜 그러시죠?"

"아, 아닙니다. 그렇다면 경찰서로 가시는 게 더 나을 것 같아서요."

미망인은 놀랐다. 그녀는 경찰을 무서워했다. 이상하게 여기는 눈초리를 뒤로하고 그녀는 사무실을 빠져나왔다.

〈스타르고로드 프라브다〉 신문에는 광고가 세 번 나갔다. 그러나 어디에서도 연락은 오지 않았다. 갈색 구두에 갈색 피부, 갈색 눈, 갈색 머리카락을 가진 인물은 어디에서도 찾을 수 없었다. 어느 누구도 사례금을 타지 못했다. 이웃 사람들이 쑥덕거리기 시작했다.

미망인의 이마에는 날마다 주름살이 더해갔다. 그리고 이상한 일이 일어났다. 좋은 의자와 가정용품들을 들고 사라져버린 남편이 마치 로켓처럼 가끔씩 어두운 밤하늘에 나타났다가 사라지는 것이었다. 그리고 그럴 때마다 미망인은 그를 더욱 사랑하게 되었다. 누가 여자의 마음을, 특히 미망인의 마음을 이해할 수 있겠는가?

스타르고로드 시민들은 이제 아무 두려움 없이 익숙하게 전차를 이용하게 되었다. 전차 차장의 "자리가 없습니다"라는 생기 있는 외침이 울려 퍼지기도 하는 전차는 마치 붉은 태양왕 블라디미르* 시대부터 생겨난 것처럼 자연스럽게 운행되었다. 빅토르 미하일로비치 폴레소프는 장애인들과 임산부들을 위한 앞 칸에 타곤 했다. "표를 보여주시오"라고 누군가가 말하면, 폴레소프는 근엄한 목소리로 "1년 정기권이오"라고 말하고는 운선사 옆자리에 앉았다. 폴레소프는 1년 정기권이 없었을 뿐

---

*러시아에서 최초의 통일공국을 이룩한 키예프의 블라디미르 대공. '붉은 태양왕'이라는 별칭으로 불렸다.

만 아니라 구입할 형편도 되지 못했다.

보로뱌니노프와 위대한 사기꾼이 떠나고 난 뒤, 도시에는 그들의 흔적이 깊숙하게 남았다.

비밀결사대원들은 자신들만의 비밀을 단단히 지키고 있었다. 처음 만나는 사람에게도 자신의 비밀을 스스럼없이 털어놓는 빅토르 미하일로비치조차 아무 말도 하지 않았다. 오스타프의 힘센 어깨를 생각할 때마다 입이 움츠러들었기 때문이다. 그는 점쟁이와 있을 때만 이야기를 털어놓았다.

"어떻게 생각하세요, 옐레나 스타니슬라보브나?" 그가 말했다. "우리 지도자들의 부재에 대해 어떻게 설명하실 겁니까?"

옐레나 스타니슬라보브나 역시 이 일에 깊은 관심을 갖고 있었지만, 그녀에게도 아무런 정보가 없었다.

"옐레나 스타니슬라보브나, 혹시 이런 생각은 들지 않습니까?" 경박한 철공이 말을 이었다. "지금 그들이 어떤 특별한 임무를 수행하고 있는 것은 아닐까요?"

점쟁이는 그럴 것 같다는 확신이 들었다. 빨간 반바지를 입은 앵무새도 같은 생각을 하고 있을지 몰랐다. 앵무새는 자신의 둥글고 현명해 보이는 눈으로 폴레소프를 바라보며 이렇게 얘기하고 있는 듯했다. '해바라기 씨 좀 줘. 그럼 내가 모든 걸 다 이야기해주지. 빅토르, 자넨 곧 시장이 될 거야. 모든 철공들이 자네에게 복종하게 될 거야. 그러나 5번 건물의 수위는 계속 수위 일을 하면서 자신의 직업에 자부심을 잃지 않을 거야.'

"옐레나 스타니슬라보브나! 우리도 뭔가를 해야 한다고 생각하지 않으세요? 이렇게 아무것도 안 하고 앉아 있을 수는 없습니다!"

점쟁이는 그의 말에 동의하면서 한 마디 더 거들었다.

"이폴리트 마트베예비치는 진짜 영웅이에요!"

"영웅입니다! 옐레나 스타니슬라브브나! 분명한 사실입니다. 그와 함께 있던 군대 장교는요? 사무 능력이 있는 사람입니다! 옐레나 스타니슬라브브나! 어쨌든 이렇게 가만히 있을 수는 없습니다. 절대로 그래서는 안 됩니다."

폴레소프는 활동을 시작했다. 그는 정기적으로 비밀결사대 '검과 낫 연합' 회원들을 방문했는데, 특히 오데사 부블리크 협동조합 '모스크바식 바란카' 대표인 키슬랴르스키를 괴롭게 했다. 폴레소프가 방문할 때마다 키슬랴르스키의 얼굴은 어두워졌다. 그리고 폴레소프가 활동의 필요성을 언급할 때마다 소심한 성격의 협동조합 대표는 정신착란 증세까지 보이곤 했다.

토요일에 앵무새를 포함한 모든 회원들이 옐레나 스타니슬라보브나의 집에 모였다. 폴레소프는 열정적이었다.

"이보게, 빅토르, 너무 서두르지 말게." 신중한 성격의 댜디예프가 말했다. "대관절 자네는 왜 매일 시내를 그렇게 돌아다니는 건가?"

"활동을 해야 하기 때문이오!" 폴레소프가 소리쳤다.

"활동을 해야 합니다. 그러나 이렇게 소리칠 필요는 없겠지요. 여러분, 오늘 저는 여러분에게 전부 다 말씀드리려고 합니다. 언젠가 이폴리트 마트베예비치가 이렇게 말씀하신 적이 있습니다. '이 일은 신성한 일입니다'라고 말이죠. 그리고 이제 얼마 남지 않았다고 했습니다. 이 모든 일이 어떻게 진행될지 우리가 다 알 필요는 없겠지요. 왜냐하면 우리에겐 임무를 수행하고 있는 전사들이 있으니까요. 우리는 시민의 일부분, 즉 도시 인텔리와 상인 대표들입니다. 우리에게 무엇이 중요합니까? 바로 준비하는 것입니다. 우리에게 무엇이 있습니까? 중심이 있습니까? 아니, 없습니다. 누가 우리 도시의 수장이 되겠습니까? 아무도 없습니다. 여러분, 바로 이 점이 중요한 것입니다. 여러분, 아마도 이제 영국인들은 더 이상 볼셰비키들을 봐주지 않을 겁니다. 이것이 우리에게 나타난 최초의 징후입니다. 여러분, 모든 것이 변하고 있습니다. 엄청나게 빠른 속도로 변하고 있습니다. 제가 확실히 말씀드릴 수 있습니다."

"맞소, 그 점에 대해서는 우리도 의심하지 않소." 차루시니코프가 볼살을 부풀리며 말했다.

"의심하지 않으신다니 정말 멋지군요. 키슬랴르스키 씨, 당신의 의견은 어떠합니까? 그리고 젊은이들, 자네들의 의견은?"

니케샤와 블라쟈는 자신들의 시각에서 빠른 변화에 대한 확신을 표현했다. 그리고 키슬랴르스키는 앞서 무장 투쟁에 직접적으로 참여할 필요가 없다고 한 '신속포장' 대표 댜디예프의 말을 듣고 기꺼이 그의 의건에 동조했다.

"그럼 지금 우리는 무엇을 해야 할까요?" 빅토르 미하일로비치가 곧바로 질문했다.

"기다립시다." 댜디예프가 말했다. "보로뱌니노프 동지의 예를 들어봅시다. 그는 얼마나 영리합니까! 또한 얼마나 신중합니까! 도움을 받지 못하고 버려진 사람들을 그가 얼마나 신속하게 도왔는지 여러분도 잘 아실 겁니다. 우리도 그렇게 행동할 필요가 있습니다. 우리는 어린아이들을 도와야 합니다. 그래서 말인데, 여러분, 지도자를 선출했으면 좋겠습니다."

"이폴리트 마트베예비치 보로뱌니노프를 귀족단장으로 추천합니다!" 니케샤와 블라쟈가 외쳤다.

차루시니코프는 동의하듯 헛기침을 했다.

"좋고말고! 그는 적어도 장관은 될 사람이지. 아니, 그 이상 올라가서 최고의 자리에도 오를 사람이야!"

"잠시만요, 여러분." 댜디예프가 말했다. "단장이나 장관은 나중의 일입니다! 우리가 생각해야 할 일은 귀족단장이 아니라 주지사를 뽑는 것입니다. 주지사부터 시작하도록 하죠. 제 생각에는……."

"댜디예프 씨!" 폴레소프가 환희에 차서 소리쳤다. "우리 주 전체를 통치할 수 있는 사람으로 누굴 추천하시겠습니까?"

"제 의견에 동의해주셔서 감사합니다. 제 생각에는……." 댜디예프가 말했다. 그러나 갑자기 얼굴이 상기된 차루시니코프가 끼어들었다.

"여러분, 이 문제는." 매우 긴장된 목소리로 그가 말했다. "표결로 결정해야 할 것 같소." 그는 댜디예프를 쳐다보지 않으려고 애쓰며 말했다.

'신속포장' 대표인 댜디예프는 나무 장식물이 붙어 있는 자신의 부츠를 자랑스럽게 바라보며 말했다.

"반대하지 않습니다. 그렇다면 투표로 정하는 게 좋을 것 같군요. 비밀 투표로 할까요, 공개 투표로 할까요?"

"소비에트식 투표는 우리에게 필요 없소." 차루시니코프가 단호한 어조로 말했다. "각자의 양심에 따라, 유럽식 투표, 즉 비밀 투표로 합시다."

종이쪽지로 투표를 시작했다. 댜디예프가 네 표, 차루시니코프가 두 표를 얻었고, 한 명은 기권을 했다. 키슬라르스키의 얼굴을 보니 기권 표는 그가 행사한 것이 분명해 보였다. 그는 미래의 주지사가 누가 되든 간에 그와 불편한 관계를 만들고 싶지 않았다.

떨리는 마음으로 폴레소프가 공정한 유럽식 투표의 결과를 발표하자 방 안에는 무거운 침묵이 흘렀다. 모두들 차루시니코프를 보지 않으려고 애를 썼다. 주지사에 낙방한 후보는 모욕을 받은 듯 앉아 있었다.

옐레나 스타니슬라보브나는 그를 매우 가엾게 여겼다. 그녀는 그를 지지했다.

또 다른 한 표는 선거에 매우 능숙한 차루시니코프 자신이 자신에게 표를 던진 것이었다. 선량한 옐레나 스타니슬라보브나가 다음과 같이 제의했다.

"저는 우리 시의 시장으로 그 누구보다도 차루시니코프 씨를 추천합니다."

"어째서 '그 누구보다도'라고 말씀하시는 겁니까?" 너그러운 마음의 주지사가 말했다. "'그 누구보다도'가 아니라, 사실은 이분 외에는 시장을 할 사람이 아무도 없어요. 차루시니코프 씨의 사회적 활동은 우리 모두가 다 잘 알고 있잖습니까."

"찬성합니다! 찬성합니다!" 모두들 외쳤다.

"그렇다면 차루시니코프 씨를 시장으로 확정해도 되겠습니까?"

낙담해 있던 차루시니코프는 활기를 되찾았고, 심지어 이의를 제기하기도 했다.

"여러분, 아닙니다. 이렇게 하면 안 됩니다. 주지사보다는 오히려 시장을 반드시 선거로 선출해야 합니다. 여러분, 만일 여러분이 제게 신임을 보이고 싶으시다면, 간곡히 부탁드리겠습니다. 투표를 해주십시오!"

빈 설탕 병에 투표 용지가 모이기 시작했다.

"찬성 여섯 표." 폴레소프가 말했다. "기권 한 표입니다."

"축하드립니다, 시장님!" 키슬랴르스키가 말했다. 그의 얼굴을 보니 이번에도 기권 표는 그가 던진 게 분명해 보였다. "축하드립니다."

차루시니코프의 얼굴이 환해졌다.

"분위기를 좀 바꿔야겠소, 주지사." 그가 댜디예프에게 말했다. "폴레소프, 레스토랑 '10월'에 좀 갔다 오게. 돈은 있겠지?"

폴레소프는 비밀스러운 손짓을 하더니 식당으로 달려갔다. 선거는 잠시 휴식에 들어갔고, 저녁 식사 후 계속 이어졌다.

교육청장으로는 예전의 귀족학교 교장이었다가 지금은 헌책방을 운영하는 라스포포프가 지명되었다. 모두들 그를 칭송했지만, 보드카 석 잔을 마시고 나더니 블라쟈가 갑자기 반대하기 시작했다.

"그는 절대 안 됩니다. 그 사람은 제가 졸업시험을 칠 때 논리학에 2점*을 주었습니다."

사람들이 블라쟈를 공격하기 시작했다.

"이렇게 중요한 시기에 개인의 이익만을 생각하다니!" 모두들 그에게 퍼부었다. "조국을 생각하도록 하시오!"

블라쟈는 너무도 빨리 설득당해서 자신을 괴롭히던 사람에게 찬성표를 던졌다. 라스포포프는 한 사람의 기권 표를 제외하고 만장일치로 선출되었다.

키슬랴르스키에게는 증권거래위원회 의장 자리가 제안되었다. 그는 이 자리를 거절하지는 않았지만, 투표가 진행되자 역시 기권 표를 던졌다.

지인들과 친척들을 선별하여 경찰국장, 조세국장, 공장 감독관을 선출했다. 검찰관, 법원 서기, 재판소장 자리도 채워 넣었다. 지방자치회 의장, 상인자치회 의장, 아동위원회 의장, 소시민자치회 의장까지 선출했다. 엘레나 스타니슬라보브나는 후원단체 '우유 방울', '하얀 꽃'** 의장으로, 니케샤와 블라쟈는

---

*러시아에서 성적 등급은 다섯 단계로 나뉘며, 5점이 가장 높은 등급이고, 2점과 1점은 낙제 점수다.
**혁명 전에 실제로 러시아에서 활발히 활동했던 후원단체들.

젊다는 이유로 주지사 특별 수행위원으로 선출되었다.

"잠깐만!" 갑자기 차루시니코프가 소리쳤다. "주지사에게는 수행위원이 두 명이나 배정되었는데 내게는 왜 한 명도 배정되지 않은 거요?"

"시장에게는……." 주지사가 부드럽게 말했다. "수행위원을 배정해야 한다는 특별 규정이 없습니다."

"그렇다면 비서라도 임명해주시오."

댜디예프는 동의했다. 옐레나 스타니슬라보브나도 기분이 좋아 보였다.

"이 사람을 추천하면 안 되겠습니까?" 그녀가 조심스럽게 얘기를 꺼냈다. "제가 아는 젊은이가 한 명 있는데, 심성이 매우 훌륭하고 교육도 잘 받은 사람이에요. 체르케소바 부인의 아들인데…… 아주 착하고, 능력도 좋아요. 지금은 아무 일도 하지 않고 있어요. 직업소개소에 등록도 되어 있고, 등록증도 있어요. 조합에서는 며칠 내로 일자리를 알선해준다고 약속했다던데……. 그를 우리 쪽으로 데려오면 안 될까요? 어머니도 아주 좋은 분이에요."

"데려오도록 하시오." 차루시니코프가 인자하게 말했다. "여러분, 이 문제를 어떻게 생각하십니까? 좋소. 제 생각에는 별문제가 없을 것 같으니 통과시키도록 하겠소."

"자, 그러면." 댜디예프가 말했다. "이제 모든 게 다 결정된 것 같습니다. 더 이상 선출할 사람은 없는 거죠?"

"저는요?" 갑자기 가늘게 떨리는 목소리가 울려 퍼졌다.

모두들 돌아보았다. 구석진 곳, 앵무새 옆에 완전히 실의에 빠진 폴레소프가 서 있었다. 빅토르 미하일로비치의 새까만 눈동자에 눈물이 글썽거렸다. 사람들은 모두 무척 무안해졌다. 모여 있는 사람들은 지금 자신들이 폴레소프가 대접한 보드카를 마시고 있으며, 그가 '검과 낫 연합'의 스타르고로드 지부에서 매우 중요한 역할을 하고 있다는 사실을 문득 상기했다.

위스키 잔을 들고 있던 엘레나 스타니슬라보브나는 놀라서 소리쳤다.

"빅토르 미하일로비치!" 모두가 웅성거렸다. "우리의 소중한 동지여! 여러분 모두 부끄럽지도 않으세요? 당신은 왜 그 구석에 서 있는 거죠? 여기 가운데로 오세요!"

폴레소프는 가운데 자리로 왔다. 그는 괴로웠다. '검과 낫 연합' 동지들로부터 이런 대접을 받으리라고는 생각지도 않았던 것이다.

엘레나 스타니슬라보브나는 참을 수 없었다.

"여러분!" 그녀가 말했다. "이건 정말 끔찍한 일이에요! 어떻게 여러분은 우리의 소중한 빅토르 미하일로비치를 잊을 수가 있죠?"

그녀는 일어서서 한때 귀족 계급이었던 철공의 검게 그을린 이마에 입을 맞추었다.

"여러분, 빅토르 미하일로비치가 훌륭한 교육청장이나 경찰국장이 될 수는 없을까요?"

"빅토르 미하일로비치." 주지사가 말했다. "교육청장이 되고 싶은가요?"

"물론, 그는 훌륭하고 인도주의적인 교육청장이 될 겁니다!" 버섯을 맛있게 삼키며 시장이 지지 의견을 표출했다.

"그럼 라스포포프는 어떻게 하죠?" 여전히 화가 풀리지 않은 빅토르 미하일로비치가 난처한 듯 말했다. "여러분은 이미 라스포포프를 임명하지 않았습니까?"

"음, 그렇군요. 라스포포프를 어디로 보내지?"

"소방대장 자리는 어떨까요?"

"소방대장?" 빅토르 미하일로비치가 갑자기 흥분하여 소리 쳤다.

빅토르 미하일로비치의 눈앞에 갑자기 소방차와 화염이 나타나고, 소방 나팔 소리와 북소리가 들려왔다. 소방 도끼들이 번뜩였고, 불길이 치솟고 땅이 갈라지면서 흑룡이 나타나 그를 도시 극장의 화재 현장으로 데려갔다.

"소방대장? 저는 소방대장이 되고 싶습니다!"

"그거 잘됐군요! 축하합니다. 지금부터 당신은 소방대장입니다."

"소방대의 무궁한 발전을 위하여!" 증권거래위원회 위원장이 비꼬는 듯한 어조로 말했다.

그러자 모든 사람들이 키슬랴르스키를 공격하기 시작했다.

"당신은 항상 좌파였소! 모두가 알고 있는 사실이야!"

"여러분, 제가 왜 좌파라고 생각하십니까?"

"우린 알고 있소. 우리 모두 다 알고 있다고!"

"좌파라니요!"

"모든 유대인은 좌파야!"

"여러분, 이런 식의 농담은 전혀 이해하지 못하겠습니다."

"좌파야, 좌파! 숨기려 하지 마시오!"

"저는 꿈에서도 밀류코프*를 만나는 사람입니다."

"그럼 입헌민주당원**이군! 입헌민주당원이야!"

"입헌민주당이 핀란드를 팔아먹었어!"*** 차루시니코프가 갑자기 끼어들었다. "일본 놈들에게 돈도 받아 처먹었소!**** 아르메니아인들도 갈라놓았지!*****"

키슬랴르스키는 근거 없는 비난의 물결을 도저히 참을 수 없었다. 얼굴이 창백해진 증권거래위원회 위원장은 눈을 껌뻑거리며 의자 손잡이를 움켜쥐고 울먹이며 말했다.

"저는 10월당원******이었고 앞으로도 그럴 겁니다."

사람들은 누가 어떤 당에 소속되어 있는지 밝히기 시작했다.

---

*케렌스키의 임시정부에서 내무대신을 역임한 입헌민주당의 우파 지도자.
**1905년에 자유주의적인 지주, 기업가, 지식인들이 결성한 정당. 러시아를 영국과 같은 입헌군주제로 변화시켜야 한다는 입장이어서 입헌민주당 또는 인민자유당으로 불렸다.
***1917년 2월 혁명 후 임시정부의 외무장관이었던 밀류코프가 19세기 중반부터 제정 러시아의 지배령에 속해 있던 핀란드에 자치권을 인정해준 사건. 급진적 우파들은 국익을 배신한 행위라고 입헌민주당원들을 열렬히 비난했다.
****1905년 러일전쟁 당시 러시아 정부가 일본 정부로부터 돈을 받고 전쟁을 마무리했다는 급진적 우파 언론들의 주장.
*****1915년에서 1916년에 걸친 터키 정부의 아르메니아인 대학살에 입헌민주당원들과 볼셰비키들이 개입했다는 주장.
******1905년 러시아 1차 혁명 후 러시아 전역에서 파업과 폭동이 거세지자 니콜라이 2세가 입헌군주제 수립을 내용으로 하는 10월 선언을 발표하고, 자유주의적 귀족 관료와 사업가들이 '10월당'을 창설함으로써 입헌군주제를 지지했다.

"여러분, 무엇보다도 민주주의가 우선입니다." 차루시니코프가 말했다. "우리 시의 자치회는 민주적이어야 합니다. 그러나 입헌민주당원들은 없어야 됩니다. 그들은 1917년에 이미 우리에게 많은 해를 끼쳤소!"

"저도 그러길 바랍니다." 주지사가 흥미를 보이며 악의에 찬 어조로 말을 이었다. "우리 가운데 소위 사회민주당원*들은 없겠지요?"

10월당원으로서 대표자 회의에 참석한 적이 있었던 키슬랴르스키보다 더 좌파인 사람은 없었다. 차루시니코프는 자신을 '중립파'라고 선언했다. 소방대장은 극우파 쪽에 섰다. 그는 자신이 어느 당에 소속되어 있는지도 몰랐지만 줄기차게 우익이라고 주장했다.

전쟁에 관한 이야기가 시작되었다.

"오늘내일은 일어나지 않을 겁니다." 댜디예프가 말했다.

"일어나긴 일어날 거요."

"더 늦기 전에 뭐라도 비축해두길 충고하겠소."

"정말 그렇게 생각하십니까?" 키슬랴르스키가 불안한 마음으로 물었다.

"그러면 당신은 어떻게 생각하시오? 전쟁이 일어나면 뭐든 구할 수 있다고 생각하시오? 지금도 시장에서는 밀가루가 사라진 지 오래됐소! 현재 은화는 세상에서 우표 같은 온갖 종류

---

*19세기 말 러시아에서 결성된 마르크스주의당, 즉 소련공산당의 전신이 되는 당을 말한다.

의 종이 쪼가리들과 동등하게 취급받고 있고!* 정말 웃긴 얘기지 않소!"

"전쟁이 일어나는 것은 확정된 일이오."

"여러분이 아시는 대로." 댜디예프가 말했다. "저는 항상 유동자금을 생필품을 구입하는 데 쓰고 있습니다."

"그럼 당신의 제조업 공장은요?"

"제조업은 저절로 굴러가게 되어 있습니다. 밀가루와 설탕도 마찬가지고요. 그래서 제가 여러분에게 충고하는 겁니다. 정말 절박하게 충고합니다."

폴레소프가 웃었다.

"그럼 볼셰비키들은 어떻게 전쟁을 치릅니까? 뭘 가지고요? 구식 총으로 싸웁니까? 그럼 공군은요? 제가 아는 뛰어난 공산주의자가 저한테 '자네는 우리에게 전투기가 몇 대나 있다고 생각하는가?'라고 물어본 적이 있습니다."

"200대!"

"200대라고요? 200대가 아니라 32대입니다. 그런데 프랑스에는 8만 대의 전투기가 있습니다."

"그렇군……. 그럼 이제 볼셰비키가 항복할 일만 남았군."

그들은 자정이 되어서야 모두들 집으로 돌아갔다.

주지사는 시장과 함께 집을 나섰다. 두 사람 모두 매우 기분이 좋아 보였다.

*1차 세계대전 당시 은과 동 같은 금속이 부족하여 우표에 은화 모양을 그려 주화로 통용한 적이 있다.

"주지사!" 차루시니코프가 말했다. "그런데 자네는 장군이 아닌데 어떻게 주지사가 될 수 있나?"

"저는 문관 출신의 장군이 될 겁니다. 왜 샘이 나십니까? 원하신다면 제가 당신을 감옥에 처넣어드릴 수도 있습니다. 제게 오시지요."

"나를 감옥에 넣을 수는 없을걸. 나는 신임을 받아 선거로 선출된 사람이야."

"저도 선거로 선출되었는데, 제게는 수행원을 두 사람 붙여주더군요."

"나를 자극하지 말게!" 갑자기 차루시니코프가 거리 전체가 떠나가도록 소리를 쳤다.

"왜 그렇게 바보같이 소리치는 겁니까?" 주지사가 물었다. "경찰서에서 밤이라도 새우고 싶은 겁니까?"

"날 경찰서에 집어넣을 순 없을 걸세." 시장이 말했다. "나는 소비에트의 관리란 말일세……."

별이 빛나고 있었다. 매혹적인 밤이었다. 주지사와 시장의 논쟁은 제2차 소비에트 회의에서 계속되었다.

20장
세비야에서 그라나다까지

그런데 표도르 사제는 지금 어디에 있는 걸까? 프롤과 라브르 기념교회의 머리 깎은 성직자는 어디에 있는 걸까? 바르폴로메이치에게 속아서 비노그라드나야 거리 34번지에 살고 있는 브룬스 동무에게 갔을까? 천사의 형상을 하고 있는 보물 추적꾼이자, 어두운 복도에서 하염없이 리자를 기다리고 있는 이폴리트 마트베예비치의 무서운 경쟁자는 대체 어디에 있는 것일까?

표도르 사제는 사라져버렸다. 악마가 그를 떠돌아다니게 만들었다. 그를 포파스나야 역에서 보았다고 한 사람들도 있었고, 도네츠키 거리에서 보았다고 한 사람들도 있었다. 그가 펄펄 끓는 주전자를 들고 달려갔다고들 하는데……

표도르 사제는 욕망에 사로잡혀 있었다. 그는 부사가 되고 싶어 했다. 바르폴로메이치에게 속아서 포포바 장군 부인의 응접실 가구 세트를 찾으려고 러시아 전역을 돌고 있었다. 지금 그는 아내에게 편지를 쓰고 있다.

사제 표도르의 편지
(하리코프 역에서 N군의 아내에게)

사랑하는 나의 카테리나 이바노브나!

정말 당신에게 나는 죄인이오. 이러한 시기에 가엾은 당신을 홀로 버려두다니.

이제 당신에게 모든 것을 얘기해주겠소. 내 얘기를 듣고 당신이 나를 이해해주고 내 행동에 동의해주길 간절히 바라오.

물론 나는 혁신파 정교회에 간 것이 아니오. 나는 절대 그럴 생각이 없소.

지금부터 내가 쓰는 내용을 꼼꼼하게 잘 읽어주길 바라오. 우리는 조만간 다른 삶을 살게 될 거요. 내가 당신에게 양초 공장에 관해 얘기한 것을 기억하시오? 조만간 우린 양초 공장을 운영하게 될 것이고, 반드시 그렇게 될 거라고 확신하오. 그러면 당신은 이제 식사 준비를 할 필요도 없고, 부엌일을 할 필요도 없소. 전에 얘기했듯이 우리는 사마라로 가서 양초 공장을 운영하면서 하인을 고용하고 살게 될 것이오.

이제 내 상황을 얘기해주겠소. 단, 이건 반드시 비밀로 해야 하고, 이느 누구에게도, 심지어 마리야 이바노브나에게도 얘기하면 안 되오. 나는 지금 보물을 찾고 있소. 얼마 전에 죽은 보로바니노프의 장모 클라브디야 이바노브나 페투호바 부인 기억하시오? 그녀가 죽기 직전에 내게 스타르고로드 시의 자기 집 응접실 의자 중 하나에(모두 열두 개의 의자요) 보석들을 숨겨놓았다고 고백했소.

카텐카, 그렇다고 나를 도둑이라 생각지는 마시오. 그녀는 내게 그 보석들을 유언으로 남겨주었고, 그것들을 오랫동안 자신을 괴롭힌 이폴리트 마트베예비치로부터 지켜달라고 했소.

이것이 내가 가엾은 당신을 갑작스럽게 버리고 떠난 이유요.

당신이 이제 나를 용서했기를 바라오.

그래서 나는 스타르고로드 시로 왔소. 그런데 당신도 한번 상상해보시구려. 그 늙은 호색꾼이 이곳에 나타난 게 아니겠소. 아마 부인이 죽기 전에 그자가 부인을 또 한 번 괴롭힌 모양이오. 정말 무서운 사람이오! 게다가 어떤 범죄자 같은 자와 같이 다니던데, 아마 도적놈을 고용한 모양이오. 그자들이 나에게 달려들어 나를 세상과 하직시키려 했소만, 내가 그렇게 호락호락한 사람은 아니지. 그자들은 뜻을 이루지 못했소.

처음부터 나는 길을 잘못 들었소. 보로뱌니노프의 집(지금은 무슨 자선기관 같은 곳이오만)에서 찾아낸 건 의자 하나뿐이었소. 내가 그 의자를 들고 소르본 호텔 방으로 가던 참이었는데, 갑자기 골목 뒤에서 사자처럼 으르렁대는 사람 소리가 들리더니, 느닷없이 내게 달려들어 의자를 움켜쥐는 게 아니겠소. 거의 주먹다짐이 될 뻔했소. 잠시 후 내게 온갖 모욕을 퍼붓는 그자가 누군가 자세히 살펴보니, 보로뱌니노프였소. 수염을 깎고 머리가 벗어진 늙은 사기꾼의 모습을 한번 상상해보시오.

우리는 의자를 분해했소. 그러나 아무것도 없었소. 나는 길을 잘못 들었다는 것을 깨닫고, 당시에는 매우 괴로웠소.

심한 모욕감을 받은 나는 이 방탕아에게 얼굴을 맞대고 모든 사실을 털어놓았소.

"늙은 나이에 이 무슨 추태며, 러시아에서 이 무슨 야만적인 행동을 하는 것입니까! 귀족단장까지 지내셨던 분이 성직자에게 사자처럼 달려들어 비공산당원이라고 해서 모욕을 주시다니요! 당신은 저급한 사람이며, 클라브디야 이바노브나 부인을 학대한 사람이고, 이제는 자신의 소유가 아닌 국가의 재산을 가로채려고 하는 사냥꾼입니다!"

내 말에 부끄러운 생각이 들었는지 그는 자리를 떠났소. 아마도 창녀촌으로 가버린 것 같소.

나는 소르본 호텔로 돌아와 앞으로의 계획에 대해 곰곰 생각했소. 그리고 저 수염 깎은 바보는 절대로 생각해낼 수 없는 훌륭한 계획을 세웠소. 바로 몰수한 가구의 분배 담당자를 찾기로 결심한 거요. 카텐카, 내가 법대에서 공부한 건 결코 헛된 일이 아니었소. 나는 그 사람을 찾았소. 바로 다음 날 말이오. 바르폴로메이치라는 매우 점잖은 노인이었는데, 늙은 아내와 살면서 빵으로 겨우 끼니를 때우는 어려운 처지였소. 그는 내게 모든 서류를 주었고, 나는 그의 수고에 대해 뭔가 보상을 해주고 싶었시만 수중에 돈이 없었소(이 얘긴 나중에 다시 해주리다). 보로뱌니노프 집에 있던 열두 개의 응접실용 의자 세트는 모두 비노그라드나야 거리 34번지에 살고 있는 기술자 브룬스에게 넘어갔소. 의자가 모두 한 사람에게 갔다는 사실에 주목해주시오. 난 결코 그런 기대는 하지 않았소. 오히려 의자들이 여러 장소로 분산되었으면 어떡하나 걱정을 하고 있었소. 아무튼, 난 매우 기뻤소. 그런데 소르본 호텔에서 그 파렴치한 보로바니노프를 다시 만나게 될 줄이야. 난 그와 그의 친구인 도적놈에게 좋은 설교를 해주었고, 그들을 불쌍히 여기기도 했소. 그러나 그들이 내 비밀을 알게 될까 두려워서 그들이 어디론가 떠날 때까지 호텔에 계속 숨어 있었소.

의자를 가지고 있는 브룬스는 하리코프로 발령을 받아 1923년에 스타르고로드 시를 떠났다는 사실을 알게 되었소. 그가 살았던 건물의 수위에게서 그가 이사 갈 때 모든 가구들을 전부 가지고 갔으며, 잘 보관하고 있다는 소식을 듣게 되었소. 그는 매우 착실한 사람이라고 했소.

그래서 나는 지금 하리코프 역에서 이 모든 일들에 대해 당신에게 편지를 쓰고 있는 거요. 첫째, 나는 당신을 매우 사랑하고 언제나 당신을 생각하고 있소. 둘째, 브룬스는 지금 여기에 살고 있지 않소. 그러나 슬퍼하진 마시오. 브룬스는 지금 로스토프의 '신 러시아 시멘트 공장'에서 일하고 있다고 하오. 돈은 지금까지 경비로 다 써버렸소. 1시간 후에 나는 화물칸과 여객칸이 같이 있는 기차를 타고 로스토프로 떠날 것이오. 사랑하는 카텐카, 매형에게 가서 50루블만 빌려서(그는 내게 돈을 주어야만 하고 또 그렇게 하기로 약속했소) 로스토프로 부쳐주시오. 중앙 우체국에서 표도르 이오아노비치 보스트리코프 앞으로 부쳐주시오. 우체국에서 부치는 것이 경제적일 것이오. 수수료는 30코페이카 정도 들 것이오.

그곳에는 별일 없소? 뭐 새로운 소식이라도 없소?

콘드라티예브나가 혹시 다녀갔소? 키릴 사제에게는 곧 돌아올 것이라고 말해주시오. 보로네시에 계시는 숙모님이 위독해서 갔다고 말해주시오. 돈도 좀 아껴 쓰시오. 예브스틱네예프는 아직 우리 집에 있소? 그에게 안부 전해주시오. 숙모님께 갔다고 말해주시오.

날씨는 어떻소? 이곳 하리코프는 완전한 여름이오. 우크라이나의 중심지답게 정말 시끌벅적한 도시요. 우리가 사는 시골에 비한다면 여긴 아주 외국 같소.

다음 몇 가지를 더 부탁하오.

1) 내 여름용 캐속을 세탁소에 맡겨주시오(새 캐속을 사는 것보다 세탁소에 맡기는 것이 세 배는 더 경제적일 거요).

2) 건강에 유의하시오.

3) 굴렌카에게 편지를 쓸 일이 생기면, 내가 보로네시에 있는 숙모님 집에 갔다고 알려주시오.

모두에게 안부 전해주고 곧 돌아온다고 얘기해주시오.

당신에게 부드러운 키스와 포옹과 축복을 보내오.

당신의 남편 페쟈

추신: 지금 보로뱌니노프는 어디를 헤매고 있을까?

사랑이 사람을 마르게 한다.* 황소는 정욕으로 울부짖고, 수탉은 자신의 자리를 찾지 못한다. 귀족단장은 입맛을 잃어버렸다.

선술집에 오스타프와 대학생 이바노풀로를 버려두고, 이폴리트 마트베예비치는 기숙사 건물로 들어가 어두운 2층 복도로 올라갔다. 그는 카스티야**로 떠나는 기차 소리와 여객선 소리를 들었다.

저 멀리 알푸하라의
황금빛 평원이 어두워지네.

심장이 시계추처럼 떨렸고, 귀에서는 째깍째깍 소리가 들렸다.

기타 소리를 듣고
나와주오, 내 사랑!

불안감이 복도에 퍼져 있었다. 그 무엇도 복도의 냉기를 녹일 수는 없었다.

세비야에서 그라나다까지
고용한 황혼 속에서

*알렉세이 톨스토이의 희곡 《돈 주앙》을 모티브로 차이코프스키가 곡을 붙인 〈돈 주앙의 세레나데〉의 한 구절. 아래 인용구들은 모두 톨스토이의 희곡에 나오는 말들이다.
**스페인 내륙의 중심 지역.

연필통들에서는 축음기 소리와 석유난로 소리가 울렸다.

세레나데가 울려 퍼지네
검의 소리가 울려 퍼지네…….

한마디로 말하자면, 지금 이폴리트 마트베예비치는 리자 칼
라초바에게 완전히 빠져 있었다.

많은 사람들이 이폴리트 마트베예비치의 곁을 지나가면서
담배, 보드카, 약, 수프 냄새를 풍겨댔다. 어두운 복도에서는
발걸음이나 냄새만으로 사람들을 식별할 수 있었다. 리자는 지
나가지 않았다. 이폴리트 마트베예비치는 확신할 수 있었다.
그녀는 담배를 피우지도 않았고, 보드카를 마시지도 않았고,
징이 박힌 구두를 신지도 않았기 때문이다. 그녀에게서는 요오
드나 철갑상어알 냄새도 맡을 수 없었다. 그녀에게는 노르드만
세베로바 부인이 화가 일리야 레핀에게 오랫동안 먹였던 부드
러운 쌀죽과 맛있는 건초 요리 냄새만이 났다.*

바로 그때, 주저하는 듯한 가벼운 발소리가 들렸다. 누군가
가 복도를 따라 걸어오다 물렁물렁한 벽에 부딪히면서 가벼운
신음 소리를 냈다.

"옐리자베타 페트로브나, 당신입니까?" 이폴리트 마트베예
치비가 소근마한 목소리로 물었다.

*러시아의 화가 레핀의 부인은 실제로 대단한 채식주의자여서, 남편에게 건초로
된 음식을 해준 것으로 유명하다.

그러자 약간 웅성대는 듯한 소리가 들렸다.

"여기 혹시 프페페르코르노프 씨 댁이 어딘지 아십니까? 어두워서 아무것도 분간할 수가 없군요."

이폴리트 마트베예비치는 놀라서 입을 다물었다. 프페페르코르노프 집을 찾는 사람은 잠시 동안 답을 기다리다가 이내 벽을 더듬으며 가버렸다.

리자는 9시가 다 되어서야 왔다. 그들은 초록빛 캐러멜색을 띠는 밤하늘의 거리로 나갔다.

"우린 어디로 가나요?" 리자가 물었다.

이폴리트 마트베예비치는 대답 대신 그녀의 하얗게 빛나는 밝은 얼굴을 바라보며 생각했다. '나는 여기 당신의 창문 밑에 있소, 이네질리야.'* 그리고 자신은 오래전부터 모스크바에 있지는 않았고, 아무리 둘러봐도 계획 없이 만들어진 이 커다란 시골 같은 도시보다는 파리가 몇 배는 좋다는 얘기를 장황하게 늘어놓았다.

"엘리자베타 페트로브나, 내가 기억하고 있는 모스크바는 이렇지 않았소. 지금은 모든 것에서 추악함이 느껴지는군요. 예전에는 돈을 쓰는 것이 아깝지 않았는데. 〈우리에게 삶은 단 한 번뿐이야〉라는 노래도 있었지요."

그들은 프레치스텐스키 거리를 지나 강변도로로 나와서 '구세주 그리스도 대성당'** 시원 쪽으로 갔다.

*푸시킨의 시에 곡을 붙인 글린카의 로망스 한 구절.
**모스크바 강변에 위치한, 세계에서 가장 높은 러시아 정교회 성당.

모스코보레츠키 다리 뒤로 짙은 밤색 여우꼬리 같은 것들이 길게 늘어져 있었다. 모스크바 통합 전력 발전소에서 분화구처럼 연기가 뿜어져 나왔다. 전차들은 다리를 지나다녔고, 강에는 배들이 떠다녔다. 구슬픈 손풍금 소리가 들렸다.

이폴리트 마트베예비치의 손을 잡고 걸으면서 리자는 자신의 모든 고통스러운 상황을 털어놓았다. 남편과 싸울 때 엿듣고 있는 이웃들에 대한 불만, 단조로운 채식주의 생활에 대한 얘기를 했다.

이폴리트 마트베예비치는 그녀의 이야기를 듣고 동조해주었다. 악마들이 그의 내면에서 솟아나기 시작했다. 악마들은 그의 마음속에 근사한 저녁 식사에 관한 계획을 심어주었다. 이폴리트 마트베예비치는 무엇으로든지 이 아가씨의 정신을 홀리게 해야겠다는 결론을 내렸다.

"연극을 보러 갑시다." 이폴리트 마트베예비치가 제안했다.

"영화가 낫겠어요." 리자가 말했다. "그게 더 싸잖아요."

"오! 갑자기 돈타령을 하다니! 이런 밤에 돈 얘기를 할 필요는 없습니다."

완전히 활동을 개시한 악마들은 마부와 흥정도 하지 않고 한 쌍의 연인을 마차에 태워 영화관 '아르스'*에 데려다주었다. 이폴리트 마트베예비치는 멋있어 보였다. 그는 가장 비싼 표를

---

*1916년부터 1921년까지 모스크바의 트베르스카야 거리에 있던 영화관. 소비에트 시대의 영화관 이름은 대부분 '예술'이라는 의미를 지닌 '아르스'로 불렸다. 현재 이 건물은 스타니슬랍스키 기념 드라마 극장으로 사용되고 있다.

끊었다. 그러나 리자는 가장 싼 표인 맨 앞자리에 앉아 영화를 보는 것에 익숙해서 가장 비싼 자리인 34번째 열에서 보는 것이 오히려 불편했다.

이폴리트 마트베예비치의 주머니 속에는 스타르고로드 시의 비밀결사대원으로부터 받은 돈의 절반이 있었다. 이 돈은 보로뱌니노프의 사치스러운 습관을 유지하기에 충분했다. 이제 손쉽게 사랑을 얻을 수 있다는 가능성에 흥분한 보로뱌니노프는 호화로운 것들로 리자의 눈을 멀게 할 계획을 세웠다. 그러기 위해서 우선 그는 자신을 멋있고 부유한 사람으로 여겼다. 그는 언젠가 매우 아름다웠던 엘레나 보우르의 마음을 손쉽게 정복했던 기억을 떠올리며 자랑스러워했다. 돈을 쉽게, 그리고 사치스럽게 쓰는 습관은 그의 천성이었다. 예전에 스타르고로드에서 살 때, 그는 자신의 교양과 지성으로 어떠한 여자와도 대화를 잘 이끌어나간 것으로 유명했다. 아직 아무것도 모르는 소비에트의 어린 계집애를 정복하기 위해 예전의 화려한 기술들을 사용하는 것이 우습다는 생각마저 들었다.

약간의 설득 후, 이폴리트 마트베예비치는 리자를 모스크바 소비자 협동조합에서 운영하는 레스토랑 '프라하'로 데려갔다. 언젠가 벤데르가 그에게 '모스크바에서 가장 멋진 장소'라고 말해주었던 곳이었다.

프라하는 수많은 거울과 조명과 꽃병으로 리자를 놀라게 했다. 그건 너무나도 당연한 일이었다. 그녀는 이제껏 이렇게 크고 화려한 식당을 방문해본 적이 없었다. 그러나 벽면이 거울로 된 홀은 예기치 않게 이폴리트 마트베예비치도 놀라게 했다. 한동안 고급 식당을 방문하지 않았던 탓에 레스토랑의 관습을 잊어버렸던 것이다. 그는 신발코가 네모난 목이 짧은 부츠를 신고 전쟁 전에 유행했던 모자이크 무늬 바지에 은색 별이 수놓인 조끼를 입은 자신이 매우 부끄러웠다.

두 사람은 당황했고, 레스토랑에 온 기품 있는 사람들의 모습을 보고 얼어버렸다.

"저쪽, 구석 자리로 갑시다." 이폴리트 마트베예비치는 음악 연주로 다소 시끄러운 악단 바로 옆 빈자리를 제안했다.

모든 사람들이 자신을 보고 있다고 느꼈기에 리자도 재빨리 동의했다. 당황한 사교계의 사자이자 여성 정복자인 보로뱌니노프가 그녀의 뒤를 따랐다. 사교계 사자의 닳아빠진 바지는 여윈 엉덩이에 처량하게 걸쳐 있었다. 여성 정복자는 의자에 앉아 당혹감을 없애기 위해 등을 구부리고 코안경을 닦기 시작했다.

어느 누구도 그들의 테이블로 다가오지 않았다. 이폴리트 마트베예비치는 이런 일을 전혀 예상치 못했다. 그래서 그는 자신이 초대한 여자와 정중하게 대화를 나누는 대신 아무 말도 하지 못하고 괴로워하다가 테이블에 있는 재떨이를 조심스럽게 두드려보기도 하고 헛기침을 하기도 했다. 리자 역시 아무 말 없이 호기심 어린 눈으로 사방을 둘러보았지만 어색해 보였다. 이폴리트 마트베예비치는 쉽게 말문을 열지 못했다. 그는 이런 경우에 자신이 무슨 말들을 했는지 잊어버렸다.

"이보시오!" 그는 테이블 옆으로 지나가는 종업원을 큰 소리로 불렀다.

"잠시만 기다려주십시오." 종업원이 걸어가며 말했다.

마침내 종업원이 메뉴판을 가지고 왔다. 이폴리트 마트베예비치는 한결 가벼운 마음으로 메뉴판을 들여다보았다.

"그런데……." 그가 중얼거렸다. "송아지 커틀릿 2인분이 25루블이고, 생선 요리 2인분이 25루블, 보드카가 5루블이군."

"5루블짜리 보드카는 큰 병에 들어 있는 것입니다." 종업원이 지루하다는 듯 주위를 둘러보며 말했다.

'그게 무슨 상관이야!' 이폴리트 마트베예비치는 화가 났다. '내게 그 정도는 우습지.'

"자, 여기 있습니다." 이제야 이폴리트 마트베예비치는 리자에게 정중하게 말을 건넸다. "한번 골라보시겠소? 무엇을 드시겠소?"

리자는 무안해졌다. 그녀는 종업원이 자신과 함께 온 사람을 거만하게 쳐다보며 마땅치 않게 생각하고 있다는 것을 알았다.

"저는 아무것도 먹고 싶지 않아요." 그녀가 떨리는 목소리로 말했다. "아니면, 혹시…… 여기 채식 요리는 없나요?"

종업원은 말처럼 끊임없이 발을 구르며 말했다.

"채식 요리는 없습니다. 햄을 곁들인 오믈렛은 어떠신가요?"

"그럼 그걸로 주시오." 이폴리트 마트베예비치가 결정해주었다. "그리고 소시지 요리도 주시오. 소시지는 드실 수 있겠지요, 엘리자베타 페트로브나?"

"네."

"좋아요, 소시지 요리로 주시오. 이건 25개에 1루블이군. 보드카도 한 병 주시오."

"작은 병에 든 보드카는 없습니다."

"그럼 큰 병에 든 걸로 주시오."

종업원은 초롱초롱한 눈빛으로 무방비한 상태의 리자를 쳐다보았다.

"보드카 안주는 무엇으로 하시겠습니까? 신선한 철갑상어 알 요리도 있고, 연어 요리도 있습니다."

이폴리트 마트베예비치의 마음속에 작스에서 일하던 시절의 난폭함이 다시 살아나는 듯했다.

"필요 없소!" 불쾌하고 거친 억양으로 그가 말했다. "소금에 절인 오이*는 없소? 그걸로 2인분 주시오."

종업원이 가고 나자 테이블에는 다시 침묵이 흘렀다. 리자가 먼저 말을 건넸다.

"전 이런 곳에 한 번도 와본 적이 없어요. 매우 좋은 곳이네요."

"그, 그렇군요." 이폴리트 마트베예비치는 머릿속으로 주문한 음식의 가격을 계산하면서 엉겁결에 대답했다.

'이 정도면 괜찮아.' 그가 생각했다. '보드카 한 잔 마시고 나면 괜찮겠지. 그런데 좀 서북한 기분이 드는군.'

*우리나라 오이지와 비슷한 음식으로 러시아인들이 즐겨 먹는 저렴한 보드카 안주.

그러나 보드카를 마시고 오이를 먹어도 기분은 좋아지지 않고 오히려 더 우울해졌다. 리자는 술을 마시지 않았다. 불편한 상태는 계속되었다. 그런데 바로 그 순간, 한 사람이 테이블로 다가와 리자를 다정하게 바라보며 꽃을 사달라고 청했다.

이폴리트 마트베예비치는 수염이 난 꽃 장수를 못 본 척했지만 그는 떠나지 않았다. 이런 상황에서 사랑스러운 대화를 나누기란 불가능했다.

악단의 연주가 이 상황을 해결해주었다. 반짝이는 구두에 연미복을 입은 뚱뚱한 남자가 무대 위에 올랐다.

"자, 다시 여러분을 만나게 되었습니다." 그는 손님들을 향해 자연스럽게 말했다. "이번 순서는 마리나 로샤*에서 유명한 세계적인 러시아 민요 가수 바르바라 이바노브나 골데브스카야의 무대입니다. 바르바라 이바노브나! 나와주세요!"

이폴리트 마트베예비치는 묵묵히 보드카를 마셨다. 리자는 술을 마시지 않았고, 줄곧 집에 가고 싶어 하는 눈치여서 이폴리트 마트베예비치는 서둘러 한 병을 다 비워야만 했다.

무대에서는 마리나 로샤의 유명한 여가수 순서가 끝나고, 톨스토이가 즐겨 입었던 넓고 긴 띠가 달린 셔츠를 입은 또 다른 가수가 나와서 노래를 불렀다.

여기저기 돌아다니는군요.

*'마리나 숲'이라는 뜻의 모스크바 북동부 지역.

당신은 사방으로 헤매고 있군요.

　　그렇게 돌아다니면 당신의 맹장은

　　언젠가 터질지도 몰라요.

　　여기저기 돌아다니는군요.

　　타라라라라.

　이폴리트 마트베예비치는 이미 취기가 완전히 올랐다. 그는 불과 30분 전만 해도 난폭자들이며 소비에트의 강도라고 생각했던 식당 안의 모든 사람들과 함께 박자에 맞춰 손뼉을 치면서 노래를 따라 부르기 시작했다.

　　여기저기 돌아다니는군요.

　　타라라라라.

　그는 자주 자리에서 일어나서 리자에게 양해를 구하지도 않고 화장실로 갔다. 옆 테이블 사람들은 그를 아저씨라고 부르며 같이 와서 맥주를 마시자고 권하기도 했다. 그러나 그는 가지 않았다. 그는 갑자기 거만해졌다가, 갑자기 의심쩍어하기도 했다. 리자는 결국 테이블에서 일어났다.

　"저는 가겠어요. 당신은 여기 계세요. 저는 혼자 집에 가겠어요."

　"안 돼! 왜 그러는 거요? 귀족으로서 당신을 혼자 보낼 순 없소. 이봐! 여기 계산서! 이런 젠장……!"

이폴리트 마트베예비치는 의자를 앞뒤로 흔들면서 오랫동안 계산서를 들여다보았다.

"9루블 20코페이카?" 그가 중얼거렸다. "자네에게 돈이 쌓여 있는 내 아파트 열쇠를 줄까?"

일은 종업원들이 이폴리트 마트베예비치의 팔을 조심스럽게 잡고 계단 아래로 데리고 나가는 것으로 끝이 났다. 리자는 혼자 집으로 도망갈 수 없었다. 옷 보관실의 열쇠가 이 상류사회의 사자에게 있었기 때문이다.

첫 번째 골목에서 이폴리트 마트베예비치는 리자의 어깨에 기대어 그녀의 팔을 움켜잡았다. 리자는 말없이 그의 손길을 뿌리쳤다.

"그만하세요!" 리자가 말했다. "그만하시라고요! 그만요!"

"호텔로 갑시다!" 보로뱌니노프가 설득했다.

리자는 거리도 가늠해보지 않고 온 힘을 다해 여성 정복자의 코에 주먹을 날렸다. 그러자 테 없이 도금 줄로 이어진 코안경이 네모난 신발코에 떨어지면서 쨍그랑하는 소리와 함께 부서져버렸다.

밤의 제피로스*가
높은 하늘을 두드린다.

*그리스 신화에 나오는 서풍(西風)의 신.

리자는 눈물을 흘리면서 세레브랸니 골목을 따라 집으로 뛰어갔다.

소리를 내며,
달린다.
과달키비르 강이.

앞이 보이지 않게 된 이폴리트 마트베예비치는 반대 방향으로 조금씩 움직이며 소리쳤다.
"도둑 잡아라!"
그러고는 오랫동안 울고, 또 울었다. 그는 눈물을 흘리면서 거리의 빵 장수 노파에게서 빵을 바구니째 몽땅 사버렸다. 그는 어둡고 텅 빈 스몰렌스키 시장을 빠져나와 오랫동안 여기저기를 쏘다니면서 씨 뿌리는 농부처럼 빵 조각을 뿌려댔다.

여기저기 돌아다니는군요.
당신은 사방으로 헤매고 있군요.
타라라라라.

한참 후에 마차에 올라탄 이폴리트 마트베예비치는 마부에게 보석에 관한 얘기를 두서없이 지껄이기 시작했다.
"재미있는 분이시군요!" 마부가 말했다.
이폴리트 마트베예비치는 실제로 즐거워졌다. 그러나 그 즐거움 때문에 다소 비난을 받게 되었는데, 왜냐하면 다음 날 아침 11시경에 눈을 떴을 때 그가 경찰서에 있었기 때문이다. 향락과 유흥의 밤을 보내고 난 뒤 그의 수중에는 200루블 중 단지 12루블만이 남아 있었다.

그는 자신이 죽어가고 있다고 느꼈다. 척추가 아팠고, 간이 콕콕 쑤셔댔고, 납으로 만든 모자를 쓰고 있다는 생각이 들 정도로 머리가 아팠다. 그러나 이 모든 것보다 더 끔찍한 일은 어젯밤에 그 많은 돈을 어디에다 썼는지 도무지 기억이 나질 않는다는 것이었다. 집으로 돌아오는 길에 그는 안경점에 들러 코안경에 새로운 안경알을 끼워 넣었다.

오스타프는 엉망이 된 이폴리트 마트베예비치의 모습에 한동안 놀랐으나, 아무 말도 하지 않았다. 그는 냉정하게 전투 준비를 시작했다.

21장
처형

경매 홀은 5시에 문을 열었다. 물건들을 둘러보기 위한 경매자들의 입장은 4시부터 허용되었다. 동업자들은 3시부터 나타나 나란히 진열되어 있는 기계 제작품들을 둘러보았다.

"아마도 내일이면 우린 이런 기관차 정도는 살 수 있을 겁니다. 가격이 붙어 있지 않은 게 유감스럽군요. 개인용 기관차 하나쯤 있어도 나쁘지 않겠지요."

이폴리트 마트베예비치는 괴로웠다. 그는 의자들을 보면서 스스로를 위로했다.

체크무늬 '백년 바지'*를 입고 구레나룻을 기른 경매 진행자가 연단에 올라서자, 비로소 이폴리트 마트베예비치는 의자에서 물러났다.

---

*1895년 오데사 도시 탄생 100주년을 기념하기 위해 오데사의 모직 공장에서 양모를 이용하여 만든 체크무늬의 바지로 일명 '오데사 백년 바지'라고 불렸다.

동업자들은 오른쪽 네 번째 열에 자리를 잡았다. 이폴리트 마트베예비치는 크게 흥분하기 시작했다. 의자들이 지금 당장 한 번에 다 팔려버릴 것만 같았다. 그러나 의자들은 마흔네 번째 물품으로 등록되어 있었고, 경매는 의례대로 진행자의 인사말과 쓸데없는 얘기들로 시작되었다. 개별적으로 판매되는 문장이 박힌 식기들, 소스 그릇, 은장식 컵, 화가 페투힌의 그림, 유리구슬이 박혀 있는 가방, 최신식 석유난로, 나폴레옹 반신상, 아마포 속옷, 야생 오리를 쏘는 사냥꾼이 수놓인 고블랭과 그 밖에 잡다한 것들의 경매가 진행되었다.

참고 기다려야 했다. 기다리는 것은 몹시 힘들었다. 의자들이 바로 눈앞에 있었다. 손만 뻗으면 가질 수 있을 만큼 가까이 있었다.

'이 의자들 안에 뭐가 들었는지 사람들이 알면, 큰 소동이 일어날지도 모르겠군.' 오스타프는 경매장에 있는 사람들을 둘러보며 생각했다.

"재판을 하고 있는 모습의 동상입니다!" 경매 진행자가 외쳤다. "청동으로 된 것입니다. 완벽하게 보존되어 있지요. 5루블 나왔습니다. 더 높은 가격은 없습니까? 6루블 반, 오른쪽 분. 네, 7루블, 제일 끝에 계신 분. 8루블, 첫 번째 열에 계신 분. 좋습니다. 8루블, 더 없으십니까? 마지막입니다. 8루블? 좋습니다. 첫 번째 열에 계신 분께 낙찰되었습니다."

한 여성이 즉시 첫 번째 열에 앉아 있는 사람에게 다가가 낙찰 전표를 건네주었다.

경매 진행자는 다시 조그마한 나무망치를 두들겼다. 궁전에서 쓰던 재떨이, 고급 유리 그릇, 자기로 된 분첩이 팔렸다.

시간은 괴롭게 늘어지기 시작했다

"알렉산드르 3세의 청동 반신상입니다! 문진으로 사용할 수 있을 겁니다. 그 외에는 별로 사용할 곳이 없을 것 같군요. 낮은 가격부터 시작해야겠습니다."

사람들이 웃기 시작했다.

"사시죠, 귀족단장님." 오스타프가 비꼬듯 말했다. "좋아하실 것 같은데요."

이폴리트 마트베예비치는 아무 대꾸도 하지 않고 의자에서 눈을 떼지 않았다.

"구매하실 분들 안 계십니까? 알렉산드르 3세의 반신상은 경매 물품에서 철회하도록 하겠습니다. 자, 다음은 재판정을 묘사한 조각물입니다. 아마 조금 전에 팔린 것과 쌍을 이루는 것 같습니다. 바실리, '재판정'을 공개해주세요. 5루블 나왔습니다. 다른 분 계십니까?"

첫 번째 열에서 심호흡 소리가 들렸다. 좀 전에 재판을 하고 있는 동상을 산 사람이 이것도 구입하여 완전한 세트를 이루고 싶은 모양이었다.

"5루블, 청동으로 된 '재판정'입니다."

"6루블!" 첫 번째 열의 사람이 외쳤다.

"6루블 나왔습니다. 네, 7루블. 네, 9루블, 오른쪽 끝에 계신 분."

"9루블 반." '재판정'을 갖고 싶어 하는 첫 번째 열의 사람이 조용히 손을 들며 말했다.

"9루블 50코페이카 나왔습니다. 9루블 50코페이카, 더 안 계십니까? 마지막입니다. 9루블 50코페이카. 네, 9루블 50코페이카로 낙찰되었습니다."

망치가 내려쳐졌다. 조금 전의 그 여성이 첫 번째 열에 있는 사람에게 다시 다가가 전표를 건네주었다.

그 사람은 다른 방으로 가서 돈을 지불하고 자신의 청동상을 받았다.

"궁전에서 사용된 열 개의 의자입니다!" 갑자기 경매 진행자가 소리쳤다.

"왜 궁전에서 사용된 거라고 말하는 거지?" 이폴리트 마트베예비치가 조용히 한숨을 내쉬었다.

오스타프가 화를 냈다.

"제기랄! 좀 조용히 하시고 끼어들지 마세요!"

"궁전에서 사용된 의자입니다. 호두나무로 만들어졌으며, 알렉산드르 2세 시대의 것입니다. 보존 상태가 좋고, 가구의 거장 감브스제입니다. 바실리, 의자 중에 하나를 반사경 밑에 놓아주세요."

바실리가 의자를 막 끌고 나왔다. 이폴리트 마트베예비치는 순간적으로 빌떡 일어섰다.

"이런 바보 같은! 좀 앉아 계세요! 내 머리를 누르고 있잖아요!" 오스타프가 신경질적인 목소리로 속삭였다. "제발 좀, 앉으세요!"

이폴리트 마트베예비치는 너무 긴장한 탓에 아래턱이 떨어져 나갈 것만 같았다. 오스타프는 자세를 고쳐 앉았다. 그의 눈이 밝게 빛나기 시작했다.

"호두나무로 만든 열 개의 의자입니다. 80루블부터 시작하겠습니다."

가정에서 필요한 물건이어서 홀 안이 활기를 띠기 시작했다. 한 사람 건너 한 사람씩 손이 올라가고 있었다. 오스타프는 평정심을 유지하며 잠자코 있었다.

"왜 가만있는 건가?" 보로뱌니노프가 달려들 듯이 물었다.

"가만히 좀 계세요." 오스타프는 이를 악물고 대답했다.

"저 뒤에 계신 분, 125루블. 그 옆에 계신 분, 135루블. 앞에 계신 분, 140루블."

오스타프는 평온하게 웃음을 띠며 자신의 경쟁자들을 살펴보기 시작했다.

경매는 절정을 향해 달리고 있었다. 자리는 이미 꽉 찼다. 오스타프의 뒤에 앉아 있던 부인은 의자에 홀딱 반해서 남편과 상의를 한 후("정말 놀라운 안락의자예요. 놀랍지 않아요? 궁전에서 사용된 거래요") 손을 들었다.

"다섯 번째 열 오른쪽에 계신 분, 145루블."

순간 홀에 정적이 돌았다. 너무 높은 가격이었다.

"145루블, 더 안 계십니까?"

오스타프는 무심하게 창문을 바라보고 있었다. 이폴리트 마트베예비치는 고개를 숙인 채 앉아서 몸을 떨고 있었다.

"145루블, 마지막입니다. 더 안 계십니까?"

조그마한 망치가 검게 옻칠된 연단을 내려치려는 순간, 오스타프가 손을 높이 들며 나지막하게 말했다.

"200루블."

모든 머리들이 일제히 동업자들을 향했다. 테 있는 모자, 테 없는 모자, 전투 모자, 긴 모자, 중절모자, 부인 모자들이 일제히 움직였다. 경매 진행자는 고개를 들고 오스타프를 바라보았다.

"200루블, 더 안 계십니까?" 그가 말했다. "네 번째 열에 계신 분, 200루블. 더 안 계십니까? 구입을 희망하시는 분, 더 안 계십니까? 궁전에서 사용되었던 호두나무로 만든 의자 세트가 200루블입니다. 네 번째 열에 계신 분, 200루블. 자 마지막입니다. 더 안 계십니까?"

망치를 든 손이 올라갔다.

"어머니!" 이폴리트 마트베예비치가 크게 소리쳤다.

오스타프도 살짝 흥분했지만, 평온한 얼굴로 미소를 지었다. 망치가 내려져지면서 천상의 소리가 울렸다.

"낙찰되었습니다." 경매 진행자가 말했다. "아가씨! 네 번째 열 오른쪽 분에게 전표를 가져다드리세요."

"어때요, 단장님! 극적이었나요?" 오스타프가 물었다. "자, 정말로 이 기술부장 없이는 아무것도 할 수 없다는 걸 이제 확실히 아시겠죠?"

이폴리트 마트베예비치는 행복감으로 털썩 주저앉았다. 한 여성이 빠른 걸음으로 그들에게 다가왔다.

"의자를 구입하셨죠?"

"네! 우리가 구입했습니다!" 오랫동안 참고 있던 이폴리트 마트베예비치가 큰 소리로 외쳤다. "우리가! 우리가 구입했습니다! 언제 의자를 받을 수 있나요?"

"원하신다면 지금 당장이라도 받으실 수 있습니다."

이폴리트 마트베예비치의 머릿속에는 "여기저기 돌아다니는군요. 당신은 사방으로 헤매고 있군요"라는 노래가 마구 맴돌았다. '우리 의자야, 우리, 우리, 우리 의자라고!' 그의 몸속 모든 기관들이 일제히 외쳐댔다. '우리 의자야!' 간이 외쳤다. '우리 의자야!' 왼쪽 맹장이 확인해주었다.

그는 너무 기쁜 나머지 온몸의 혈관이 터질 지경이었다. 생고타르*로 올라가는 기차가 보였다. 지붕이 없는 마지막 기차칸에서 이폴리트 마트베예비치는 흰 바지를 입고 시가를 피우며 서 있었다. 빛나는 그의 백발 위로 에델바이스가 드리워졌다. 그는 에덴동산으로 가고 있었다.

"그런데 왜 200루블이 아니라 230루블이죠?"

이폴리트 마트베예비치는 오스타프의 목소리를 듣고 환상에서 깨어났다.

전표를 보고 오스타프가 한 말이었다.

"15퍼센트의 수수료가 포함되어 있습니다." 여성이 말했다.

*스위스 중남부 알프스 지역.

316

"이런 말도 안 되는 일이! 알겠소!"

오스타프는 200루블을 먼저 계산해주고 난 뒤, 사업단장 쪽으로 몸을 돌렸다.

"30루블을 줘버리고 일을 끝냅시다. 뭐 하고 계십니까? 숙녀분이 기다리고 계시지 않습니까?"

이폴리트 마트베예비치는 돈을 꺼내려는 어떠한 시늉도 하지 않았다.

"뭡니까? 왜 그렇게 절 쳐다만 보고 계십니까? 꼭 군인이 벌레를 보고 있는 것 같군요. 행복에 겨워 아직 정신이 돌아오지 않은 겁니까?"

"내겐 돈이 없네." 마침내 이폴리트 마트베예비치가 힘겹게 말을 건넸다.

"누구에게 돈이 없다고요?" 오스타프가 가라앉은 목소리로 물었다.

"내게 말일세."

"200루블은 어떻게 하셨습니까?"

"그게, 그러니까, 음…… 잃어, 잃어버렸네."

오스타프는 보로뱌니노프의 녹초가 되어버린 얼굴, 시퍼런 볼, 눈 밑의 부은 상처를 보고는 상황을 재빨리 눈치챘다.

"돈 내놔!" 그는 증오에 가득 차 속삭였다. "이 늙어빠진 개자식!"

"돈을 지불하지 않으실 건가요?" 아가씨가 물었다.

"잠시만 기다려주세요." 오스타프는 매혹적인 웃음을 지어 보이며 말했다.

아직 작은 희망은 있었다. 비용 지불을 잠시 연기해달라고 설득하는 방법이 있었다.

이제야 정신이 번쩍 든 이폴리트 마트베예비치가 이 설득에 끼어들었다.

"이보시오!" 그가 소리쳤다. "수수료가 무슨 말이오! 우린 애당초 그런 수수료에 대해서는 전혀 몰랐소! 사전에 미리 공지를 했어야지! 30루블은 도저히 지불할 마음이 없소."

"알겠어요." 아가씨가 짧게 대답했다. "제가 가서 즉시 알아보도록 하겠어요."

그녀는 전표를 가지고 경매 진행자에게 가서 몇 마디를 나누었다. 경매 진행자는 고개를 들었다. 그의 구레나룻이 강렬한 전등 불빛 밑에서 빛났다.

"경매 규칙에 따라." 그가 말했다. "낙찰된 물건에 대해 전체 금액의 지불을 거절하시는 분은 이 홀을 즉시 떠나셔야 합니다. 의자 경매는 취소되었습니다."

깜짝 놀란 두 동업자는 앉아서 꼼짝도 할 수 없었다.

"나가주십시오." 경매 진행자가 말했다.

파급 효과는 컸다. 사람들이 비웃기 시작했다. 오스타프는 일어나지 않았다. 그는 오랫동안 이러한 충격을 경험해보지 못했던 것이다.

"나가주시기 바랍니다!"

경매 진행자는 더 이상의 반박을 허용하지 않고 노래하듯 소리쳤다.

홀 안의 웃음소리는 더 커졌다.

그들은 밖으로 나왔다. 이렇게 괴로운 심정으로 경매 홀을 나오는 사람은 별로 없을 것이다. 보로뱌니노프가 먼저 나왔다. 뼈만 남아 앙상하게 굽은 어깨에 짧은 상의를 걸치고 뭉툭한 신발을 신은 채로 그는 뒤따라오는 위대한 사기꾼의 따뜻하고 우정 어린 눈길을 느끼며 학처럼 걸어갔다.

동업자들은 경매 홀의 옆방으로 갔다. 이제 그들은 유리문을 통해 경매 홀을 바라볼 수밖에 없었다. 그곳으로 가는 길은 이제 차단되어버렸다. 오스타프는 아무 말이 없었다.

"정말 이상한 규칙이군." 이폴리트 마트베예비치가 소심하게 말문을 열었다. "말도 안 되는 일이야! 경찰에 고발해야겠네!"

오스타프는 침묵했다.

"아니야! 진짜 이건 아니야! 이런 제기랄!" 보로뱌니노프가 계속해서 괴로운 심정을 토로했다. "노동자들로부터 부당하게 이익을 취하다니! 이런 젠장! 그런 의자 열 개를 230루블이나 받아 처먹다니! 정신 나간 놈들!"

"그렇습니다." 오스타프가 무뚝뚝하게 말했다.

"그렇지?" 보로뱌니노프가 다시 물었다. "정신 나간 놈들이 분명해!"

"분명합니다."

오스타프는 사방을 둘러보고 난 뒤, 보로뱌니노프에게 바짝

다가가서는 다른 사람들 눈에 띄지 않게 그의 옆구리에 짧고 강한 주먹을 한 방 날렸다.

"경찰에 고발할 사람은 바로 당신이야! 오 나라의 노동자들을 위한 의자가 비싸진 것도 당신 때문이야! 밤에 여자들을 찾아다니는 것도 당신이야! 머리가 벗어진 것도 당신이야! 악마에게 잡혀갈 놈도 당신이야!"

이폴리트 마트베예비치는 자신이 처형되는 동안 아무런 말도 하지 못했다.

멀리서 보면 예의 바른 아들이 아버지와 대화를 나누고 있으며, 아버지만이 매우 활기차게 고개를 끄덕이고 있는 것처럼 보였다.

"이제 꺼져버리쇼!"

오스타프는 사업단장에게서 등을 돌리고 경매 홀을 바라보았다. 잠시 후 그는 뒤를 돌아보았다.

이폴리트 마트베예비치는 여전히 뒤에서 꼼짝 않고 서 있었다.

"오, 아직도 여기에 계십니까? 사회의 고귀한 영혼이시여! 꺼지라고!"

"베, 벤데르 동무." 보로뱌니노프가 애원했다. "벤데르 동무!"

"가! 가란 말이오! 그리고 이바노풀로에게도 가지 마시오!"

"베, 벤데르 동무!"

오스타프는 더 이상 돌아보지 않았다. 홀에서 뭔가 벤데르의 흥미를 강하게 끄는 일이 발생했다. 그는 문을 살짝 열고 귀 기울여 듣기 시작했다.

"다 끝나버렸군!" 그가 중얼거렸다.

"무엇이 끝났단 말인가?" 보로뱌니노프는 아첨하듯 말했다.

"의자들이 따로따로 팔리고 있어요. 아마 다시 모으고 싶겠죠? 그렇게 하세요. 말리지 않겠습니다. 당신을 다시 들여보내 줄까 의심스럽지만. 게다가 돈도 없잖아요."

그때 경매 홀에서는 다음과 같은 일이 일어나고 있었다. 경매 진행자는 이 홀 안에 있는 사람들 중에 200루블을 한 번에 지불할 능력이 있는 사람이 없다고 판단하고(홀에 남아 있는 시시한 사람들에게 200루블은 엄청난 액수였다) 200루블을 나누어 받기로 결정했다. 의자는 다시 경매에 붙여졌고, 이번에는 낱개로 등장했다.

"궁전에서 사용된 의자 네 개입니다. 호두나무로 만들어서 부드럽습니다. 감브스제 가구입니다. 30루블부터 시작하겠습니다."

오스타프의 냉정함과 결단력이 다시 살아났다.

"자, 여성 애호가 나리, 여기에서 꼼짝도 말고 계세요. 5분 후에 돌아오겠습니다. 여기 서서 누가 무엇을 사는지 지켜보고 계세요. 의자 하나라도 놓치면 안 됩니다."

벤데르의 머릿속에 이 일을 해결할 수 있는 유일한 계획이 번개같이 떠올랐다.

그는 페트롭카 거리로 달려가서 가장 먼저 눈에 들어온 아스팔트도료 통 옆에서 서성이고 있는 부랑아들과 사업상의 대화를 나누었다.

약속한 대로 그는 정확히 5분 후에 이폴리트 마트베예비치에게 돌아왔다. 부랑아들은 경매장 홀 입구에서 내키아고 있었다.

"팔리고 있네. 팔리고 있어." 이폴리트 마트베예비치가 속삭였다. "네 개짜리와 두 개짜리가 벌써 팔렸네."

"이게 다 당신이 벌여놓은 일이잖아요." 오스타프가 말했다. "그러나 기뻐하세요. 아직은 손안에 있습니다. 아시겠어요? 손안에 있다고요. 무슨 말인지 이해하시겠어요?"

홀 안에서는 경매 진행자, 식당 지배인, 유리 수리공들에게만 천부적으로 주어진 날카로운 목소리가 울려 퍼지고 있었다.

"왼쪽에 계신 분, 50루블. 낙찰입니다. 자, 궁전에서 사용된 의자가 하나 더 있습니다. 완전무결한 상태입니다. 50루블 시작합니다. 네, 50루블. 더 안 계십니까?"

의자 세 개는 한 사람에게 하나씩 팔렸다. 그리고 이제 경매 진행자는 마지막 남은 의자 하나를 팔겠다고 선언했다. 증오심이 오스타프를 감쌌다. 그는 다시금 보로뱌니노프에게 달려들었다. 보로뱌니노프를 향한 그의 모욕적인 욕설에는 괴로움도 섞여 있었다. 만일 우지*제 갈색 양복을 입은 낯선 남자가 갑자기 다가와 그의 말을 중단시키지 않았다면, 오스타프의 신랄한 표현이 어디까지 갔을지 모를 일이었다. 그는 통통하게 살찐 손을 흔들다가 테니스를 치듯 옆으로 껑충 뛰면서 비켜섰다.

*폴란드 중부에 위치한 직물 도시. 고급 옷감 거래로 유명한 곳이다.

"실례합니다만." 그가 오스타프에게 말했다. "여기서 실제로 경매가 열리고 있습니까? 그렇습니까? 경매가? 여기서 실제로 물건들을 경매한단 말이죠? 정말 흥미롭군요!"

낯선 사내는 뒷걸음질로 뛰듯이 물러났다. 환한 미소로 인해 그의 얼굴이 밝게 빛나 보였다.

"여기서 진짜로 물건을 판다는 말씀이시죠? 그럼 여기서 물건을 싸게 살 수 있습니까? 정말 대단하군요! 정말! 정말!"

낯선 사내는 두툼한 넓적다리를 흔들며 멍하니 있는 동업자들 곁을 지나 홀로 들어가서는 재빨리 의자를 사버렸다. 보로뱌니노프는 목이 메었다. 낯선 사내는 전표를 받아 들고 지급 판매대로 갔다.

"여기서 의자를 받을 수 있나요? 그렇군요. 정말 대단합니다! 하하하!"

낯선 사내는 껑충껑충 뛰며 쉴 새 없이 지껄이고 난 뒤 마차를 불러 의자를 싣고 떠나버렸다. 그 뒤를 부랑아들이 쫓아갔다.

의자의 새로운 주인들은 하나둘씩 자리를 뜨기 시작해 모두 떠나버렸다. 그 뒤를 오스타프의 어린 정보원들이 추격했다. 오스타프도 떠났다. 이폴리트 마트베예비치는 소심하게 오스타프의 뒤를 따라갔다. 이폴리트 마트베예비치는 오늘 일어난 모든 일이 마치 꿈만 같았다. 모든 일들이 빠르게 일어났고, 전혀 예기치 않은 방향으로 흘러갔다.

시브체프 브라제크 거리에는 피아노, 만돌린, 손풍금 소리들이 봄을 축하하고 있었다. 거리로 난 창문들이 활짝 열려 있었고, 점토로 만들어진 꽃병들이 창틀을 가득 메웠다. 가슴에 털이 무성한 뚱뚱한 남자가 상의는 입지 않고 멜빵만 맨 채 창가에 서서 열정적으로 노래를 부르고 있었다. 벽을 따라 고양이가 몰래 집 안으로 들어갔고, 식품 선반에는 석유램프가 타고 있었다.

콜랴는 분홍색 건물 주위를 배회하고 있었다. 앞에 걸어가고 있는 오스타프를 발견한 그는 정중하게 인사를 건넨 다음, 보로바니노프에게 다가갔다. 이폴리트 마트베예비치는 진심 어린 마음으로 그에게 인사했다. 그러나 콜랴는 쓸데없이 시간을 낭비하지 않았다.

"안녕하시오." 단호한 어조로 인사를 한 다음, 콜랴는 온 힘을 다해 주먹을 날려 이폴리트 마트베예비치의 귀를 때렸다.

그와 동시에, 이 모든 장면을 보고 있던 오스타프의 표현을 빌린다면, 콜랴는 매우 저속한 말을 퍼부었다. 그런 다음 어린 아이 같은 목소리로 말했다.

"수작을 부리면 앞으로도 이렇게 될 거야……."

콜랴는 수작이 정확히 무엇인지 말하지 않았다. 그는 발뒤꿈치를 들고 눈을 질끈 감은 채 보로바니노프의 뺨을 때렸다.

이폴리트 마트베예비치는 순간적으로 팔꿈치를 들어 올렸으나, 감히 반격할 생각을 하지 못했다.

"질했네." 오스타프가 말했다. "이제야 뺨을 때렸군. 두 번 더 때리게. 그렇지. 가만히 계세요. 가끔은 병아리도 분수없이 행동하는 어미 닭을 가르칠 필요가 있답니다. 한 번 더…… 그렇지. 부끄러워하지 마세요. 머리는 때리지 말고. 머리는 이분의 가장 약한 부분이니까."

만일 스타르고로드 시의 비밀결사대원들이 러시아 민주주의의 아버지이자 사상의 거인이 이렇게 비난을 받고 있는 모습을 보았다면, 비밀조직 '검과 낫 연합'을 해체했을지도 몰랐다.

"음, 이제야 좀 속이 풀리는군." 콜랴는 손을 주머니에 넣으며 말했다.

"한 번 더 때리게." 오스타프가 간청했다.

"악마에게나 떨어져버려! 다음에 만나면 본때를 보여줄 거야!"

콜랴는 가버렸다. 오스타프는 이바노풀로의 집으로 올라가서 창문 밖을 내려다보았다. 이폴리트 마트베예비치는 집 근처에 있는 대사관의 철조망에 비스듬히 기대어 서 있었다.

"미헬손 씨!" 오스타프가 외쳤다. "콘라트 카를로비치! 집으로 들어오세요! 허락해드리지요!"

방으로 들어온 이폴리트 마트베예비치는 생기를 조금 되찾았다.

"정말 지독한 놈일세!" 이폴리트 마트베예비치는 화를 내며 말했다. "겨우 참았네. 하마터면……."

"허허, 허허, 참……." 오스타프가 말했다. "회춘하신 거로군요! 무서운 젊음입니다! 다른 사람의 부인을 탐하시다니! 다른 사람의 돈도 탕진하시고……. 정말 퇴폐적으로 변하셨군요! 그런데 머리를 맞았을 때, 정말 아프던가요?"

"그놈에게 결투를 신청해야겠네."

"대단하십니다! 제가 잘 아는 사람을 추천해드리지요. 결투 규칙을 외우다시피 할 뿐만 아니라, 사우나할 때 쓰는 나무가 시가 아닌 사람을 죽일 수 있는 나뭇가지를 가지고 있는 사람이지요. 결투 입회인으로는 이바노풀로와 그의 이웃을 부르면 됩니다. 그의 이웃은 콜로그리프 시에서 한때 명예시민으로 추앙받은 인물인데, 지금까지 이 칭호를 자랑스러워하고 있습니다. 고기 써는 기계 위에서 결투를 할 수도 있습니다. 이게 더 우아할 것 같네요. 부상을 당한 쪽은 무조건 죽을 겁니다. 그리고 그 사람은 자연스럽게 커틀릿이 되겠지요. 이게 당신에게 더 나을 것 같습니다. 안 그렇습니까, 단장 나리?"

그때 거리에서 휘파람 소리가 들렸다. 오스타프는 부랑아들에게서 정보를 얻기 위해 밖으로 나갔다.

부랑아들은 자신에게 부여된 임무를 훌륭하게 수행했다. 네 개의 의자는 콜럼버스 극장으로 갔다. 부랑아들은 이 의자들이 마차에 어떻게 실려서 운반되었는지, 그리고 그것을 어떻게 내려서 극장 내부로 들어갔는지에 대해 상세히 얘기해주었다. 오스타프는 이 극장의 위치를 잘 알고 있었다.

두 개의 의자는 '세련된 멋쟁이'라는 별명을 가진 또 다른 젊은 정보원이 얘기해주었다. 마차에 실려 갔다는 얘기를 해주었는데, 이 젊은이는 그다지 능력이 뛰어난 것 같지 않았다. 의자가 옮겨진 곳은 바르소노피옙스키 거리이고 아파트 호수는 17호로 기억하고 있었는데, 건물 번호를 도무지 기억하지 못했다.

"너무 정신없이 뛰어서……." 젊은 정보원이 말했다. "머릿속에서 날아가버렸어요."

"그럼 돈은 줄 수 없네." 고용인이 말했다.

"아, 아저씨……! 제가 직접 모셔다 드릴게요."

"좋아! 잠시 기다려. 함께 가보도록 하지."

또 다른 의자 하나는 사도바야-스파스카야 거리에 있다는 정보를 입수했다. 오스타프는 정확한 주소를 수첩에 적었다.

여덟 번째 의자는 '인민의 집'이라는 이름이 붙은 건물로 갔다. 이 의자를 추격한 소년은 매우 영리했다. 소년은 종업원과 관리인의 모습으로 변장하여 건물 안으로 들어가 수많은 난관을 극복한 끝에, 의자가 이 건물 안의 〈공작기계〉 신문사 편집국 경리부장에게 팔렸다는 사실을 알아냈다.

나머지 의자 두 개의 정보를 줄 소년 둘은 아직 오지 않았다. 그들은 거의 동시에 기진맥진한 상태로 숨을 헐떡이며 왔다.

"치스티 연못 근처의 카자르멘니 거리에 있어요."

"건물은?"

"9번 건물의 9호 집이에요. 타타르 사람들이 살고 있어요. 제가 그들에게 의자를 날라 주었어요. 올 때는 걸어서 왔고요."

마지막 추격자는 슬픈 소식을 전해 왔다. 처음에는 모든 것이 순조로웠지만, 나중에는 모든 것이 나빠졌다. 의자를 산 사람은 의자를 들고 10월 기차역의 물품창고를 통해 아무도 함부로 들어갈 수 없는 '교통인민위원회 산하 보안유지국'으로 들어갔다.

"아마 다른 곳으로 떠났을 거예요." 부랑아는 자신의 보고를 마쳤다.

마지막 의자 소식에 오스타프는 매우 불안해졌다. 그는 함께가 하사품을 선사하듯 부랑아들에게 1루블씩의 상금을 수여했고, 바르소노피옙스키 거리의 건물 번호를 잊어버린 정보원에게는 상금을 주지 않고 내일 일찍 다시 나오라고 명령을 내렸다. 기술부장은 집으로 돌아와서 명예를 실추시킨 사업단장의 질문에는 아무런 대답을 하지 않은 채 다시 협력할 것을 제안했다.

"아직 잃어버린 건 아무것도 없습니다. 주소가 우리에게 있으니까요. 그러나 의자를 손에 넣으려면 익숙한 여러 방법들을 시도해볼 필요가 있겠어요. 첫 번째는 가장 단순한 방법인데, 그냥 친분 관계를 쌓는 겁니다. 두 번째는 미인계죠. 세 번째는 가택 침입, 네 번째는 물물교환, 마지막 다섯 번째는 돈이죠. 마지막 방법이 가장 믿을 만한데. 그러나 돈이 없으니⋯⋯."

오스타프는 이폴리트 마트베예비치의 얼굴을 냉담하게 쳐다보았다. 그러자 위대한 사기꾼이 평소에 유지하고 있던 신선한 생각과 정신적 균형이 다시 돌아왔다. 돈? 물론 돈은 손에 넣을 수 있다. 가방에는 '체임벌린에게 편지 쓰는 볼셰비키들'이라는 그림과 도금된 차 거름망, 그리고 많은 아내들을 이용해벌어들일 수 있는 여러 가지 수단들이 있지 않은가?

단지 열 번째 의자가 불안했다. 흔적, 그래 물론 흔적은 있다. 그러나 어떠한 흔적인가! 너무나도 모호하고 위험한 흔적이었다.

"그래, 까짓!" 오스타프가 큰 소리로 말했다. "확률은 우리가 유리해. 9분의 1이 아닌가! 알겠습니까? 단장 나리!"

22장
식인종 옐로치기

연구가들에 의하면 윌리엄 셰익스피어가 사용한 어휘는 약 1만 2천 개에 달한다고 한다. 흑인 식인종 '멈보점보'* 종족의 어휘 수는 총 300개다.

그런데 옐로치카 슈키나가 자유롭게 구사할 수 있는 어휘는 기껏해야 30개다.

풍부한 어휘를 자랑하는 위대한 러시아어 중에서 그녀가 사용하는 단어, 구절, 감탄사는 주로 다음과 같은 것들이다.

1. 야비해요.

2. 호호! (이 감탄사는 상황에 따라 야유, 놀람, 흥분, 증오,

---

*작가들이 만들어낸 가상의 종족. '멈보점보'는 나이지리아 토착 부족민들 사이에서 남성의 말에 순종하지 않는 여성을 벌주는 혼령의 이름이다. 영국 탐험가들에 의해 알려지게 되어, 이후 영어에서 '멈보점보'라는 말은 아무 뜻 없는, 혹은 이해할 수 없는 말을 지껄이는 것을 의미한다.

기쁨, 경멸, 만족의 의미를 갖는다.)

3. 멋지군요.

4. 음울한. (모든 사람과 사물에 사용한다. 예를 들어, '음울
한 알렉세이가 오고 있다', '음울한 날씨', '음울한 사건',
'음울한 고양이' 등.)

5. 음울.

6. 기분 나쁨. (기분 나쁜, 예를 들어 상냥한 친구를 만나는
경우 '기분 나쁜 만남'이라고 표현한다.)

7. 젊은이. (이 명칭은 연령이나 사회적 지위에 상관없이 자
신이 알고 있는 모든 남자에게 사용한다.)

8. 내게 삶의 방식에 대해 가르치지 마세요.

9. 어린아이처럼. ('나는 그를 어린아이처럼 때렸다'는 카드
놀이할 때 사용한다. '나는 그를 어린아이처럼 잘라냈다'
는 아마도 측량기사와 얘기할 때 사용하는 듯하다.)

10. 예뻐요!

11. 뚱뚱하고 아름다운. (생물체나 무생물체의 성격을 묘사
할 때 사용한다.)

12. 마차를 타고 갑시다. (남편에게 사용한다.)

13. 택시를 타고 갑시다. (아는 남자에게 사용한다.)

14. 당신의 등은 하얗군요. (농담으로 사용한다.)

15. 당신이 생각해보세요.

16. ……울랴. (친한 사람의 이름 끝에 붙여 사용한다. 예를
들어 미샤는 미술랴로, 지나는 지눌랴로 부른다.)

17. 오호! (야유, 놀람, 흥분, 증오, 기쁨, 경멸, 만족.)

나머지 몇 안 되는 어휘들은 주로 옐로치카와 백화점 점인 사이에서 사용된다.

만일 그녀의 남편인 기술자 에르네스트 파블로비치 슈킨의 침대 위에 걸려 있는 그녀의 사진을 본다면(하나는 정면 사진, 다른 하나는 옆면 사진), 시원스러운 이마, 커다랗고 촉촉한 눈망울, 모스크바에서 가장 사랑스럽게 생긴 코, 그리고 잉크로 찍은 듯 조그마한 점이 있는 턱을 쉽게 찾아볼 수 있을 것이다.

그녀의 키는 남성들에게 만족감을 주었다. 그녀의 작은 키는 아무리 추악하게 생긴 남자라고 해도 그녀와 나란히 서면 훤칠하고 건장한 남자처럼 보이게 만들었다.

눈에 띄는 특징은 없었지만 옐로치카에게 그런 것은 필요하지 않았다. 그녀는 그 자체로도 아름다운 여자였다.

그녀의 남편이 '전기기계' 공장에서 매달 받는 200루블은 그녀에게 모욕적인 액수의 돈이었다. 이 돈은 그녀가 4년 전부터 슈킨의 부인이자 가정주부라는 사회적 지위를 획득한 이래 진행되어온 거대한 전쟁에 전혀 도움이 되지 못했다. 이 전쟁은 매우 긴장된 상태에서 지속되어왔으며 가정의 모든 비용을 소모시켜버렸다. 에르네스트 파블로비치는 집에까지 일거리를 가지고 왔고, 하인을 쓰시도 않고 석유난로만을 사용했으며, 쓰레기도 직접 치우고 심지어 커틀릿을 만들기까지 했다.

그러나 이 모든 것들은 부질없는 일이었다. 위협을 가하는 적은 해가 거듭될수록 가정 경제를 더욱 심각하게 파괴시켰다. 4년 전에 옐로치카는 자신의 적이 바다 건너편에 있다는 것을 알게 되었다. 불행은 옐로치카가 4년 전 매우 부드러운 실크 블라우스를 입고 기쁨을 맛보던 바로 그날 저녁부터 시작되었다. 이 옷을 입은 그녀는 여신처럼 보였다.

"호호!" 그녀는 자신을 사로잡은 놀랍도록 복잡한 감정을 단 한 마디의 외침으로 표현했다.

이 외침에 들어 있는 감정은 아마 다음과 같이 풀이할 수 있을 것이다. '남자들은 이 옷을 입은 나를 보고 흥분하겠지. 전율을 느낄 거야. 사랑에 눈이 멀어서 세상 끝까지 나를 따라올지도 몰라. 하지만 나는 냉정할 거야. 그들이 정말 나와 어울릴 수 있을까? 나는 세상에서 가장 아름다운 여자야. 이렇게 우아한 블라우스를 입은 여자가 세상에 어디 있겠어?'

그러나 그녀가 사용하는 단어는 30개였고, 그녀는 그중에서 가장 표현력이 풍부한 '호호'를 선택했다.

이런 위대한 순간에 피마 소바크가 그녀를 찾아왔다. 피마 소바크는 1월의 추위를 뚫고 프랑스 패션 잡지를 가져왔다. 옐로치카는 첫 페이지에서 멈추었다. 첫 페이지에는 미국의 백만 장자인 밴더빌트*의 딸이 야회복을 입고 찍은 멋진 사진이 있었다. 사진 속 인물에게는 모피, 깃털, 실크, 진주로 장식된 독특한 멋이 담겨 있었다. 그리고 이것이 모든 것을 결정지었다.

---

*'철도의 왕'이라고 불린 미국의 거부 코넬리우스 밴더빌트.

"오호!" 옐로치카가 혼잣말을 했다.

이것은 다음을 의미했다. '나냐, 아니면 그녀냐.'

다음 날 아침, 옐로치카는 미장원으로 갔다. 미장원에서 이제껏 길러온 길고 탐스러운 검은 머리카락을 붉은색으로 염색했다. 그런 다음 가정주부이자 슈킨의 아내로서는 상상도 할 수 없는 세계, 즉 백만장자의 딸이나 산책하면서 맛볼 수 있는 빛나는 천국의 계단으로 첫걸음을 내디뎠다. 야회 모임에 입고 가기 위해 물쥐 가죽을 모방한 개 가죽 옷을 할부로 산 것이다.

남편인 슈킨은 살짝 실망했다. 왜냐하면 그는 오래전부터 새로운 제도판을 사려고 계획했었기 때문이다.

그녀는 개 가죽으로 가장자리를 장식한 옷으로 콧대 높은 밴더빌트의 딸에게 최초의 타격을 가했다. 그 뒤로 거만한 미국 여자는 세 번의 공격을 더 받았다. 옐로치카는 모피 장수 피마 소바크에게서 친칠라 목도리를 샀고, 아르헨티나산 비둘기 펠트로 만든 모자를 주문했으며, 남편의 새 양복으로 최신 유행의 여성용 재킷을 만들었다. 백만장자의 딸은 타격을 입었으나, 딸을 지극히 사랑하는 아버지 밴더빌트가 그녀를 구해준 것 같았다.

2월 잡지에는 저주 받을 적인 백만장자 딸의 사진 네 장이 실렸다. 1) 진갈색 여우 모피를 입은 사진, 2) 이마에 보석 장식을 한 사진, 3) 비행사 복장을 한 사진(높은 부츠, 세련미가 넘치는 초록색 재킷, 손목에 중간 크기의 에메랄드가 박힌 장갑), 4) 수많은 보석과 실크로 장식한 무도회복을 입은 사진.

옐로치카는 총동원령을 내렸다. 남편 슈킨은 조합에서 대출을 받았다. 그러나 30루블 이상은 주지 않았다. 새로운 동원령은 가계 생활을 뿌리째 흔들어놓았다. 생활의 모든 영역에서 전쟁을 치러야 했다. 얼마 전에는 플로리다의 새 저택에서 찍은 적의 사진이 입수되었다. 옐로치카도 새로운 가구를 장만해야만 했다. 그녀는 경매장에서 두 개의 부드러운 의자를 구입했다. (반드시 사야겠어! 절대로 놓칠 수 없어!) 옐로치카는 남편에게 물어보지도 않고 식비에서 돈을 빼내 구입했다. 월급날인 15일까지는 아직 열흘이나 남았는데 수중에는 이제 4루블밖에 남지 않았다.

옐로치카는 바르소노피옙스키 거리로 의자를 가지고 왔다. 남편은 아직 집에 오지 않았다. 그러나 곧 그는 일감이 담긴 서류 가방을 끌고 돌아왔다.

"음울한 남편이 오셨군요." 옐로치카가 또박또박한 발음으로 말했다.

그녀는 모든 단어들을 마치 완두콩이 껍질에서 튀어나오듯 명확하고 분명하게 발음했다.

"여보, 잘 있었소? 그런데 이건 뭐요? 어디서 의자를 가져온 거요?"

"호호!"

"아니, 사실대로 말해보라고."

"예뻐요!"

"그래, 좋은 의자군."

"멋진 거예요!"

"누가 선물해준 거요?"

"오호!"

"아니, 어떻게! 정말 당신이 샀단 말이오? 대체 무슨 돈으로? 정말 식비로 산 거요? 내가 몇 번이나 얘기했잖소……."

"에르네스툴랴! 야비해요!"

"대체 어떻게 그럴 수 있소? 우리는 이제 뭘 먹고 산단 말이오!"

"당신이 생각해보세요."

"이번에는 정말 그냥 넘어갈 수 있는 일이 아니오. 당신은 우리 형편에 맞지 않게 살고 있소……."

"농담하시네요!"

"그래, 그렇소. 당신은 우리 형편에 맞지 않게 살고 있소."

"내게 삶의 방식에 대해 가르치지 마세요."

"아니, 이제 우리 진지하게 얘기를 해야겠소. 난 한 달에 200루블을 받고……."

"음울하군요."

"난 뇌물을 받지도 않고, 돈을 훔치지도 않는데, 어떻게 그걸 감당한단 말이오……."

"기분 나빠요!"

에르네스트 파블로비치는 잠시 침묵했다.

"그러니까." 그가 다시 말했다. "이제 더 이상 이렇게 살 순 없소."

"호호!" 옐로치카가 새로 사 온 의자에 앉으면서 말했다.

"우리 이혼해야겠소."

"당신이 생각해보세요!"

"우리는 서로 성격이 맞지 않는 것 같소. 나는……."

"당신은 뚱뚱하고 아름다운 젊은이예요."

"나를 젊은이라 부르지 말라고 대체 몇 번이나 부탁했소!"

"농담하시네요!"

"대체 이 바보 같은 말들은 어디서 배운 거요!"

"내게 삶의 방식에 대해 가르치지 마세요."

"이런, 제기랄!" 에르네스트는 절규했다.

"야비하군요, 에르네스툴랴."

"서로 좋게 헤어지도록 합시다."

"오호!"

"당신과는 도저히 말이 통하질 않는군. 이런 논쟁은……."

"어린아이처럼 당신을 때릴 거예요."

"아니, 정말 이제는 도저히 참을 수가 없군. 당신의 말과 행동이 내가 이 집을 떠나도록 부추기고 있소. 지금 짐꾼들을 부르러 가겠소."

"농담하시네요!"

"가구는 반반씩 나누도록 합시다."

"기분 나빠요!"

"앞으로 당신은 한 달에 100루블씩 받게 될 거요. 가끔은 120루블까지 주겠소. 집은 당신이 가지시오. 당신이 하고 싶은 대로 사시오. 난 도저히 당신과……."

"멋지군요." 옐로치카가 경멸적인 어조로 말했다.

"나는 이반 알렉세예비치 집으로 가겠소."

"오호!"

"그는 여름 동안 시골 별장에 가 있으니, 내가 여름내 지내도 상관없다고 했소. 열쇠도 내게 주었는데…… 그 집에는 지금 가구가 없소."

"예뻐요!"

에르네스트 파블로비치는 5분 후에 수위와 함께 돌아왔다.

"음, 옷장은 가져가지 않겠소. 이건 당신에게 더 필요할 테니까. 하나 저기 있는 책상은 내가 가져가겠소. 아직 쓸 만하니까……. 그리고 이 의자 하나도 가져가겠소. 두 개 중에 하나는 내가 가져갈 권리가 있다고 생각하오."

에르네스트 파블로비치는 자신의 물건들을 커다란 짐가방에 넣고, 신문지로 장화를 싼 다음 몸을 돌려 문 쪽으로 갔다.

"당신의 등은 하얗군요." 옐로치카는 마치 축음기 같은 목소리를 냈다.

"잘 지내시오, 옐레나."

에르네스트는 이 순간만이라도 자신의 부인이 평상시에 사용하는 이상한 단어들을 자제해주길 기대했다. 옐로치카 역시 매우 중요한 순간임을 느꼈다. 그녀는 긴장한 상태로 이별의 순간에 적합한 단어들을 찾으려고 애썼다. 그리고 그 단어들이 매우 빠른 속도로 그녀의 입에서 흘러나왔다.

"택시를 타고 가세요? 예뻐요!"

에르네스트는 스키를 타듯 계단을 내려왔다.

그날 저녁에 옐로치카는 피마 소바크를 집으로 불렀다. 그들은 세계 경제를 위협하고 있는 중요한 사건에 대해 논의했다.

"앞으로는 사람들이 길고 넓은 형태의 옷을 입게 될 거예요." 피마는 암탉처럼 목을 움츠리며 말했다.

"음울하군요."

옐로치카는 피마 소바크를 존경 어린 눈으로 바라보았다. 마드무아젤 소바크는 교양 있는 아가씨였다. 그녀가 사용하는 단어는 180여 개에 이르렀다. 그중에는 옐로치카가 도저히 생각조차 할 수 없는 단어가 하나 있었다. 그것은 동성애*라는 화려한 단어였다. 피마 소바크는 의심의 여지 없이 교양 있는 여자였다.

활기찬 대화는 밤새 이어졌다.

아침 10시에 위대한 사기꾼은 바르소노피옙스키 거리로 들어섰다. 그의 앞에는 지난번의 그 부랑아 소년이 길을 안내하고 있었다. 소년은 한 집을 가리켰다.

"거짓말하는 건 아니겠지?"

"아저씨, 무슨 말씀을……. 바로 여기예요. 현관은 여기고요."

벤데르는 소년에게 정직하게 일한 대가로 1루블을 주었다.

"좀 더 주세요." 소년이 마부처럼 말했다.

---

*당시 소비에트 법률가들 사이에서는 동성 결혼의 합법화 문제로 논쟁이 있었다.

"공짜 좋아하면 신세 망친다. 잘 가거라."

오스타프는 아직 어떤 구실을 대며 집 안으로 들어갈까를 완전히 궁리하지 않고 일단 문을 두드렸다, 젊은 부인과 대화를 나눌 때는 순간적으로 기지를 발휘하는 편이 더 낫다고 판단했기 때문이다.

"오호?" 문 뒤에서 누구인지 물어왔다.

"사무적인 일로 왔습니다." 오스타프가 대답했다.

문이 열렸다. 오스타프는 마치 딱따구리가 쪼아놓은 듯 가구들이 어지럽게 널려 있는 방으로 들어갔다. 벽에는 영화 엽서들과 인형들, 탐보프산 고블랭들이 걸려 있었다. 눈이 휘둥그레질 정도로 현란한 광경 속에서 이 방의 주인인 작은 여인을 알아보기는 힘들었다. 여주인은 에르네스트 파블로비치의 셔츠를 개조하여 이상한 가죽으로 가장자리를 두른 실내복을 입고 있었다.

오스타프는 이러한 상류사회 부인을 어떻게 다루어야 할지 즉각 알아챘다. 그는 눈을 감고 뒤로 한 발짝 물러섰다.

"기막힌 모피군요!" 그가 경탄했다.

"농담하시는군요." 엘로치카가 부드러운 목소리로 말했다. "이건 멕시코산 토끼 가죽이에요."

"그럴 리가 없습니다. 당신을 속였군요. 당신에게 훨씬 더 좋은 모피를 주었습니다. 이것은 상하이산 표범 가죽입니다. 네, 맞습니다! 상하이산 표범입니다! 빛의 투영을 보면 알 수 있습니다. 보세요, 햇빛에 비추면 가죽이 어떻게 되는지……."

에메랄드 빛이 나지 않습니까? 에메랄드 빛입니다!"

옐로치카는 전에 이 멕시코산 토끼 가죽을 초록색 물감으로 물들인 적이 있었다. 그녀는 이른 아침 방문자의 칭찬에 기분이 매우 좋아졌다.

여주인이 정신을 차리기도 전에, 위대한 사기꾼은 언젠가 모피에 대해 주위들은 얘기를 전부 쏟아내기 시작했다. 그런 다음 오스타프는 실크에 대한 이야기를 했는데, 우즈베키스탄의 중앙집행위원회의 위원장이 자신에게 선물해준 실크를 매력적인 여주인에게 선물해주겠다고 약속했다.

"당신은 훌륭한 젊은이군요." 옐로치카는 만난 지 얼마 되지 않아 오스타프를 평가했다.

"이른 아침에 낯선 남자가 방문해서 놀라셨죠?"

"호호!"

"저는 어떤 까다로운 사건 때문에 당신을 찾아왔습니다."

"농담하시는군요!"

"어제 저녁 경매장에 오셨지요? 저는 그때 당신에게 특별한 인상을 받았습니다."

"야비하군요!"

"당치 않은 말씀입니다. 이렇게 매력적인 여성에게 야비한 짓을 하다니 말도 안 되는 일입니다."

"기분 나빠요!"

대화는 이런 식으로 계속 진행되었으나, 가끔씩 놀라운 결과물을 얻을 수 있었다. 그러나 오스타프의 아첨은 점점 더 식상해지고 짧아졌다. 그는 나머지 의자 하나가 이 방에 없다는 것을 알아차렸다. 흔적을 추적해야만 했다. 미사여구가 많은 동양식 아첨으로 탐문 방식을 바꾸고 난 뒤, 오스타프는 어제밤에 옐로치카의 삶에 어떤 일이 일어났는지 알게 되었다.

'일이 또 꼬여버렸군.' 그는 생각했다. '의자가 바퀴벌레처럼 이리저리 자꾸 돌아다니고 있어.'

"사랑스러운 부인." 오스타프가 불쑥 말을 꺼냈다. "제게 이 의자를 파십시오. 의자가 맘에 쏙 듭니다. 당신만이 가지고 있는 여성적 감각으로 이렇게 훌륭한 의자를 고르실 수 있었겠죠. 7루블을 드릴 테니 제게 파십시오, 부인."

"야비하군요, 젊은이." 옐로치카는 교활한 어조로 말했다.

"호호!" 오스타프가 그녀를 흉내 내면서 말했다.

'이 여자에게는 다른 방법을 써야겠는걸.' 그는 결정했다. '교환하는 방법을 택해야겠군.'

"부인, 부인도 아시겠지만, 지금 유럽과 필라델피아의 고귀한 가문에서는 복고풍이 유행하고 있습니다. 특히 차 거름망을 이용해서 차를 마시는 게 유행입니다. 대단히 우아하고 고상한 생활이지요."

옐로치카가 귀를 쫑긋 세우고 듣기 시작했다.

"베네치아에서 근무하던 외교관을 알고 있는데, 마침 그가 귀국하면서 선물로 준 차 거름망이 있습니다. 흥미로운 물건입니다."

"분명, 멋지겠지요?" 옐로치카가 관심을 보이며 물었다.

342

"오호! 호호! 교환할까요? 당신은 제게 의자를 주고, 전 당신께 이 거름망을 드리겠습니다."

오스타프는 주머니에서 도금된 작은 차 거름망을 꺼냈다.

햇빛이 거름망을 비추었다. 빛에 반사된 거름망의 그림자가 천장을 돌아다녔다. 어두운 방 구석이 갑자기 환해졌다. 옐로치카에게 이 물건은, 멈보점보 식인종이 우연히 통조림을 발견했을 때 느낀 감정처럼 말로 표현할 수 없는 엄청난 감동을 주었다. 그럴 경우, 보통 식인종들은 괴성을 질러대지만, 옐로치카는 짧은 신음 소리만을 냈다.

"호호!"

오스타프는 그녀가 정신을 차리기 전에, 재빨리 차 거름망을 탁자 위에 놓고 의자를 챙겼다. 그리고 이 매력적인 부인에게서 남편의 주소를 알아낸 다음, 공손하게 인사를 하고 나왔다.

〈2권에 계속〉

옮긴이 이승억

경북대학교 노어노문학과를 졸업하고, 동대학원에서 〈불가코프의 희곡에 나타난 예술가의 테마〉로 석사학위를 받았다. 러시아 국립 게르첸 사범대학 20세기 러시아문학학과에서 〈1920~1930년대 불가코프의 드라마투르기에 나타난 안티유토피아의 유수들〉로 박사학위를 받았고, 현재 경북대학교 인문기획 신규소 빈수교수로 재직하면서 러시이 문학과 러시아어를 강의하고 있다. 옮긴 책으로는 《처음 소개되는 체호프 단편선》, 톨스토이의 《두 친구》 등이 있다.

세계문학의 숲 036

열두 개의 의자 1

2013년 11월 19일 초판 1쇄 인쇄
2013년 11월 26일 초판 1쇄 발행

지은이 | 일리야 일프·예브게니 페트로프
옮긴이 | 이승억
발행인 | 전재국

발행처 | (주)시공사
출판등록 | 1989년 5월 10일(제3-248호)

주소 | 서울 서초구 사임당로 82(우편번호 137-879)
전화 | 편집 (02)2046-2869·영업 (02)2046-2800
팩스 | 편집 (02)585-1755·영업 (02)588-0835
홈페이지 | www.sigongsa.com
세계문학의 숲 홈페이지 | www.sigongclassic.com

ISBN 978-89-527-7053-0(04890)
     978-89-527-5961-0(set)